Pavel Kohout

Der Fremde und die Schöne Frau

Pavel Kohout

Der Fremde und die Schöne Frau

Roman

Aus dem Tschechischen von
Silke Klein

Osburg Verlag

Titel der tschechischen Originalausgabe:
Cizinec a Krásná paní
Pistorius & Olšanská 2009

2009

Der Roman erschien zuerst in Fortsetzungen
vom 21. März bis 6. Juni 2009 in der
tschechischen Tageszeitung *Mladá fronta DNES*.

Diese Publikation entstand mit
freundlicher finanzieller Unterstützung des
Deutsch-Tschechischen Zukunftsfonds.

DEUTSCH-TSCHECHISCHER
ZUKUNFTSFONDS
ČESKO-NĚMECKÝ
FOND BUDOUCNOSTI

Bissiger Witz
bildgewaltig
viele Zwischentöne

www.osburgverlag.de
Lektorat: Bernd Henninger, Heidelberg
Herstellung: Prill Partners producing, Berlin
Umschlaggestaltung: Toreros, Lüneburg
Satz: Dörlemann Satz, Lemförde
Druck und Bindung: GGP Media GmbH, Pößneck
Printed in Germany
ISBN 978-3-940731-70-8

1

Wie soll man eine Geschichte erfassen, die sich erst aus dem Ei der Phantasie schält, um den Leser nicht weniger als den Erzähler zu ergreifen, dessen ähnlicher Bestandteil sie ist wie eine Frucht im Mutterschoß? Wie soll man sie erdenken, damit sie Frauen und Männer, Jung und Alt ergreift, die nicht mehr zu lesen gewohnt, sondern dem Fernsehen verfallen sind? Und wie soll man sie erzählen, damit sie sogar sechsmal wöchentlich als Fortsetzung in einer Tageszeitung erscheint, die früh oder mittags oder abends gelesen wird, in der Straßenbahn oder in der U-Bahn oder im Café oder im Lehrerzimmer oder im Bett, bei unterschiedlichem Wetter und veränderlichen Stimmungen?

Für den Autor gibt es nichts Besseres, als sich an die Art und Weise zu halten, wie auch ihm Märchen erzählt wurden: am Anfang zu beginnen und immer dort zu unterbrechen, wo der Handlungsverlauf verspricht, über Nacht nicht in Vergessenheit zu geraten, sondern auch am nächsten Tag wieder aus dem Gedächtnis aufzutauchen, angetrieben vom Volldampf der vertrauten Sprache, die ihre elementare Stärke spielen ließ. Versuchen wir es also, viribus unitis – mit vereinten Kräften des Schreibenden und der Lesenden!

Die Frau wurde von allen die Schöne Frau genannt, nicht weil der Vater Schön hieß, sondern weil sie – schön war. Bezaubernd schön auf Jugendbildern, überwältigend schön auf dem Gipfel ihrer Jahre, als ihr Reiz nach innen strahlte und sich dann nach außen widerspiegelte, verstärkt vom Licht der Seele. Sie war weise und liebenswert; wer ihr begegnete, trug die Erinnerung an sie wie einen Schutzschild unter den menschlichen Abschaum, von dem es von Jahr zu Jahr mehr auf der Welt zu geben scheint.

Die Schöne Frau wurde Mitte der dreißiger Jahre des zwanzigsten Jahrhunderts in Nordböhmen geboren, in einer großen Stadt, die hier leicht geheimnisvoll als S. bezeichnet werden soll, oberhalb eines schiffbaren Flusses, den wir hier aus denselben Gründen mit F. bezeichnen, in einem einstöckigen Haus auf dem kleinen Platz in der Mitte einer Straße, um die gleichzeitig ein neues Viertel gebaut wurde. Nach dem Ersten Weltkrieg hatte sich hier, auf einer ehemaligen Freifläche, wegen der Gottesmarter mit dem heiligen Johann von Pomuky schon immer Mukanka genannt, ein neuer Geist- und Geldadel angesiedelt, der zwei Sprachen sprach und dem dreifachen Glauben von Deutschen, Tschechen und Juden huldigte.

Der Vater der Schönen Frau war in dritter Generation praktischer Arzt, der in der großen Krise zwischen den Kriegen zusammen mit seiner jungen Frau Prag verlassen hatte. Im malerischen S. am F. pflanzte er einen Baum, baute ein Haus und zeugte die Schöne Frau. Seine Praxis im Erdgeschoss wurde in Scharen von Patienten besucht, die beide Sprachen sprachen und allen Bekenntnissen jenes Viertels angehörten, das die meisten Titel auf- und das höchste Steuervolumen vorzuweisen hatte. Jeder lüpfte vor jedem den Hut, und jede nickte jeder freundlich zu, obwohl man gerade um die schönste Robe im Modesalon auf dem Hauptplatz von S. kämpfte.

Das Ende der guten Zeiten kam schleichend, um dann in einer einzigen Oktobernacht des Jahres neunzehnhundertachtunddreißig hereinzubrechen, als S. aufhörte, zur Republik der sieben Nationalitäten zu gehören, und sich einem einzigen Reich in die Arme warf. Als Erste reisten ohne Aufforderung die Juden ab, denen das Schicksal ihrer Glaubensbrüder jenseits der Grenze reichte. Die Tschechen durften bleiben, sofern sie ihre Sprache aufgaben. Die zarte Mutter der Schönen Frau liebte sowohl die Sprache als auch S.; die Vertreibung nach Prag überlebte sie nicht lange.

Kurz nach dem Krieg kehrten die Schöne Frau und ihr Vater zurück. Das Haus glich einer entehrten Frau, so sehr war darin der Atem der Gewalttäter zu spüren, die es fast sieben Jahre geschändet hatten. Weder Juden noch Deutsche kehrten in das Viertel zurück, ihre Häuser und Villen besetzte das siegreiche tschechische Volk. Ihre Gesandten wechselten ein paarmal, bis sie alles mitgenommen hatten, was von Wert war. Dann waren für S. normale Zeiten gekommen.

Die wahren Einwohner zogen wieder ein, wie es ihnen die langsam wiedererstehende Industrie und Flussschifffahrt erlaubten. Die Praxis war voll von anderen Patienten mit denselben Leiden. Dann entschloss sich das Volk, eine einzige Partei herrschen zu lassen. Die machte aus Privatpraxen Gesundheitszentren und schickte einen jungen Gynäkologen her, der den Vater bewachen sollte. Allerdings war das ein Kommunist, der an Ideale glaubte, und ein fähiger Arzt; er erlangte das Vertrauen des älteren Kollegen und das Herz der Schönen Frau, obwohl sie aus Kadergründen nur Krankenschwester werden durfte.

Die Zeit war schneller als die Wellen des F., sie schwemmte Galgen hinweg, die wirre Erneuerung und den betörenden Frühling voller Hoffnungen, die sich als illusorisch erwiesen. In einer Augustnacht des Jahres neunzehnhundertachtundsechzig donnerten russische Panzer so schrecklich unter den

Fenstern, dass die Schöne Frau, die zart war wie ihre Mutter, eine Fehlgeburt erlitt. Ihr Mann verlor mit dem Kind auch seine Ideale, doch er wollte nicht noch mehr verlieren, und so tauschte er sie gegen eine Funktion in der missratenen Partei, aus der er ehemalige Genossen ausschloss. Die Schöne Frau zog deshalb wenig später aus dem Parterre ins Obergeschoss zu ihrem Vater, der sich vor dem Schwiegersohn in die Frührente geflüchtet hatte, und als auch sie ein angeborener Herzfehler rettete, kaufte sie aus einem Tierheim einen Papagei frei, dem nach Jahrzehnten das Herrchen gestorben war. Ihr Mann trank sich ohne sie und seine Ideale im Parterre zu Tode. Seine neuen Genossen schlossen das Gesundheitszentrum.

Als auf dem Hauptplatz von S. der siegreiche November neunzehnhundertneunundachtzig mit Schlüsselrasseln eingeläutet wurde und das Volk sich aufmachte, den Kapitalismus aufzubauen, erhielt der Vater zwei niedrige Mietshäuser am Ende der Straße zurück, die er vor dem Krieg als Mitgift für seine Tochter gekauft hatte. Nun wollte er ihr nach den Jahren der Not das Leben versüßen, in das kein weiterer Mann trat. Das vorherige System hatte mit den Häusern wohl andere Absichten gehabt, die es jedoch vierzig Jahre lang nicht klärte; nachdem der letzte Mieter verstorben war, ließ es sie fast verfallen. Doch auch für die Ruinen bekam der Vater genug, um mit dem Wissen, die Schöne Frau abgesichert zu haben, friedlich sterben zu können, was ihm auf Jahr und Tag gelang.

Vorher ließ er noch die Praxis zu einer Essküche umbauen, damit sie später nicht so oft Treppen steigen musste, und die untere Wohnung erweitern, damit sie sie vermieten könnte. Kurz nach seinem Ableben zog dort Herr Hedvábný ein, ein geschiedener Professor, der einst, als sein Latein in Ungnade gefallen war, der Schönen Frau Russisch beigebracht hatte.

Sie wollte nicht das einzige menschliche Wesen im Haus bleiben, und da ihr nicht die Verelendung drohte, nahm sie ihn fast nur für einen Handkuss auf.

Das neue Jahrtausend veränderte mit lautem Knall die alte Ordnung. Der Eigentümer der verfallenen Häuser verkaufte diese für das Zehnfache an die Gemeinde, die still baute, bis sie sich plötzlich mit Notunterkünften für Bürger rühmte, die man als »Nichtanpassungswillige« bezeichnete. Bald zogen dort drei Dutzend Familien ein, denen zu Hause wohl die Decke auf den Kopf gefallen sein musste, denn statt unter einer solchen hatten sie Tag und Nacht unter freiem Himmel gewohnt. Das Stimmengewirr und der Lärm der Radios drangen glücklicherweise nur bei Nordwind hierher, der nur selten wehte. Es waren allerdings Tamtams, die Gesinnungsgenossen von weither zusammentrommelten.

Es dauerte nicht lange, und das tschechische Ehepaar, das den Lebensmittelladen auf dem Platz übernommen hatte, wurde von einem Schwarm kleiner Menschen mit Mandelaugen abgelöst; das Schild ließen sie dran, doch ein Jahr später kauften sie auch das Nachbarhaus, aus dem und in das weitere kleine Menschen mit großen Koffern liefen. Die Pension, in der vor dem Krieg Touristen und danach ledige Gemeindebeamte genächtigt hatten, wurde zu einer Herberge für die Ukrainer, die die Kläranlage bauten. In der ehemaligen Apotheke bot ein Bosnier Kebap feil. Von der Gottesmarter verschwand der heilige Johann, der Dieb hinterließ dort nur seine stinkende Visitenkarte.

Dann kam jener erste Frühlingstag, an dem unsere Geschichte beginnt, als die Schöne Frau bei einem Blick aus dem Fenster mit Schrecken feststellte, dass hier wieder einmal und diesmal unumkehrbar ihre Welt im Untergang begriffen war.

2

Ortschaften sind wie Menschen, sie werden geboren, wachsen, strotzen vor Kraft, verfallen und gehen unter. S. erlebte nun zum zweiten Mal in der langen Geschichte einer Königsstadt einen allgemeinen Aufschwung, den jedoch nicht jeder Bürger begrüßte. Vielen reichte vollkommen, was sie überlebt hatten: die Vertreibung der Tschechen und Juden durch die Deutschen, die Rückkehr der Tschechen, die Vertreibung der Deutschen durch die Tschechen und das Fortbleiben der Juden, die Ankunft der Russen und ihren Fortgang. Den Zuzug weiterer Sprachen und Rassen, die hier nicht verwurzelt waren, verstand man an der Jahrtausendwende zuerst als vorübergehende Erscheinung. Als die Zeit zeigte, dass damit schleichend eine neue Umsiedlung der Stämme eingesetzt hatte, war es für eine erfolgreiche Gegenwehr zu spät.

Die Schöne Frau ertrug die Nichtanpassungswilligen leicht, denn durch die Straße wehte zumeist Wind aus Süden, der die Klänge der fremden Kulturen zum Fluss F. trug, der sie nach Deutschland spülte. Die Ukrainer störten sie nicht, denn im Stadtbus, der an der Ecke des kleinen Platzes hielt, standen sie artig an den Plätzen für Alte und Kranke und sprachen zudem eine Sprache, die hier nicht ganz fremd war, doch in der sie den Ortsansässigen nicht widersprechen konnten. Die seltsamen Speisen des Bosniers in der ehemaligen Apotheke kostete sie nicht, er hingegen grüßte sie trotzdem freundlich in einem gebrochenen Tschechisch. Am meisten spürte die Schöne Frau den Übergang des Kolonialwarengeschäfts in die Hand der kleinen Menschen, die wie Vögel redeten und die sie außerdem nicht unterscheiden konnte.

In den kleinen Laden, in dem sie in den Jahren, in denen sie dort ihre Einkäufe getätigt hatte, fast mit schlafwandlerischer

Sicherheit den Platz jeder Mohrrübe kannte, setzte sie nie mehr ihren Fuß. Mit der Zeit gewöhnte sie sich daran, montags und freitags auf den großen Markt von S. zu fahren, wo das Einkaufszentrum zwar ständig den Ketten-Namen wechselte, sie aber dort immer bekam, was sie wollte, besser und billiger als früher in ihrem Viertel. Außerdem, wenn sie etwas vergessen hatte oder nicht kochen wollte, blieb ihr auch noch das gegenüberliegende Gasthaus, dessen Eingang eine uralte Markise mit der Aufschrift U MALEŠÍKA zierte.

Der erste Malešík hatte sich hier im ehemaligen Ausflugsrestaurant hinter der Stadt niedergelassen, kurz vor den Eltern der Schönen Frau. Bei ihm hatten sie zusammen mit dem Architekten über den Plänen des künftigen Hauses gesessen, der hatte ihr Lutscher geschenkt, wenn dort im Garten unter den Kastanien das sonntägliche Mittagessen endete, bei dem die deutsch-tschechisch-jüdischen Honoratioren sich grüßten. Der zweite Malešík kam nach dem Krieg zusammen mit ihrem Vater gleich nach den Panzern der russischen Befreier, um die Aufschrift GASTHAUS PRIEBE zu beseitigen und das versteckte Schild wieder aufzuhängen; dreiundzwanzig Jahre später drohte er dann zusammen mit ihrem Vater und ihrem Mann stumm ganz ähnlichen Panzern, die die Schuld daran trugen, dass sie eine Fehlgeburt erlitt. Der Enkel Malešík ersetzte das hässliche Schild SPEISEKOOPERATIVE durch das ursprüngliche und bestrafte in seiner Enttäuschung über die Samtene Revolution die Kommunisten gleich selbst: Er schenkte an sie nichts aus. Die Stadt lachte. Als er dann auch die Roma nicht bedienen wollte, bezog er von ihnen Kloppe und von der Stadt einen Bußgeldbescheid.

Nachdem er auch in letzter Instanz verloren hatte, machte er zu. Das Schild über dem Eingang jedoch ließ er hängen, dieses wurde für die belesene Schöne Frau zu jener Glühbirne aus Čapeks Stück über die Roboter, die das Licht der Hoffnung aufrecht erhält. Diese Hoffnungen wurden auch von Nachrichten genährt, die per Mundpropaganda vom Gastwirt eingingen, wenn er sich entschließen würde, anderswo zu beginnen, werde er das Familienunternehmen in S. nur in tschechische Hände geben, damit sich seine Vorfahren nicht im Grabe umdrehten. An jenem Frühlingstag, als sie morgens das erste Mal aus dem Fenster schaute, sah die Schöne Frau zwei Männer ins Gasthaus hineingehen, dessen Tür verlockend weit offen stand und den Blick auf den Korridor freigab.

»Valtr«, rief sie aus, »der Malešík hat wieder aufgemacht, ich muss kein Mittagessen kochen, ich geh gleich runter und sage das dem Herrn Hedvábný, heute laden wir ihn ein, was meinst du? …«

Doch die Männer kamen gleich wieder zurück und trugen Metallleitern, die sie an die Mauer und an beide Enden des Schildes lehnten.

»Aber das sind doch zwei von den Ukrainern«, wunderte sie sich, »sie steigen immer an der Kläranlage aus, weißt du, warum die heute hier sind? Ach, es ist ja Sonntag, da verdienen die sich was hinzu, der Malešík bringt das Lokal auf Vordermann und hat richtigerweise bei der Markise begonnen, die hätte schon längst mal gewaschen werden müssen, meinst du nicht auch, Valtr?«

Sie presste das Gesicht ans Fenster, das sie wegen ihres Lieblings nicht öffnen konnte, und erblickte auf dem Fußweg ihren Nachbarn, der das Haus daneben bewohnte, das nach den Deutschen nun der Stadt gehörte.

»Herr Suchomel freut sich auch schon, er hat immer gemunkt, der Malešík würde gegen gutes Geld auch an McDonald's verkaufen, aber das würde er uns niemals antun, nicht wahr, Valtr, er hat es sich überlegt und schenkt jetzt an alle aus, es reicht doch, wenn er das Bier etwas teurer macht, die meisten Leute aus unseren Häusern müssen jeden Heller dreimal umdrehen und gehen woanders hin, stimmt's?«

Sie blickte sich um. Ihr Liebling schlief. Sie wollte ihn keinesfalls wecken, und so ging sie auf Zehenspitzen zur ins Erdgeschoss führenden Treppe, als sie von einem mächtigen, langen Grollen aufgehalten wurde. Der wolkenlose Märzhimmel konnte keinen solchen Donner hervorgebracht haben, und so lief sie schnell zum Fenster zurück. Auch durch das Glas war zu hören, dass sich die Ukrainer auf den Leitern laut etwas vorwarfen und einer dem anderen die Schuld gab. Das alte, aus der Verankerung gelöste Aushängeschild musste einem aus der Hand gerutscht sein, und beim Aufprall hatte es dieses langgezogene, dröhnende Geräusch von sich gegeben. Es hatte auch Valtr geweckt, der verschlafen blinzelte, somit konnte sie sich gleich weiter bei jemandem beschweren.

»Mein Gott, er hat verkauft, bloß an wen? Im Zentrum kaufen sich wieder Deutsche ein, ein Deutscher würde uns auch nicht stören, wir beide können doch Deutsch, oder …?«

Die Männer legten ihren Streit bei, verstummten, kletterten die Leiter herab, hoben das heruntergefallene Schild auf, klemmten es sich unter den Arm und trugen es im Gleichschritt über den Gang ins Lokal hinein. Die Leitern ließen sie stehen. Wenig später kamen sie mit einem genauso großen Gegenstand wieder, der mit einem Betttuch verhängt war.

»Valtr, der neue Eigentümer hat eine genauso große Markise machen lassen, damit er die ursprünglichen Haken nutzen kann, dass er so spart, gefällt mir gar nicht, er wird doch wohl nicht die Preisklasse herabsetzen …?«

Gespannt verfolgte sie, wie beide Männer diesmal fast übervorsichtig das schwere Schild mit einer Hand anhoben, weil sie sich mit der anderen an der Leiter festhalten mussten. Sie stiegen vorsichtig nach oben, zogen das unten stehende Bein zum höher stehenden nach, bevor sie einen weiteren Schritt riskierten. Ganz oben ruhten sie sich einen Moment aus und zogen wiederum gleichzeitig die Ringe der Aufhängung über die alten Haken. Dann kletterte der Jüngere herab, während der andere oben blieb.

»Kannst du mir erklären …?«, hub die Schöne Frau an, doch sie verstummte.

Aus dem Lokal kamen mehrere Frauen mit Lappen und Besen in der Hand und mit um den Kopf gebundenen Tüchern. Ein strammer Kerl und zwei schwarzhaarige junge Männer trugen Tabletts voller Colaflaschen. Ein dritter auch einen Kassettenrecorder, der eine Melodie spielte, die Wolfsgeheul ähnelte. Der Mann auf der Leiter zog langsam das Tuch weg. Auf dem Schild prangten eine blaue Moschee mit Minaretten und die goldene Aufschrift ISTANBUL.

»Um Himmels willen, die Muselmanen!«, rief die Schöne Frau aus, »was machen wir nur, Valtr??«

Er antwortete mit keinem der fünfunddreißig deutschen und tschechischen Wörter, die er konnte, weil er sich mit dem Schnabel gerade das Gefieder unter dem linken Flügel putzte.

Die Nachbarn (Familie Suchomel) ziehen aus

3

»Ich werde wahnsinnig«, suchte die Schöne Frau in ihrer Verzweiflung weiter Trost bei ihrem Liebling Valtr, »jetzt noch Türken, wie ist das nur möglich, wer hat denn das erlaubt, verstehst du das, Valtr? Von heute ab sind wir auf dem Platz hier zusammen mit den Suchomels und Herrn Hedvábný die letzten Tschechen … komm zu mir, lass mich nicht allein!«

Er hörte mit der Morgentoilette auf und antwortete mit einem mächtigen Flügelschlagen. Als er auf ihrer Schulter landete, sprach er mit seiner krächzenden Stimme, die sie über alles vergötterte.

»Rrrosa! Rrrosarrrosa! Rrrosarrrosarrrosa!«

Fast verliebt schloss sie die Augen und berührte leicht sein rauhes Gefieder.

»Ja, das bin ich, deine Rosa, und du bist mein wer? Na sag es, mein wer?«

»Valtrrr! Valtrrr! Valtrrr!«, kostete der Vogel den klangvollen Buchstaben aus.

»Was für ein Valtr? Na was für einer? Sag schon, ich will es hören!«

Der Papagei plusterte sich voller Stolz auf. Alle Federn sträubten sich.

»Herrrlicherrr Valtrrr! Herrrlich!«

»Ja, ganz herrlich, der herrlichste, und was noch …? Na …? Na …!«

»Teuerrrr! Teurrrerrr Valtrrrr!«

»Ja, der teuerste, und? Na? Schäm dich nicht, gr … gr … gr …? Na komm schon!«

»Grrraf! Grrraf Valtrrr! Valtrrr Grrraf!«

»Ja, mein herrlicher, teurer, artiger, großartiger Graf, Graf Valtr …!«

Sie drückte ihn vorsichtig an ihr Gesicht und küsste ihn dann auf den Schnabel. Dabei beobachtete sie weiter bestürzt vom Fenster aus, wie dort fröhlich der Leichenschmaus für den alten Platz zelebriert wurde.

Das Gasthaus U Malešíka war wohl der Grundstein eines Bollwerkes gewesen. Als man es aus ihm herausriss, zerfiel es vollständig zu Quadern. Einige wurden gleich mit der Flut hinweggetragen, andere wiederum zu Rammklötzen, die in die Mauer geschlagen wurden, die vorher fast einhundert Jahre standgehalten hatte. Die am häufigsten auftauchenden Autos waren nun Umzugswagen. Die einen brachten enttäuschte Tschechen weg, aus den anderen stiegen gut gelaunte Männer, Frauen und Kinder, die einen Wirrwarr an Sprachen redeten, wie er einst den Turm zu Babel zum Einsturz gebracht hatte, doch S. sollte es vor dem Schicksal längst untergegangener Orte schützen, deren ursprüngliche Bewohner wegen Völlerei und Faulheit ausgestorben waren. Nach dem jüdischen und dem deutschen floss nun auch das tschechische Blut ab; die ewige Pumpe des Lebens ersetzte dies jedoch stark mit fremdem, um die abebbende Kraft der schnell alternden Stadt zu erneuern.

Die Schöne Frau erwarb auch dadurch allgemein Achtung, dass sie mit niemandem Kontakt pflegte, der sich ihr nicht vorstellte, was nunmehr nur wenige wagten; deshalb blieb sie auch etwas abseits des Verdachts, Tratsch zu verbreiten, doch sie erfuhr auch nie rechtzeitig, was sie hätte warnen können. Ein weiteres trügerisches Licht der Hoffnung aus Čapeks Stück wurde für sie eine Familie, die schon in zweiter Generation neben ihr wohnte; mehrere Jahre hatte sie versucht, das ehemals deutsche Haus von der Gemeinde zu kaufen, doch erst in diesem Jahr hatte die Direktorin der Bauabteilung zum Bakschischangebot genickt. Die Suchomels waren junge Leute mit drei kleinen Kindern, und das war ein Anker, auf den man sich doch verlassen konnte.

Die Freitage liefen für die Schöne Frau immer ganz besonders ab. Sie wusch Valtrs gläsernes Bad aus und schüttete ihm besonderes Futter in den Napf, das ein Elixier für Papageienleben sein sollte. Die Früchte der Balsamine kosteten ein Vermögen, doch sie hatte um Valtr umso größere Angst, je mehr Wörter er beherrschte. Der Leiter des Tierheims hatte ihr einst verraten, dass ihn der deutsche Antifaschist, der nach dem Krieg hierbleiben durfte und den Papagei erst kurz vor seinem Tod an das Heim abgab, geerbt hatte, bevor das tschechische S. zu einer uralten Stadt des ›Dritten Reiches‹ wurde. Valtr bekräftigte seine loyale Herkunft dadurch, dass zu seinen aufgeschnappten deutschen Wörtern nicht auch Heil und Hitlerrr gehörten. Bei der Schönen Frau erwachte in ihm der Patriot: nach und nach fand er an fünfundzwanzig tschechischen Wörtern Gefallen, und sie wollte verhindern, dass sein überanstrengtes Gehirn wie eine zu stark erhitzte Glühbirne zerbarst.

Auch am darauf folgenden Freitag versorgte sie ihn deshalb, verabschiedete sich für einen halben Tag und fuhr auf den Friedhof, um ihre beiden Gräber zu säubern. Die hatte sie für ihren Mann und ihren Vater an den jeweils gegenüberliegenden Enden gekauft, damit ihnen der alte zivile und menschliche Streit nicht auch noch die ewige Ruhe verdarb; auf zwei Bänken redete sie dann immer schweigend mit jedem von ihnen über etwas anderes. Vor der Endstation befiel sie diesmal die Angst, ob sie nicht zu Hause gleichzeitig Käfig und Fenster geöffnet hatte. Viele Jahre hatte sie bei jedem Lüften in der Angst gelebt, den aus der Wohnung entflogenen gefiederten Exoten drohten beim Eintauchen in eine unbekannte Natur die Schnäbel der heimischen Vogelrassisten. Von den tschechischen Spatzenproleten erwartete sie fast einen Märtyrermord.

Sie blieb also im Bus sitzen, der dieselbe Trasse zurückfuhr. Als sie auf dem kleinen Platz ausstieg, stockte ihr der Atem. Ihre Fenster waren geschlossen, doch vor dem Nachbarhaus stand ein Umzugswagen. Sie kam Schritt für Schritt näher in der naiven Hoffnung, dieser würde sich wie ihre häufigen Träume in Luft auflösen. Doch vor den beiden Kerlen, die an

Gurten die Harfe zum Auto schleppten, auf der Frau Suchomelová zu Hause geübt hatte, lief ihr Mann und dirigierte sie ähnlich wie die Musiker des Stadtorchesters, das er leitete. Als er die Schöne Frau erblickte, sanken seine Arme herab, so als würde er bei einem Fehler abklopfen.

»Maestro …«, stieß sie schließlich hervor, »Sie … Sie ziehen weg?«

»Ja, gnädige Frau … uns hat sich … plötzlich eine Möglichkeit aufgezeigt … und so …«

»Aber Sie haben doch gesagt … Sie und Ihre Frau haben doch behauptet, dass sie nie das Feld räumen …«

»Ja … das haben wir … gesagt … aber … dann haben wir überlegt … wir mussten überlegen … dass …«

Seine Frau kam mit Taschen voller kleiner Dinge aus dem Haus und blieb verwundert stehen.

»Eliška … ich versuche gerade der Frau Doktor zur erklären, warum …«

Die normalerweise nette Frau gab sich aufgrund ihres schlechten Gewissens übertrieben resolut.

»Hier gibt es nichts zu erklären, Frau Čechová, wir als Künstler sind sicher nicht fremdenfeindlich, das ganz gewiss nicht, aber unsere Kinder können hier – das wissen Sie ja selbst! – nicht mal mehr draußen spielen, ohne dass sie jemand beklaut oder anmacht, und Sie können wir ja auch nicht ewig belästigen!«

Die Schöne Frau hätte jetzt lieber bitterlich geweint, als sich herumzustreiten.

»Ihre Mädchen haben mich nie gestört, im Gegenteil, ich hatte alle drei sehr …«

»Sicher würden Sie auch gehen, wenn das Haus nicht Ihnen gehören würde! Unseres hier konnten sie uns glücklicherweise nicht rechtzeitig verkaufen, und so haben wir erst einmal eine Wohnung im Zentrum gemietet. Da können Sie die Kinder ja auch weiterhin besuchen.«

»Und hier«, sagte ihr Dirigent, »haben Sie ja noch den Herrn Professor, nicht wahr!«

»Und vor allem Ihren Valtr!«, sagte die Harfenistin schon unter Tränen, »wir alle hier haben Sie sehr gern, nur deshalb wollten wir Ihnen diesen Abschied ersparen …«

»Ja«, sagte die Schöne Frau, »danke, das war sehr rücksichtsvoll von Ihnen …«

Und sie lief schnell ins Haus, um sich dort auszuweinen.

4

An diesem Tag fuhr die Schöne Frau nirgendwo mehr hin. Sie öffnete auch nicht mehr die Tür, nachdem der Umzugswagen abgefahren war und lange die Klingel schellte, als sich die Suchomels wahrscheinlich verabschieden wollten, wie es sich gehört. Für diesen Fall hatte sie vorher Herrn Hedvábný gebeten, ihnen zu öffnen und sie zu entschuldigen, sie habe sich hingelegt, weil ihr unwohl war, was verursachte, dass sie leider zu einer für die Abreisenden so ungelegenen Zeit zurückgekehrt war.

Es wehte ein Südwind, und so hörte sie die Kakofonie der Rufe und des Lärms der Nichtanpassungswilligen nicht, die wieder in Richtung Sachsen getragen wurde, und der Inhaber des Istanbul hatte schon vor geraumer Zeit ihrer Bitte entsprochen, das Wolfsgeheul, das er Musik nannte, nicht auf den kleinen Platz zu übertragen. Die Bitte überbrachte ihm von der Schönen Frau ebenfalls der Professor; er wagte es nicht, es ihr abzuschlagen, dann aber auch nicht zu verraten, dass er dem Türken mit der Polizei drohen musste und nun

Angst vor seinen Jungs habe, die, wann immer er das Haus verließ, das gegenüberliegende Tor sperrangelweit öffneten, damit er sah, wie gekonnt sie im Hof Messerwerfen übten. Nach einer schlaflosen Nacht schrieb er dann in Panik einen Brief, in dem er nach vielen Jahren bei einer Person demütig Buße tat.

An diesem Tag wurde sich die Schöne Frau erst dank der Stille des quälenden Fehlens von Geräuschen bewusst, die sie früher gestört hatten. Auch bei Malešík hatte ab und zu bis in die Nacht hinein die Blasmusik gespielt, und auch der gefällige Klang der Harfe konnte nervtötend sein, wenn die Nachbarin eine ganze Stunde lang ein und denselben Akkord übte. Es fehlten ihr auch die quietschenden Streitereien der drei Mädchen, von denen sie manchmal Kopfschmerzen bekam. Dankbar war sie wiederum Herrn Hedvábný, der die Türken ruhiggestellt hatte. Warum, so fragte sie sich vorwurfsvoll, berechne ich ihm Miete, wenn all mein Eigentum der Staat erbt? Und Valtr!, berichtigte sie sich. Sie glaubte daran, dass er sie überleben würde, und so musste der Notar Julius Mádr, dessen Vater bereits ihrem Vater als Rechtsbeistand gedient hatte, ein Testament aufsetzen, in dem sie mit ihrem gesamten Vermögen das Tierheim bedachte, das sich verpflichtete, ihrem Liebling Valtrchen ein ruhiges Alter zu gewähren.

Dieser traurige Freitag schien ihr gerade dafür geschaffen zu sein, einen Vorschlag zu unterbreiten, wie sie auch den Professor für die Zeit nach ihr absichern könnte. Sie beschloss, eine Klausel im Testament zu erweitern: statt in einem Altenheim sollte er in der unteren Wohnung seinen Lebensabend verbringen, umsorgt von netten, weil gut bezahlten Pflegern. Sie entschloss sich, die ungeschriebene Ordnung ihres Hauses zu stören, und klopfte zu ungewöhnlicher

Zeit an die Tür im Erdgeschoss, was ihr überwältigendes Angebot wiedergutmachen sollte.

Der Professor meldete sich auch auf das zweite Klopfen hin nicht, was sie so beunruhigte, dass sie aufschloss. Der alte Mann saß im Sessel, bekleidet mit einem schwarzen Anzug, eine Fliege um den Hals, an den Füßen Lackschuhe, so wie er zu Konzerten oder in die Messe ging und auch jedes Mal, wenn er ihr die Miete zahlte, dann überreichte er ihr mit einer Zeremonie eine Blume und küsste ihr die Hand. Die Schöne Frau bekam einen Schreck. So hatte ihr Mann ausgesehen, als sie ihn tot aufgefunden hatte, nachdem er drei Tage lang nicht über den Flur in die Praxis gekommen war und alle glaubten, er sei auf einer seiner Trinktouren. Doch er hatte sich selbst mit einer Gallone Whiskey hingerichtet, so als habe er noch den Eindruck eines Gentlemans bei der Frau hinterlassen wollen, die er geliebt und verloren hatte.

Der Untermieter aber stand sogleich überstürzt auf und erzählte verstört, so sitze er da, seit die Suchomels abgefahren seien, und er spreche sich Mut zu, um sie zu besuchen. Sie verstand, dass er sie angesichts des sich verschlechternden Umfeldes bitten wollte, ihm die Miete zu senken, und war froh, ihm zuvorzukommen, um ihm einen peinlichen Moment zu ersparen.

»Sehr geehrter, lieber Herr Professor«, sagte sie, »dass ich Sie einfach so überfalle, wird wohl der Vorschlag entschuldigen, der Sie bitte nicht kränken soll, weil er von Herzen kommt. Nach all den Jahren, in denen unser Zusammenleben lediglich eine Vertragsbeziehung war, wird es durch das heutige Ereignis endgültig zu einer Goethe'schen Wahlverwandtschaft. Sie und ich sind ab diesem Moment auf unserem kleinen Platz so etwas wie Robinson und Freitag, nur der treue Valtr ist bei uns geblieben, der bei Ihnen genauso zu Hause ist wie bei mir. Es erscheint mir unmöglich, ja, unmoralisch, von Ihnen Miete zu nehmen, und wiederum notwendig, ja, unabdingbar, dass diese tschechische Insel, so unerwartet von einem fremden Meer umspült, ebenso die Ihre wie die meine ist. Deshalb möchte ich gleich morgen beim Freund der Familie, Doktor Mádr, die entsprechenden rechtlichen Schritte unternehmen.«

Sie erwartete nicht, dass Professor Hedvábný dankbar auf die Knie fallen würde, aber auch nicht, dass er sich wieder setzte, als hätte ihn ein schwerer Schlag getroffen. Ehe sie fragen konnte, betrachtete er sie mit gequältem Blick und erklärte es selbst.

»Sehr verehrte, teure Frau Rosa, was ich jetzt aus Ihrem Munde gehört habe, reicht für alle Orden, die mir das Leben nicht vergönnt hat. Die Jahre unter Ihrem Dach, wenn Sie schon das Gleichnis des Meeres verwendet haben, waren für mich ein Ankerplatz im sicheren Hafen, wo ich, vor dem Taifun versteckt, meine Wunden lecken durfte, die ich mir leider zumeist selbst zugefügt habe. An diesem Schicksalstag, ich würde ihn als dies irae bezeichnen, kann ich nicht anders, als Ihnen zu gestehen, dass ich heimlich zu Ihnen entflammt bin, seit ich Sie in meiner Klasse gesehen habe. Wenn Ihr heutiges königliches Angebot nicht gekommen wäre, hätte ich es nie gewagt, mich dazu zu bekennen, dass mich Ihre Schönheit und Weisheit bereits ergriffen haben, seit ich Sie zum ersten Mal vom Katheder aus in der ersten Bank rechts sah!«

Die Schöne Frau öffnete vor Schreck den Mund, doch er ließ sie nicht zu Wort kommen.

»Sie haben mir die Kraft gegeben, auch die russische Sprache zu unterrichten, als man Latein zur proletariatsfeindlichen Sprache erklärte. Sie waren für mich die prima inter aliis, dass ich sogar davon krank wurde, als Sie, de mortuis nihil nisi bene! einen Mann heirateten, der Sie nicht verdient hatte. Ich erlebte das Gribojedow'sche Gore ot uma, Wehe dem Verstand, solange ihre Verbindung andauerte, und als er dann plötzlich starb, habe ich meine Frau und meine Tochter verlassen, um für Sie frei zu sein. Für mich hat Ihr Vater diese Wohnung hergerichtet, darauf vertrauend, dass ich Sie nach ihm beschützen würde, was er Ihnen nicht mehr mitteilen konnte!«

»Aber …«, wendete die Schöne Frau ein, er aber hob dramatisch die Stimme.

»Ja, sehr verehrte, teure Frau Rosa, Ihr Aber hat ins Schwarze getroffen! Trotz der vielen Jahre unter Ihrem Dach habe ich es nicht vermocht, tschort poberi, der Teufel soll mich holen!, auszusprechen, was ich Ihnen gegenüber empfinde, um nicht Gefahr zu laufen, dass mir unterstellt würde, ich wolle durch ein vorgetäuschtes Gefühl erlangen, was Sie mir heute selbst angeboten haben. Leider posdno! posdno! zu spät! denn inzwischen ist ein verzweifelter Brief meiner ehemaligen Gemahlin eingetroffen, ich solle zu ihr und unserer geschiedenen Tochter zurückkehren, die sich ohne mich mit ihrem Leben keinen Rat weiß. Da ich Ihr edles Angebot nicht vorhersehen konnte, habe ich versprochen, mich ihnen zu opfern, somit alea iacta est, die Würfel sind gefallen, der Rubikon ist überschritten …!«

Und die Schöne Frau befielen Herzschmerzen, als sie diesen edlen Mann sah, wie er aus einfacher menschlicher Angst heraus so erbärmlich log.

5

Als die Schöne Frau vom Professor in den Salon zurückkehrte, verstand Valtr, der beleidigt war wie immer, als sie es ihm verwehrte, an ihrer Schulter herunterzurutschen, dass ihr etwas passiert war. Er hüpfte aus seinem Bad, wo er immer eine Weile zu schmollen pflegte, hängte sich an das Türchen und klopfte mit dem Schnabel an die Käfigstangen, dass er nach draußen wolle. Nachdem sie ihm geöffnet hatte, setzte er sich ihr auf die linke Schulter und knabberte zärtlich an ihrem Ohrläppchen. Dass sie in zwei Tagen die letzten menschlichen Stützen verloren hatte, auf denen der kleine Platz bisher dem fremden Elemente getrotzt hatte, lähmte sie.

»Rrrrosa …«, krächzte ihr Liebling, wie er es gewohnt war, wenn seine Liebe von dunklen Gedanken überfallen wurde, »Rrrrum, soforrrrt, Rrrrosa!«

Normalerweise lachte sie, holte die Karaffe, und mit dem dritten Fingerhut kehrte die gute Laune zurück, die zu ihr gehörte wie ihr nicht alterndes Gesicht. Nun aber schüttelte sie den Kopf. Und obwohl der Abend noch jung und ausreichend lau für einen Spaziergang am Fluss war, wo sie auf andere Gedanken kommen könnte, trug sie Valtr zurück in den Käfig und machte sich bettfein.

»Wir gehen schlafen, mein Valterchen, heute will ich nicht trinken, nicht essen, nicht lesen, auch an gar nichts denken, so bleibt nur zu hoffen, dass mir etwas Angenehmes im Traum begegnet.«

Man muss erklären, warum die Schöne Frau, die so viele Bücher zu Hause hatte, dass sie sich neue nur in der öffentlichen Bibliothek auslieh, weil sie sonst keinen Platz mehr gefunden hätten, weder ins Theater, noch ins Kino ging und nach dem Tod des Vaters ihren Fernseher den Suchomels geschenkt hatte, damit sie einen zweiten für ihre Töchter hatten. Die Helden der Romane, die sie immer und immer wieder las, weil sie jedes Mal aufs Neue ihr Herz erfreuten wie Tolstois *Anna Karenina*, Stendhals *Le Rouge et le Noir* oder Čapeks *Geschichten aus der einen und der anderen Tasche*, wollte sie, wie sie sagte, nicht mit falschen Gesichtern sehen. Sie meinte damit die Gesichter berühmter Schauspieler, die, da sie mal hier und mal da eine der geliebten Figuren verkörperten, ihnen so ganz unverschämt Antlitz und Seele raubten!

Sie hatte einfach zu lesen begonnen, und alle, die sie in der Handlung faszinierten, traten wie aus dem Nebel zu ihr heran, zuerst als Silhouetten, die jedoch immer klarere Umrisse annahmen, bis sie sie wie lebendig aus unmittelbarer Nähe sah. Dies erregte sie umso mehr, als sich die Erscheinungen bei jedem neuen Lesen neu wiederholten, so wie sie von einem nichtsahnenden Kind zu einem jungen Mädchen, von einem erwartungsvollen Mädchen zu einer Frau und dann in dieser zum Verständnis fast aller Dinge gereift war, die ein sterblicher Mensch im Laufe seines Lebens verstehen kann. Die Figuren bevölkerten ihr freiwilliges Alleinsein, erlebten an ihrer Stelle, wofür ihr die Courage fehlte. Und den Rest besorgten die Träume.

Die Schöne Frau hatte spätestens in der Pubertät gemerkt, was sie schon unklar als Kind geahnt hatte: dass sie zwei Leben lebte. Eines mit echten Menschen am Tage, das andere, wenn sie las und schlief. Der Schlaf ließ sie fast alles, worüber sie gerade nachdachte, wonach sie sich sehnte und wovor sie sich am meisten fürchtete, so im Detail durchleben, dass sie in dieser unechten Wirklichkeit noch wach wurde, manchmal in Erleichterung, dass die schweren Enttäuschungen, schrecklichen Verluste und niederträchtiger Verrat nur Albträume waren, manchmal in Traurigkeit darüber, dass sich das schwindelerregende Glück nur als Phantom erwies.

Einst war in den Träumen vor allem ihre tote und deshalb immer noch junge Mutter zu ihr gekommen, mit der sie zärtliche Nähe erlebte, um die sie ihre Freundinnen umso mehr beneidete, weil ihr Vater sie bei aller Liebe eher wie einen Jungen abgehärtet hatte, als dass er sie ein bisschen gehätschelt hätte. Um ihn aber für all die Fürsorge und Liebe nicht zu verletzen, hatte sie ihm nie verraten, welche Enttäuschung es für sie gewesen war, wenn sie zum Frühstück statt von ihrer Mutter plötzlich von ihm geweckt wurde.

Sie träumte sich auch ihren Prinzen Jaromír herbei. Als sich dieser bolschewistische Aufseher, wie ihr Vater und sie ihn verstanden, den sie sogar noch unter ihrem eigenen Dach aufnehmen mussten, nachdem die Behörde das Haus als zu groß erachtet hatte, als alles andere, nur nicht als roter Kommissar erwiesen hatte, hielt auch er bald Einzug in ihre Träume. Sie konnte sich tagsüber in Erinnerung rufen, Menschen seiner Überzeugung hatten verhindert, dass sie studieren konnte, wonach sie sich gesehnt hatte, zu reisen, wohin sie wollte, und zu lesen, was sie mochte, dass sie den fortschreitenden Verfall von S. und des gesamten Landes auf dem Gewissen hatten; der Schlaf schien ihn und all das, was er vertrat, über Nacht reinzuwaschen.

Bevor er eine Assistentin gefunden hatte, arbeitete sie bei ihm als Aushilfe und konnte dabei nicht übersehen haben, was für ein guter Arzt er war und wie zuvorkommend er sich unterschiedslos gegenüber allen Patientinnen verhielt, oftmals besser als der Vater, der aus der Vergangenheit doch an eine andere Klientel gewöhnt war, die sich vor der Untersuchung wusch. Doktor Čech machte nicht wie so viele Freunde ihres Vaters, die ihren noblen Hut gegen eine Arbeitermütze eingetauscht hatten, »auf Kommunist«, sondern er wollte bei all seiner Eleganz aufrichtig einer sein, und sie bedauerte es fast, als man ihm eine eigene Kraft zuteilte, somit geriet er ihr mehr oder minder aus dem Blickfeld. Er blieb jedoch in ihren Träumen.

Er blieb – das war ein schwacher Ausdruck. Die Schöne Frau träumte bis dato in Episoden, die an gezeichnete Grotesken erinnerten, die einzigen Filme, die sie gelten ließ. Ihre Träume waren fröhlich, traurig, verrückt, schauderhaft, verliebt, sogar erotisch, doch kurz, sie entsprachen der medizinischen Erkenntnis, dass ein Traum ein paar Sekunden dauert, und hineingeschrieben wurde nicht mehr als die normalen Erlebnisse des Tages. Dann kam jene Nacht, in der sie einen unendlichen Roman träumte, und ihn erlebte sie eben mit diesem schönen jungen Mann, der schon ein Jahr lang direkt unter ihr schlief.

Es geschah am Ende eines lauen Sommerabends, als er ihren Vater und sie zum Abendessen zu den Malešíks einlud und später allein mit ihr unter dem Kastanienbaum sitzen blieb. Die Gäste verschwanden, auch Doktor Schön ging schlafen, doch sie beide bekamen vom Wirt eine neue Flasche mit der üblichen Bitte, anschließend das Licht zu löschen, das Tor abzuschließen und den Schlüssel in den Briefkasten zu werfen. Damals versuchte er, für einen Marxisten überraschend, sie von ihrer Unsterblichkeit zu überzeugen.

»Vor dem Tod, Rosi, müssen Sie sich nicht fürchten, weil es ihn nicht gibt! Alles, was wir gerade leben, scheint uns nur so. Ihnen Ihr Leben, mir das meinige, wir beide also träumen auch von uns beiden. Wenn wir zu Ende geträumt haben, erwachen wir in unserem ewigen Leben, das uns, wenn wir es wollen, wieder einen neuen Traum anbietet.«

Bei der Rückkehr nach Hause küsste sie ihn unter der

Treppe das erste Mal. Es war zwar nur ein Gutenachtkuss, doch er kam daraufhin in ihre kleine Dachkammer, entjungferte sie zärtlich, befruchtete sie, brachte selbst ihr hübsches Mädchen zur Welt und fragte, ob sie noch ein weiteres Kind haben wolle, und als sie freudig zustimmte, schenkte er ihr einen genauso hübschen Jungen und zum Schluss noch ein wunderschönes Pärchen, und all diese wunderbaren Kinder liebten und achteten sie beide, und ihr Jaromír liebte und achtete auch sie, und dann waren sie alt und immer noch genauso verliebt und durch diese Liebe wahrhaft unsterblich …

Dieser Traum aller Träume, den sie über Jahre zu träumen glaubte, bewirkte, dass sie ihn bald darauf heiratete, ihm ein totes Kind gebar, ihn wegen des Verrats seiner Ideale verließ, er sich vor Sehnsucht zu Tode trank und sie aufhörte, an ihre Träume zu glauben.

6

In dieser Nacht träumte sie von nichts. Am Morgen kamen zwei Frauen, angeblich Mutter und Tochter, die von den Waden bis zu den Schultern wie übervolle Mehlsäcke aussahen, um den Professor und seine Sachen abzuholen. Gegenüber der Schönen Frau verhielten sie sich so wie zu einer Bordellbesitzerin, doch ihr tat der Feigling leid, weil er wahrscheinlich bereits seinen tragischen Irrtum begriffen hatte und sich lieber den türkischen Messern ausgesetzt hätte. Es war jedoch, wie er sagte, posdno, zu spät! – seine Würfel waren auf ewige Zeiten falsch gefallen. Als das alte Vehikel um die Ecke quietschte, verbannte sie den Unglückseligen aus ihrem Kopf; ihre Mutter hatte sie mit ihrem Tod bereits als Kind eine Lebensweisheit der Erwachsenen gelehrt, dass das, was geschehen ist, man nicht ungeschehen machen kann, man muss es am besten abwerfen, wie den Ballast eines Luftschiffes.

Noch einen Tag zuvor hatte sie vor dem Einschlafen die Zeitung aufgeschlagen und sich die Adresse eines Maklerbüros eingeprägt, das darin die größte Annonce einnahm. Jetzt brachte sie im Bad ihre Augen in Ordnung, die aus Wehmut doch etwas feucht geworden waren, und überprüfte, ob sie für ihre Mission angemessen angezogen sei. Der Rock ihres Frühlingskostüms reichte bis zur Hälfte der Knie, und sie freute sich, dass sie es ruhig auch in diesem Jahr würde tragen können. So kleine Eitelkeiten halfen ihr über große Hindernisse.

»Valtr«, sagte sie auf der Treppe zu ihrem Liebling, der sich wie immer nicht bequemt hatte, ins Erdgeschoss hinabzufliegen, sondern ihre Schulter als Aufzug genutzt hatte, »liebes Valterchen, heute bist du zum ersten Mal ganz allein im Haus, ich schließe dich ordentlich ein, doch du musst mir versprechen, dass du niemandem öffnest, auch wenn er dieselbe Stimme haben sollte wie ich, versprichst du mir das?«

»Soforrrt, Herrr Karrrl!«, krächzte Valtr; manchmal kehrte er greisenhaft in seine Muttersprache Deutsch zurück, die er wahrscheinlich zusammen mit dem Futter von seinem ersten Herrchen aufgeschnappt hatte.

»Ich bin deine Rosa und ich verspreche dir dafür, dass ich einen Untermieter mitbringe, der nicht so ein Feigling ist wie der Herr Hedvábný und der weder Türken noch sonst jemanden fürchtet.«

»Rrrrosa, an die Arrrbeit!«, murmelte Valtr und flog auf den Küchenschrank, um zu schlafen.

Die Agentur hatte ihren Sitz auf der Hauptstraße und war größer als die Post in S. Die Schöne Frau holte sich am Eingang eine Nummer, konnte sich aber nicht näher umschauen, denn es blinkte schon über einer der gläsernen Kojen. Der ältere Angestellte war wohl eine Aushilfe aus Prag, denn er kannte sie nicht. Er fragte sie nach ihrem Namen, betrachtete mit geübtem Blick die Pläne und Fotos des Hauses und strahlte dann nur noch.

»Schön, sogar sehr schön, und wahrscheinlich gemütlich, gnädige Frau, loben muss ich auch die veranschlagte Miete, Hauseigentümer sind heute alle recht unverschämt.«

Er schaltete den Computer an und drehte den Monitor zu ihr, damit sie verfolgen konnte, was er tat.

»Ich habe hier mehrere solvente Interessenten für eine gute Untermiete, alle Ihre Klasse, Gnädigste, ausländische Developer oder einheimische Topmanager!«

Dabei tippte er blind auf der Tastatur, weil seine Augen an ihr hingen. Wenngleich er eine Frau im späten Alter sah, verfiel er ihrem Zauber wie so viele vor ihm. Er verglich sie mit seiner jungen Frau, und sein Verstand konnte vor Traurigkeit die Finger nicht mehr befehligen. Da sie an ähnliche Reaktionen gewöhnt war, lächelte sie nett, und er vergegenwärtigte sich, dass er nicht wusste, was er schrieb, dass er schon zu lange schwieg und vielleicht sogar rot geworden war. So begann er schnell zu sprechen.

»Ja, Topmanager … und Topdev … und überhaupt Top … also … entschuldigen Sie, ich … ich habe noch keine Objektadresse eingetragen … wo liegt die Immobilie eigentlich?«

Es kam ihm zupass, seinen roten Kopf in den Unterlagen vergraben zu können, doch nun erbleichte er.

»Das ist doch wohl nicht … das kann doch nicht sein … einen Moment, gnädige Frau …«

Er tippte ein paar Sekunden gezielt, und auf dem Monitor erschien ein bunter Stadtplan von S., auf dem sich ein weißer Pfeil bewegte. Die Kreise wurden enger, bis der Pfeil in einer rot eingefärbten Zone stehen blieb. Der Makler sah jetzt aus wie ein Arzt, der seinem Patienten eine bösartige Krankheit mitteilen muss.

»Das ist … das ist leider … gnädige Frau, Sie belieben in Kleinasien zu wohnen?«

Als ihm ihre verwirrten Augen sagten, dass die reizende Dame keine Ahnung hatte, klärte er sie auf.

»Unsere Gebiete sind nach der Verkäuflichkeit der Immobilien eingefärbt, grün sind die gefragtesten, über blau und gelb bis hin zu rot, den unverkäuflichen. Als Kleinasien bezeichnet man hier in der Branche das dunkelrote Gebiet, und das ist, gnädige Frau, eben Ihres …«

»Entschuldigen Sie!«, endlich kehrte ihr das Blut in den Kopf zurück und damit auch die Sprache, »all diese Häuser auf unserem Platz und in den angrenzenden Straßen wurden in der ersten Republik von Bankiers, Anwälten, Künstlern und anderen Zelebritäten errichtet, auch mein Vater war ein bekannter Arzt!«

Er wollte Mitleid zeigen, doch er musste unbarmherzig sein, auch mit einem netten Tonfall zerstörte er die Hoffnung.

»Das … war einmal, gnädige Frau, schauen Sie, ich mache Ihnen einen Ausdruck … das sind die Angebote aus Ihrer Umgebung, die schon monatelang nicht weggehen. Es sei denn, was ich Ihnen empfehlen würde, dass Sie das Haus verkaufen und sich ein anderes woanders suchen. Das Problem ist dann aber immer noch der Preis, doch bei vernünftigen Vorstellungen finde ich sicher jemanden … gerade vor einer Woche hat sich hier ein Levantiner gemeldet, dass er sich gern unter die Seinen einkaufen würde!«

Sie schaute ihn prüfend an, als könne sie in seinen Augen Ironie finden, doch er war sichtlich bereit, alles für sie zu tun, damit sie ihn wertschätze.

»Verraten Sie mir«, sagte sie, »bin ich hier wirklich in meinem Böhmen?«

Um sie zu beruhigen, rief er mit dem Finger auf dem Bildschirm eine weitere Spalte mit Namen und Zahlen auf.

»In dieser Datei, schauen Sie, gnädige Frau, habe ich wiederum viele erfolgreiche Leute von hier, die schon so viel verdient haben, dass wir für sie teure Immobilien in Kroatien, Spanien, Portugal und sogar in Florida suchen! Wir Tschechen sind im ehemaligen Osten die Zweitplatzierten hinter den uneinholbaren Russen, die jetzt gerade den Rest von Karlsbad aufkaufen, um etwas zu haben, wo sie von Las Vegas aus übers Wochenende hinfliegen können.«

Als sie ihre Unterlagen ordnete, um sie wieder einzustecken, zitterten ihr die Hände. Und als sie sich erhob, stand auch er auf, um sich nicht im Sitzen zu verabschieden. Dabei fügte er hinzu:

»Früher hat man diese Erscheinung Völkerwanderung genannt, heute nennt man sie Globalisierung …«

Zurück fuhr sie wie im Trance. Als sie vor dem Haus ihren Schlüssel lange nicht in der Handtasche finden konnte, bemerkte sie, dass sie beobachtet wurde. Die Vietnamesen unterbrachen den Verkauf, der Bosnier stand neugierig neben seinem Grill, die Türken im Hof des Gasthauses hörten mit dem Messerwerfen auf, und die kleinen Roma warteten mit dem Abstoß ihres Lumpenballs vor dem Tor, dessen rechte Stange der Abfallcontainer und die linke die ehemalige Gottesmarter ohne den geklauten Johann bildeten. Nachdem sie endlich mit dem hervorgefischten Schlüssel aufgeschlossen hatte, flüsterte sie mit Dante:

»Lasst, die ihr eintretet, alle Hoffnung fahren …«

7

Auf den Friedhof ging sie erst am darauffolgenden Freitag, doch dafür wollte sie länger dort sitzen, um ihre beiden Toten für den Besuch zu entschädigen, den sie beim letzten Mal hatte abbrechen müssen, als der dramatische Exodus der Tschechen vom kleinen Platz kulminiert hatte. Sie setzte sich zuerst auf die kleine Bank am linken oberen Ende des Areals gegenüber dem einfachen Grabstein mit der vergoldeten Aufschrift MUDr. OTOMAR SCHÖN und den Lebensdaten 1907–1992. Ihre Mutter Ludvíka hatte ihr Vater während des Krieges in Prag auf dem Vyšehrad bestattet, und bei seiner Rückkehr nach S. hatten seine Tochter und er beschlossen, sie nicht aus dem Grab ihrer Eltern zu entführen.

Für die Schöne Frau war die Mutter eine stumme Erinnerung, die nur durch Schwarzweißaufnahmen aufgefrischt wurde. Doch sie war ihr so ähnlich, dass sie an ihr Weiterleben in ihrem eigenen Körper glaubte. Wenngleich sie schon fast ein halbes Jahrhundert älter war, als es das Schicksal ihrer Mutter vergönnt hatte, spürte sie deren Jungsein in sich und war ihr auf ewig für diese wunderbare Gabe dankbar. Doch sie hatte lange Zeit nichts, worüber sie mit ihr hätte sprechen können, alles Gute und Böse hatte sie seit ihrem Tod nur mit dem Vater geteilt.

»Grüß dich, Papa«, sagte sie im Geiste wie all die Jahre seit seiner Beerdigung, wenn sie die Grabpflege beendete, »Valtr grüßt dich auch und ich entschuldige mich, dass ich dich eine Woche lang habe warten lassen, weißt du, letzten Freitag hat sich unser Leben von Grund auf verändert, ohne Vorwarnung sind die Suchomels weggezogen, und auch Herr Hedvábný hat uns verlassen, er hatte so viel Angst vor dem fremden Element, dass er zu seiner fürchterlichen Frau geflohen ist, vor der er sich jahrelang bei uns versteckt hat, ich wollte einen Ersatz finden, damit Valtr und ich nicht allein dort wohnen, doch man hat mir gesagt, dass kein Tscheche zu uns ziehen wolle und unser Haus deshalb seinen Wert verloren hat, ja, Papa, der nette Ort, den du mir hast umbauen lassen, damit ich einen ruhigen Lebensabend habe, ist ohne Krieg von Asien erobert worden, das uns wohl so liebt wie die Hornisse eine Wespe, Papa, was sollen wir nur tun??«

»Rosalein«, sagte der Vater zärtlich, »auf meinen Verstand konntest du dich verlassen, solange es um Dinge ging, die ich kannte, ich wusste, was zu tun war, wenn uns wie immer mal wieder die Deutschen überfallen hätten, mit den Türken habe ich schon lange nicht mehr gerechnet, und mit den Asiaten, wie ich zugebe, überhaupt nicht.«

»Danke, Papa«, darauf die Schöne Frau, »ich frage noch den Jaromír, und wenn auch er mir nicht raten kann, werde ich das irgendwie selbst klären, schlimmstenfalls überzeuge ich mich davon, dass Doktor Julek Mádr Valtrs Zukunft zuverlässig abgesichert hat, und lege mich dann hierher zu dir, ich hab, sage ich dir ehrlich, von allem langsam die Nase voll!«

Als sie in die rechte untere Ecke des Friedhofs kam, setzte sie sich auf die kleine Bank gegenüber dem Grabmal mit der versilberten Aufschrift MUDr. JAROMÍR ČECH und mit den Lebensdaten 1928–1975.

»Grüß dich, Jaromír«, sprach sie, »es tut mir leid, dass ich vor einer Woche nicht hier war, aber Valtr und ich haben hässliche Dinge erlebt, die Suchomels sind vom Platz fortgezogen und von uns der Herr Hedvábný, er hat wegen all dieser neuen Barbarenvölker einen solchen Schreck bekommen, dass er lieber zu seiner Familie zurückgekehrt ist, vor der er jahrelang ausgerissen ist, was ich verstanden habe, als sie ihn holen kam, ich habe geglaubt, dass ich für die Wohnung, in der ich mit dir gewohnt habe und du auch gestorben bist und die Papa dann so schön wieder emporgebracht hat, einen dankbaren Mieter finde, doch Irrtum, Tschechen haben dort Angst, ich langsam auch, und das Haus verkauft sich angeblich nicht mal für einen Bruchteil des Preises, ich weiß nicht, was ich tun soll, und Papa auch nicht.«

»Rosi«, sagte ihr Mann, »ich hatte Angst, als du letzte Woche nicht gekommen bist, dass du mich für immer verstoßen hast, und nun bin ich glücklich, dass deine Güte weiter andauert, ich weiß nur allzu gut, wer daran schuld ist, dass du jetzt alles allein durchstehen musst; wenn mir nicht ein böser Dämon eingeflüstert hätte, dass ich in dieser ekelhaften Partei bleiben soll, in die die Übeltäter von jenem Abfallhaufen der Geschichte zurückgekehrt sind, auf den wir Unschuldige geschickt haben, würde ich mich bis heute in deiner Liebe sonnen und du hättest in mir eine Stütze, doch es hilft kein Was-wäre-wenn, die Toten wissen das am besten, aber weil du mich nicht verlässt, verlasse ich dich auch nicht, geh nach Hause, Rosi, und schreib kein Testament, sondern weil du so schön schreiben kannst, hänge am Haus ein gut lesbares Plakat auf, dass du eine preiswerte Wohnung vermietest, damit dich der, den ich für dich finde und dir schicke, nicht so lange suchen muss, lauf, meine Seele, lauf und habe mich dafür wieder gern, auch wenn ich nur ein Feigling war.«

»Ich danke dir, Jaromír«, sagte die Schöne Frau darauf, »ich weiß zwar nicht, wen die Schritte zu uns nach Kleinasien führen sollten, aber ich versuche es auf jeden Fall, das nächste Mal erzähle ich dir, was daraus geworden ist, und falls nichts, dann werde ich meinen angeborenen Herzfehler aktivieren und zu euch kommen, tschüss.«

Auf dem Weg kaufte sie sich zwei Zeichenblätter, falls eines nicht gelänge, doch gleich das erste wurde gut – MÖBLIERTE WOHNUNG PREISWERT ZU VERMIETEN! Als sie es an das Tor des Vorgartens hängte, verspürte sie einen Schlag im Rücken. Sie drehte sich um und sah, wie ein von ihr abgeprallter Ball fortrollte. Die kleinen fußballernden Roma an der geschändeten Gottesmarter standen da wie versteinert, auch die türkischen Jugendlichen, die im Hofe Messer warfen und die Vietnamesen mit ihrem Gemüse und der Bosnier am Kebap. Sie wollte aufschreien und schreien und schreien, doch ihre Stimme hatte mehr Verstand als sie, sie begriff, dass sie hier lächerlich klingen würde, und so blieb sie lieber in der Kehle.

Kaum hatte sie die Haustür hinter sich zugeschlagen, landete Valtr auf ihrer Schulter, um bequem ins Obergeschoss hinaufzufahren. Sie streichelte sein gesträubtes Gefieder und klagte.

»Die zwei auf dem Friedhof haben gut reden, doch was bleibt uns Lebenden, mein kleiner Liebling?«

»Rrrrum!«, krächzte Valtr, aus ihrer bebenden Stimme ihren Seelenzustand ablesend.

Gehorsam goss sie sich ein Gläschen ein und trank in kleinen Schlucken. Da klingelte unten blechern die Klingel. Sie war so in Gedanken versunken, dass sie es nicht wahrnahm.

»Wenn ich dich nicht hätte, wüsste ich, wie es weitergeht, ich habe keine Freude mehr am Leben, weißt du? Meine einzige Sorge wäre, ob ich mich zu Papa oder zu meinem Mann legen sollte. Ersteren habe ich mehr gebraucht, der andere braucht mehr mich. Was erwartet mich denn noch in dieser entfremdeten Gegend? Doch solange du hier bist, muss ich auf dich achtgeben, mein Liebster!«

»Schrrreck, Rrrrosa!«, krächzte ihr Liebling und tauchte seinen Schnabel in ihren Rum.

Sie trank ein zweites Glas und überhörte auch das zweite Läuten. Valtr begann wütend mit den Flügeln zu schlagen, bis sie, als sie sich wieder ein Glas eingoss, erschrak. Sehr gelungen ahmte er das Klingelgeräusch nach. Deshalb hörte sie es beim dritten Mal selbst.

»Wer kann das nur sein …?«

»Herrr Karrrl, Herrr Karrrl!«, freute sich Valtr und wollte ihn zusammen mit ihr begrüßen.

»Dein Herr Karl erwartet dich sicher im Himmel. Jetzt bleibst du erst mal hübsch hier.«

Sie zeigte auf den Käfig. Er segelte beleidigt davon und war sehr verärgert.

»Krrruzitürrrken! Valtrrr Grrraf!«

Sie eilte die steile Treppe hinab, als es wieder lange klingelte. Durch das Guckloch in der Tür erblickte sie einen fremden Mann.

Ein Fremder stellt sich vor

8

Sie öffnete nur, so weit es die Sicherheitskette zuließ. Der Fremde war etwas älter als sie, noch ein recht stattlicher Mann. Das Gesicht mit dem mächtigen, aber gepflegten Schnurrbart war fest, die dunklen Augen unter der schwarzen Mähne ohne graue Strähnen strahlten innere Kraft aus. Er trug einen dunklen, etwas abgetragenen Anzug, auf dem Kopf einen breiten Hut und in der Hand eine altmodische Aktentasche, was es ihr erlaubte, ihn einzuordnen. Jaromír hatte für sie einen ehemaligen Versicherungs- oder Staubsaugervertreter auferstehen lassen, wie sie sie noch aus ihrer Kindheit vor dem Krieg kannte. Der Fremde bestätigte ihr dies mit einer Frage auch selbst.

»Guten Tag, Madame, erlauben Sie, dass ich Sie einen kleinen Moment belaste?«

Sein Tschechisch war so altmodisch wie die Aktentasche, und sie entgegnete energisch, aber höflich, wie es ihr der Vater beigebracht hatte, der meinte, jedes Geschöpf habe eine verletzliche Seele.

»Ich kaufe nichts mehr, denn ich habe alles, und versichert bin ich auch gegen alles.«

Da war sie sich schon sicher, dass er kein Tscheche war, und konnte sich einen ironischen Seitenhieb nicht verkneifen.

»Wenden Sie sich lieber an Ihre eigenen Leute, hier in der Gegend wohnen mehr als genug davon!«

Sie schlug ihm die Tür vor der Nase zu und musste lachen, wie ernst sie Jaromírs Versprechen genommen hatte, das sie sich doch auf dem Friedhof selbst ausgedacht hatte. Doch ehe sie an der Treppe angekommen war, klingelte es wieder, diesmal sogar dreimal scharf. Sie dachte einen Augenblick nach, doch dann zwang sie ihr plötzliches Gefühl der Enttäuschung, die Tür erneut bis zum Kettenanschlag zu öffnen, um dem Störenfried etwas Gepfeffertes entgegenzuschleudern. Doch der Fremde hatte in der Zwischenzeit seinen breitkrempigen Hut abgenommen und zeigte entschuldigend auf ihn.

»Verzeihen Sie mir meine Unhöflichkeit von vorhin, bei uns zu Hause sind wir es nicht gewohnt, den Hut zu lüpfen.«

Sie verstand dies allerdings als Routinetrick eines gewieften Handelsreisenden.

»Mein Herr, ich habe Ihnen doch schon sehr deutlich gesagt, dass ich überhaupt nichts brauche!«

»Aber ich biete Ihnen doch überhaupt nichts an, Madame, ich will doch nur bei Ihnen Unterkunft …«

Und er zeigte auf das Plakat, das sie vor einer Weile aufgehängt hatte. Sie war verwirrt.

»Na … hier aber … hier ist doch keine Gemeinschaftsherberge …«

»In der will ich eben nicht mehr verbleiben, weshalb ich eine solide Untermiete suche.«

»Das ist allerdings … ich denke nicht, dass Sie … es ist nicht gerade eine billige Wohnung …«

»Wie viel kostet sie?«, fragte er einfach, so als sei er gekommen, um sich eine Kinokarte zu kaufen.

Es gab kein Entrinnen. Sie musste antworten. Zumindest schob sie es mit der nächsten Frage hinaus.

»Sie sind … sind … Sie sind direkt in unserer Stadt tätig …?«

»Ja, schon lange, ich bin Polier, wissen Sie?«, und als er sah, dass sie es nicht verstand, erklärte er es, »ich bin Vorarbeiter bei einer großen Baufirma. Habe festes Gehalt. Darf ich die Wohnung sehen? Madame, Sie brauchen sich vor mir nicht ängstigen, alle hier sehen doch, dass ich bei Ihnen klingelte!«

Sie blickte hinter ihn. Die Erwachsenen und die Kinder auf dem kleinen Platz schauten schon wieder neugierig hierher. Es war ihr auf einmal peinlich, dass sie mit ihm in der Tür verhandelte, und so forderte sie ihn auf einzutreten.

Trotz allem fühlte sie sich nicht wohl in ihrer Haut, als sie ihn über den unteren Flur führte und die Wohnung aufschloss, in der jahrelang Herr Hedvábný gelebt hatte. Der Fremde aus einem bisher noch unbekannten Land überraschte sie dann das erste Mal, als er auf der Schwelle stehen blieb und höflich an den Türrahmen klopfte, ehe er eintrat. Mit einer kurzen Erklärung zeigte sie ihm die Kochnische, öffnete die Tür zum Schlafzimmer und dann auch zum Bad mit Toilette. Dort berührte er die Spülkette und fragte.

»Darf ich einmal …?«

Als sie wieder überrascht nickte, zog er fast feierlich an der

Kette und verfolgte erfreut das Wasser, wie es schnell in die weiße Schüssel schoss. Dann drehte er sich zu ihr um.

»Dies ist fürwahr eine hübsche Wohnung. Kann ich sie also mieten?«

»Sie wissen doch immer noch nicht, wie viel sie kostet!«, wandte sie ein, immer verwirrter.

»Das weiß ich nicht, aber ich ahne, dass der Preis davon abhängt, ob Sie mich hier wollen oder nicht.«

Die Schöne Frau erschrak, dass ihr Gesichtsausdruck verraten haben mochte, was sie dachte.

»Wie meinen Sie das, ob ich Sie hier will oder nicht …?«

»Bisher war das bei mir immer so, wo ich persönlich vorstellig war. Heute lief ich zufällig an Ihrem Haus vorbei, aber früher habe ich verschiedene Wohnungsfirmen und auch Inserate ausprobiert. Jede Wohnung war zu haben, solange man mich nicht gesehen und gehört hatte. Aber ich verstehe das und bin auch gar nicht böse. Bei uns daheim hätten Tschechen dasselbe Problem. Die Menschen sind einfach so. Alles, was anders ist, schreckt.«

»Woher kommen Sie?«, fragte sie, weil sie der seltsame Mann faszinierte.

»Eigentlich von nirgendwo. Ich bin Kurde, und Kurden haben vier Orte, wo sie zu Hause sind, die Türkei, den Iran, den Irak und Syrien, also keine Heimat, aus jedem werden sie Knall auf Fall, wie Sie sagen, in den nächsten geschickt. Und wenn sie alles ausprobiert haben, bleiben sie, wohin der Zufall oder die Gelegenheit sie brachte.«

»Und … und sind Sie …«, sie brach ab, beendete dann aber den Satz, »Moslem?«

»Wie man bei Ihnen sagt, jein!« Sein Lächeln ließ Zähne wie Reißzähne aufblitzen, – »ich bin gläubig, damit Allah es sieht und nicht sein Personal, das oft meint, an seiner Statt das Reich zu verwalten, in dem Gläubige Leibeigene sind … so heißt das doch, oder?«

»Ja … und wie kommt es, dass Sie so gut Tschechisch sprechen?«

»Ich wollte nicht immer der Blöde bleiben, und so habe ich es vom ersten Tag gelernt. Für Ausländer sind die Kurse hier kostenlos, warum also sollte ich meine Abende in Kneipen leben?«

Die Schöne Frau schüttelte über alles, was sie gehört hatte, nachdenklich den Kopf.

»Haben Sie denn keine Familie?«

»Nein … ich bin schon sehr lange Witwer.«

»Aber Kinder haben Sie doch? Oder Enkel?«

»Die sind …«, er suchte angestrengt nach einem Wort, »entsetzlich weit weg.«

Im selben Atemzug wechselte er das Thema.

»Eben weil ich allein bin, möchte ich meine Zeit mit Lernen verbringen, und das geht in der Gemeinunterkunft nicht, die Leute streiten sich dort und rauchen und … waschen sich nicht. Deshalb suche ich schon lange eine Untermiete, wie Ihr Aushang verspricht, und bin bereit, anständig dafür zahlen, solange es in meiner Macht steht. Sagen Sie mir nun, wie viel mich das hier kostet?«

Endlich war ihr Gedanke gereift, der ihr schon lange auf den Lippen lag.

»Und sind Sie hier … danach muss ich leider fragen! Sind Sie legal bei uns?«

»Natürlich, Madame! Sonst hätte ich es doch überhaupt nicht gewagt, Sie zu belasten!«

Als hätte er darauf gewartet, öffnete er die Aktentasche und zog daraus Papiere hervor, doch da erschien ihr ein Gespräch im Stehen bereits würdelos. Wenn dieser Mann nicht aus der

Totenwelt gekommen war, dann doch dank ihrer fixen Idee, die durch den Zufall Wirklichkeit geworden war und den man nicht wegwerfen durfte. Sie hörte sich zu ihm sagen:

»Gehen wir doch hinauf in den Salon …!«

9

Auf der Treppe beschleunigte sie den Schritt, und so kam sie rechtzeitig, um die Karaffe mit dem Rum wegzustellen. Sie wollte nicht, dass dieser solide aussehende Mann einen schlechten Eindruck von ihr bekam. Dann setzte sie sich an den altertümlichen Tisch, bot ihm einen Stuhl an und schaute die Papiere durch, die er aus der Aktentasche genommen und bereitwillig wie einen Fächer vor ihr ausgebreitet hatte. Obenauf lagen zwei Briefe mit Stempeln.

Die Ausländerpolizei in Prag bestätigte, dass Herr … der ungewöhnlich klingende Name entfiel ihr gleich wieder … geboren am elften Dezember neunzehnhundertdreißig in … den Namen des Ortes voller Umlaute übersprang sie gleich … über eine zweimal verlängerte, zeitlich begrenzte Aufenthaltsgenehmigung verfügt, die immer noch gültig ist. Die Aktiengesellschaft Hejkal and Hejkal teilte to whom it may concern, was die Schöne Frau als englische Form der Anrede aller, die etwas betreffen sollte, kannte, mit, dass Herr … den Namen überflog sie wieder nur … ihr ständiger Mitarbeiter sei, der die verantwortungsvolle Funktion eines Vorarbeiters auf dem Bau eines Multifunktionszentrums in S. zur vollen Zufriedenheit der Firmenleitung ausübe und sich des Vertrauens aller erfreuen dürfe, bei denen er um eine Untermiete ersuche, Ing. Unterschrift unleserlich, aber irgendwie im Unterbewusstsein bekannt.

Der Fremde hatte inzwischen den Käfig entdeckt und spitzte die Lippen zu einem unhörbaren Pfeifen. Valtr beobachtete ihn sehr konzentriert aus seinem Bad. Der Mann wiederholte die Aufforderung. Valtr versuchte seinen Schnabel ebenso zu spitzen, was ihm allerdings nicht gelang, dafür aber ahmte er sehr gelungen den stummen Ton nach. Nach einem weiteren leisen Signal sprang er sogar vom Bad auf die Schwelle der geöffneten Käfigtür herab. Hätte dies die Schöne Frau gesehen, hätte sie der Verdacht beschleichen müssen, dass sich hinter ihrem Rücken zwei Verschwörer zusammengetan hatten.

Sie nahm dieses Spiel nicht wahr. Sie las zu Ende und war trotz ihrer Zweifel entschlossen. Wenngleich sie wusste, dass diesen Mann hier kaum der verstorbene Jaromír geschickt haben konnte, war ihr klar, dass sie jetzt nicht mehr Nein sagen konnte, wenn sie sich nicht vor sich selbst schämen wollte. Abbringen konnte ihn nur noch der Preis, der für den Vorgänger sehr barmherzig gewesen und der für die Verhältnisse des Nachfolgers hoffentlich zu hoch war. Sollte er selbst entscheiden! Sie stand also auf, ging zum Sekretär, nahm ein Heft aus der Schublade, in das sie all die Jahre sämtliche Zahlungen des Herrn Hedvábný eingetragen hatte, und legte es dem Fremden vor.

»Damit Sie wissen, dass ich keinen Unterschied mache: Diesen Betrag hat mir monatlich der tschechische Untermieter gezahlt, der gerade ausgezogen ist. Mit dem normalen Frühstück wären das auch für Sie noch einmal tausend Kronen mehr.«

»Nein, nein!«, der stattliche Mann schien vor Schreck kleiner geworden zu sein, »ich komme auch ohne …«

»Ich zwinge Sie keinesfalls dazu«, beeilte sich die Schöne Frau zu sagen.

Sie war sich sicher, dass er sich endlich verabschieden würde. Doch er zog ein kleines Notizbuch mit einem Stift aus der Tasche und rechnete etwas, wobei er tonlos die Lippen bewegte. Endlich blickte er auf.

»Auch so ist das recht … viel …! Wenn … wenn Sie, Frau Čechová, nenne ich Sie richtig? Wenn Sie etwas mit Preis unten gehen, kann ich Ihnen vielleicht helfen.«

»Wobei …?«, das unerwartete Angebot überraschte sie.

»Vielleicht bei allem. Ja, das Leben hat mich gelehrt, mich in vielen Arbeiten auskennen, ich beherrsche, wie Sie hier sagen, neunerlei Handwerk, das die zehnte Not vertreibt.«

»Ach so …«, endlich hatte sie einen guten Grund, den Besuch zu beenden, ohne dass die Ursache bei ihr gelegen hätte, »wissen Sie, ich muss Barzahlungen den Vorrang geben, wie das, Sie sehen es hier, auch ihr Vorgänger getan hat. Also leider …«

Er aber reagierte darauf sofort mit einer energischen Bewegung seines Stiftes im Notizbuch.

»Nein, nein, das ist in Ordnung. Ich habe die Colas gestrichen. Ich werde Wasser trinken, es ist mehr gesund und gleich geht die Rechnung auf. Ich nehme die Wohnung ohne Frühstück, doch die Miete zahle ich im Voraus. Abgemacht?«

Er streckte ihr die Hand hin, zog sie aber sofort zurück und entschuldigte sich von neuem.

»Ich habe wieder vergessen, dass bei Ihnen eine Frau die Hand reichen muss. Ich kenne hier noch wenige, wissen Sie? Im Prinzip überhaupt keine, die haben Fremde von dem Teil der Welt, woher ich komme, nicht sonderlich gerne. Also schlagen wir ein oder soll ich irgendetwas unterschreiben?«

»Aber ich …«, sogar mit einer kleinen Lüge ging sie in ihre

nächste Position, »für den Fall, dass meine Verwandten hier einziehen wollen, gebe ich meinen Mietern nur eine einmonatige Kündigungsfrist …«

»Da habe ich überhaupt keine Angst«, rief er aus, »Sie werden sicher mit uns zufrieden sein!«

»Mit uns …?« Sie verstand nicht, »sind Sie denn hier nicht allein …?«

»Das wollte ich gerade noch sagen. Ich habe so ein hübsches Tierlein, mein Enkel hat es mir als Glücksbringer geschenkt … In der Gemeinschaftsunterkunft lieben es alle, es wird denen fehlen, sicher wird es auch Ihnen gefallen!«

»Einen Moment!«, sie wollte sich nicht weiter einlullen lassen, »was für ein Tier?«

»Ein kleines, schönes und für mich sehr teures. Ein Kater aus Persien …«

Er hatte wahrscheinlich schon begriffen, dass das ein Problem sein würde: die Schöne Frau bekam einen richtigen Schreck.

»Aber ich habe doch einen Papagei, sehen Sie denn das nicht?«

»Doch …«, versuchte er sie zu überzeugen, »also mögen Sie Tiere …«

Doch für Sie war bereits alles entschieden. Jaromír war schuld, dass sie sich vor Traurigkeit über seinen Verrat des in anderer Weise verlassenen Valtrs angenommen hatte, Jaromír hatte kein Recht, ihr jetzt seinen Mörder zu schicken. Endlich hatte sie einen guten Grund, diesen seltsamen Besuch zu beenden.

»Das ist absolut ausgeschlossen! Mein Valtr hat im Leben keine Katze gesehen, sicher würde er vor Angst sterben! Außerdem ist er es gewohnt, im ganzen Haus herumzufliegen!«

hinter Alibaba,

»Alibaba tut ihm nichts, ich gebe Ihnen darauf mein ehrliches Wort! Er hat weder bei uns noch hier irgendeinem Vogel ein Haar gekrümmt!«

Doch sie hatte schon ihr Heft zugeklappt, den Fächer seiner Dokumente zusammengelegt, war aufgestanden und drängte sie ihm zusammen mit der Aktentasche auf, die er bei seinem Eintreten artig auf einen freien Stuhl gestellt hatte.

»Es tut mir sehr leid, Herr … Herr … ach, das ist doch jetzt egal. Außerdem habe ich selbst schon immer Angst vor Katzen, ja, umso mehr kann ich Valtr verstehen, und ich muss Sie bitten, in unserem Land, wenn Sie hier leben wollen, neben, ihnen bereits bekannten Bräuchen auch das Recht jedes Hauseigentümers anzuerkennen, nur denjenigen aufzunehmen, den er auch will. Bitte …!«

Auch der Fremde stand auf und wirkte so zerknirscht, dass er ihr fast schon wieder leid tat. Sie musste sämtlichen Willen zusammennehmen, um unerbittlich vor ihm her zur Treppe zu eilen, die nach unten führte. In diesem Moment bekam sie sogar Angst vor seiner Kraft, er folgte ihr jedoch ohne Widerspruch. Sie trat auf die erste Stufe, als sie ohne Vorwarnung, entweder aus Aufregung oder wegen des Rums, das Gleichgewicht verlor und böse bis ins Erdgeschoss stürzte. Ihr Schrei verschmolz mit dem Krächzen des Papageis, der in einem verlangsamten Flug ihren steilen Fall verfolgte.

»Rrrosa, Schrrreck! Schrrreck Rrrosa! Rrrosarrrosa!«

10

Dieses Bild prägte sich der Schönen Frau so ein, dass es sie bis in die Bewusstlosigkeit begleitete: Ihr Liebling Valtr, so klein und zerbrechlich, verlassen, ohne Hilfe auf der groben Schulter des dunklen Fremden, der zum absoluten Herrn über ihre Wohnung geworden war. Mit dem Gefühl verzweifelter Ohnmacht fiel sie also in die Umnachtung. Als sie wieder aufwachte, beugte sich das runde Gesicht einer Krankenschwester in weißer Tracht über sie, doch auch die Verzweiflung kehrte zurück.

»Polizei«, stieß sie hervor, »war die Polizei schon da? Wenn nicht, rufen Sie sie!«

»Sie sind im Krankenhaus, Frau Čechová, Sie sind bei uns in Sicherheit. Was soll die Polizei hier?«

»Sie muss einschreiten! In meiner Wohnung ist ein Fremder geblieben. Vielleicht hat er mich schon ausgeraubt!«

»Beruhigen Sie sich, Sie haben das nur geträumt. Unser Herr Chefarzt – Sie kennen sich wohl recht gut – hat Ihnen ein Schmerzmittel gespritzt, damit Ihnen nichts weh tat, als wir Sie beim Röntgen hin und her bewegten. Sie hatten wirklich Glück, es sind nur Prellungen. Ein paar Tage werden Sie noch hier bleiben, zwei Wochen zu Hause herumhumpeln, dann können Sie wieder über Pfützen springen.«

»Aber ich muss sofort nach Hause! Ich weiß doch gar nicht, was mit Valtr ist!«

»Ach, der ist mit Ihrem Ausweis zurückgekehrt, und darin haben wir auch einen Vermerk gefunden, dass Sie Anspruch auf Klasse haben. Sie sind also hier, und er wartet seit geraumer Zeit auf dem Gang, bis Sie aufwachen.«

»Wer wartet?«, immer noch kam sie sich benebelt vor, weil sie die Schwester nicht verstand.

»Na, Ihr Mann. Er ist Slowake, nicht wahr? Aber er spricht sehr gut Tschechisch. Wir waren alle gespannt auf ihn, weil Sie im Schlaf immerzu seinen Namen gerufen haben, aber jetzt wundern wir uns nicht mehr. Ein toller Kerl! Passt prima zu Ihnen ...«

Einen Anflug von Neid unterdrückte die beleibte Schwester mit einer Frage. »Ich kann ihn also reinlassen, nicht wahr! Damit Sie sich etwas freuen ...«

Schon stand sie in der Tür und antwortete sich eigentlich selbst. Die Schöne Frau ahnte schon schwach, wer eintreten würde, doch der Anblick des Fremden überraschte sie trotzdem. Den Mantel, den Hut und auch die Aktentasche hatte er offensichtlich auf dem Gang gelassen, dafür hielt er ein dickes Buch in der Hand, aus dem ein Lesezeichen herausschaute. Über seinem Handrücken konnte sie den ungewöhnlichen Titel lesen: ANATOMIE.

»So, Herr Čech«, sagte die Schwester, »nun ist es soweit, hier haben Sie Ihre schöne Gattin wieder, aber drücken Sie sie nicht allzu sehr, das könnte ihr weh tun.«

Mit diesen Worten war sie verschwunden. Neben Verzweiflung verspürte die Schöne Frau nun plötzlich ein starkes Unwohlsein, somit fauchte sie statt eines Grußes den Fremden gleich an.

»Wo sind meine Schlüssel? Sie müssen sie doch haben. Oder haben Sie das Haus nicht abgeschlossen?«

Er hielt den Bund jedoch in der anderen Hand und reichte ihn ihr schnell.

»Doch ... man hat mich nicht früher zu Ihnen gelassen ... ich habe gewartet, bis Sie aufwachen.«

Sie griff nach den Schlüsseln, als habe er sie ihr gerade entrissen, und sprudelte ihre Hauptsorge hervor.

»Und was ist mit Valtr? Ist er in Ordnung? Ist er in diesem Chaos nicht aus dem Haus entkommen?«

»Wer ...?«, fragte er, so als habe er von seiner Existenz keine Ahnung.

»Mein Valtr ...«, erschrak sie, erneut beschlich sie ein Verdacht, »ist ihm was passiert?«

»Niemand ist im Haus gewesen«, sagte er verschreckt, »ich habe alles dort durchgesucht …«

Endlich begriff sie, dass dieser Name so wie die Schwester auch ihn in die Irre führte.

»Mein Papagei doch! Sie haben ihn doch gesehen! Ist er nicht weggeflogen, als man mich rausgetragen hat?«

»Das ist also Valtr?! Nein, bevor man Sie geholt hat, habe ich ihn in den Käfig zurückgebracht, Wasser nachgefüllt, auch Futter, und den Salon lieber abgesperrt, damit er sich in dem Chaos nicht verliert. Und als mir hier die Dame in Weiß sagte, dass man Sie hierbehalten wird, bin ich zurückgegangen, um zu schauen, ob eventuell in der Küche nichts angeschaltet ist. Tut mir leid, dass ich ohne Ihre Erlaubnis dort war …«

Ihre Panik verflog, und das Unwohlsein wich dem Gefühl, dass sie ihm wohl eher danken sollte.

»Das haben Sie … das haben Sie alles gut gemacht, auch das mit dem Ausweis, und ich bin Ihnen sehr verbunden, Herr … wie heißen Sie nochmal?«

»Nennen Sie mich ruhig Kemal, das ist für Tschechen einfacher.«

Sie erinnerte sich an eine Wendung, die er bei seinem Besuch mehrmals verwendet hatte.

»Das gehört sich bei uns nicht, dazu kennen wir uns zu wenig.«

»Ja, entschuldigen Sie, ich habe wieder etwas vergessen …«

»Gut, also Kemal … das ist sicher der Vorname. Und weiter?«

»Kemal Ötcölan. Jedes o mit Umlaut, mein Großvater war Türke.«

»Ich verstehe … dann danke ich Ihnen aufrichtig, Herr Etschelan.«

»Keine Ursache, eigentlich war es meine Schuld.«

»Wieso Ihre? Ich bin gestolpert und selbst gestürzt!«

»Sogar bei uns soll ein Mann vor der Frau die Treppe unter gehen, eben damit er sie auffangen kann. Aber ich habe es nicht gewagt, weil Sie gerade so gewütet haben.«

»Ich habe gewütet?«

»Nein, nein! Sie waren wütend! Diesen Fehler mache ich sehr oft.«

»Das weiß ich nicht mehr. Warum war ich …?«

»Wegen meinem Alibaba … weil Sie keine Katzen mögen.«

»Na, so was. Wahrscheinlich hat mich genau deshalb der Herrgott bestraft.«

»Das wäre nicht gerecht von ihm, weil Sie Vögel mögen … und auch Fremde. Mit mir haben Sie geredet, als wäre ich ein Tscheche, das werde ich Ihnen nicht vergessen. Aber … ich habe auf dem Gang noch etwas, halten Sie bitte aus!«

Er eilte fort, war aber einen kurzen Moment später mit ihrer Einkaufstasche zurück. Darin lagen auf dem sorgfältig zusammengelegten Morgenmantel Pantoffeln, in einer durchsichtigen Tüte, in der sie normalerweise Gemüse im Kühlschrank aufbewahrte, lagen eine Zahnbürste und Zahnpasta, in einer weiteren zwei Äpfel, die sie sich am Morgen für das abendliche kalorienarme Abendessen zurechtgelegt hatte. Sie schaute auf die unerwartete Ausstattung und wusste nicht, was sie sagen sollte. Er schon.

»Wenn etwas fehlt, kann ich noch mal bei Ihnen vorbeischauen, also … wenn Sie mir vertrauen.«

»Nein, nein … also … doch, ich vertraue Ihnen, aber ich habe jetzt wirklich alles. Noch einmal vielen Dank, und ich wünsche Ihnen bei uns viel Glück.«

»Und … haben Sie schon jemanden, der sich in der Zwischenzeit um Ihren Vogel kümmert?«

Nun schaute sie ihn an und spürte, wie ihr Herz höher schlug. Sie hätte natürlich Doktor Mádr anrufen können, damit er eine seiner Sekretärinnen schickte, um nach Valtr zu sehen, doch gleich stellte sie sich die Reaktion dieser aufgetakelten Blondinen vor, wenn er sich ihnen auf die Frisur setzen würde. Die erschrockene Frau Suchomelová hatte ihn beim ersten Mal mit ihren vom Harfenspiel harten Fingern so energisch weggescheucht, dass er eine Woche lang nicht fliegen konnte. Ihr Liebling hatte also keine andere Hoffnung zu überleben als diesen Fremden.

11

Der letzte Eindruck, der sie in ihre Bewusstlosigkeit begleitet hatte – das Bild Valtrs auf der Schulter des Fremden –, erhielt plötzlich eine umgekehrte Bedeutung. Sie hatte ihn doch immer einsperren müssen, wenn Herr Hedvábný mit der Miete kam, und nie konnten sie ungestört ein Gläschen trinken, weil der beleidigte Liebling ohne Unterlass pfiff und krächzte. Die Suchomels ertrug er insofern, als er sich ihnen jedes Mal auf den Kopf setzte, diesen mit dem Schnabel abklopfte und gleich wieder auf den Käfig flog, so als habe er Pässe abgestempelt. Diesem Fremden aber war er vertrauensvoll auf die Schulter gesegelt und dann auch sitzen geblieben, als er sie doch hätte wiedererwecken sollen. Wollte er ihm damit ein Alibi geben, dass er nichts für ihren Unfall konnte?

Doch sie vergegenwärtigte sich, dass sie keine andere Wahl hatte. Es war Freitagabend, und aus der Zeit, als sie ihren Vater noch herfuhr, wusste sie, dass man übers Wochenende grundsätzlich nicht entlassen wurde. Sie war entschlossen, gleich am Montagmorgen zurückzukehren, doch so lange war Valtr in all den Jahren noch nie allein geblieben, für längere Zeit hatte sie ihn nur zurückgelassen, wenn sie auf den Friedhof fuhr, um mit ihrem Vater und ihrem Mann zu sprechen. Außerdem hatte sie genug für heute, und die Müdigkeit zwang sie, über ihren Schatten zu springen. Sie nahm das Angebot mit einer Frage an.

»Wenn Sie morgen bei ihm vorbeischauen könnten? Damit er ein paar menschliche Worte hört.«

»Jederzeit!«, der Fremde lebte auf, »morgen und übermorgen arbeiten wir auf dem Bau nicht, da kann ich bei Ihnen vorbeigehen, wie es Ihnen recht ist … oder wie es Ihnen gefällt?«

»Eher wie es Ihnen recht ist …«, die Kräfte verließen sie, doch sie wollte ihn verpflichten, damit ihr Liebling möglichst viel davon hatte, »Sie könnten also auch zweimal vorbeigehen?«

»Es wird mir eine Freude sein, denn Valtr ist ein sehr schöner Vogel und spricht auch sehr gut.«

»Sogar deutsch«, sagte sie, und ihr fiel ein, ich bin stolz darauf, so als wäre ich seine Mutter …

»Na, das ist faszinant, umso mehr freue ich. Könnte ich vielleicht um acht Uhr früh und dann nach vier Nachmittag?«

»Das wäre ideal. Und könnten Sie danach auch noch hier vorbeikommen?«

»Aber natürlich, wann immer es Ihnen beleibt … ist das richtig, wie ich das sage?«

»Wie es Ihnen beliebt oder passt … Inzwischen frage ich erst einmal jemanden aus der Familie.«

Ihre Familie bestand schon lange nur aus Valtr. Nun dachte sie sich eine aus, damit der Fremde nicht auf die Idee kam, im Haus zu machen, was er wollte. Doch gleich schämte sie sich wieder für diesen Verdacht. Auch die Oberschwester hielt ihn für einen Mann, der ihr Gatte sein könnte! Die Zeiger der Uhr im Zimmer eilten auf die Acht zu. Sie gab ihm die Schlüssel zurück und staunte über sich selbst, wie sie sie zum ersten Mal jemandem anvertraute, den sie gar nicht kannte, dazu noch auf die Fürsprache eines Papageis hin!

Erst als er gegangen war, machte sie sich klar, dass sie außer dem Namen, den sie nicht einmal richtig aussprechen konnte, nichts von ihm wusste, weder die Adresse seiner Unterkunft noch den Namen der Firma, bei der er arbeitete. Doch als sie einschlief, wieder seinetwegen in einem besseren Zimmer mit Fernseher, überraschte es sie, dass sie auch das erste Mal um Valtr keine Angst hatte …

Die Nacht aber tat das ihrige. Die beruhigenden Injektionen ließen in ihrer Wirkung nach, und die Prellungen schmerzten. Auf den geliehenen Krücken schaffte sie es mit Müh und Not zur Toilette, und ihr Körper teilte ihr bei jedem Schritt mit, dass dies nicht so schnell vorbei sein würde. Der Samstag zog sich unerträglich lang hin, und nach dem Mittag bemächtigte sich ihrer ein neuer Zweifel. Eigentlich hätte es sie trösten können, denn wenn er ein Hallodri gewesen wäre, wäre er nicht schon gestern hier aufgetaucht. Doch was, wenn er nur noch nicht genügend Kumpels aufgetrieben hatte, um das Haus leer zu räumen? Sie sah im Geiste die Möbel und das gute Geschirr aus der Aussteuer ihrer Mutter und begann fast, es zu beweinen, als dieses Gefühl von einer weitaus schlimmeren Vorstellung überlagert wurde. Wer weiß, ob ihr Valtr überhaupt noch lebte?

Sie bedauerte, dass die Schwester vom Vortag keinen Dienst hatte, diese hätte sie sicher bitten können, bei ihr zu Hause vorbeizuschauen. Die von heute, ein Mädel mit modisch gepiercter Lippe, war grantig wie früher zu sozialistischen Zeiten gewesen, sie gab ihr auch in der besseren Kategorie zu verstehen, dass es für sie ein blöder Aprilscherz sei, wenn sie am ersten lauen Tag des Jahres eine alte Oma bedienen musste, die obendrein noch so schön war, wie sie es nie sein würde.

Um fünf war die Schöne Frau so weit, dass sie trotzdem den Anwalt Mádr zu Hause stören wollte. Gerade als sie unter Schmerzen den Morgenmantel anzog, um zum Automaten in der Halle zu humpeln, hörte sie ein zaghaftes Klopfen. Sie erstarrte und wartete. Nichts. Sie schlurfte also zur Tür und öffnete. Auf der Schwelle stand der Fremde mit einer Rose.

»Entschuldigen Sie, Frau Čechová, aber ich war bei Ihnen nie im Krankenhaus, und gestern hat mich zu Ihnen die Frau in Weiß gebracht, so habe ich es nicht gewagt selbst einzutreten. Jetzt ist mir peinlich, dass Sie sich bemühen mussten ... sage ich das jetzt richtig?«

»Ja«, antwortete sie, und der Schreck verflog, »setzen Sie sich, wie geht es Valtr?«

Dann hörte sie, schon wieder ganz wie eine stolze Mutter, den begeisterten Bericht des Fremden, ihr Liebling habe sich am Morgen und auch jetzt gleich auf seine Schulter gesetzt und geredet und geredet wie ein Fremdenführer, sagte der Fremde, doch oft eben auch deutsch, also habe er ihn nicht verstanden und es ihm damit vergolten, dass er einige Worte in seiner Sprache zu ihm gesagt habe und den Eindruck hatte, dass er sie wiederholte. Sie kannte Valtrs leises Säuseln, wenn er ein Wort, das ihm gefiel, im Schnabel zu zerkauen schien, so glaubte sie dem Fremden alles, und ihre Angst löste sich auf. Sie stellte die Rose in das Glas, aus dem sie die Zahnbürste herausgenommen hatte, und kam gern auf das Angebot zurück, er werde den Besuch bei Valtr morgen und übermorgen wiederholen, und versicherte ihm, am Montag wäre sie schon wieder daheim.

Dass dies ein Irrtum war, brachte ihr am Sonntag der Chefarzt bei, der hereinschaute, um sich als jener junge Mann in Erinnerung zu rufen, der vor vierzig Jahren bei ihrem Vater in der Praxis ein Praktikum absolviert hatte.

»Sicher haben Sie damals gespürt, dass ich mich in Sie verliebt habe, doch Sie werden kaum wissen, wie sehr ich unter der Feststellung gelitten habe, dass ich gegen Ihren Mann keine Chance hatte!«

Sie gab ihm gegenüber jedoch überhaupt nicht zu, dass sie das nicht bemerkte, weil es unzählige solcher Verehrer gegeben hatte, darunter jedoch nur einen Jaromír. Und der Chefarzt überraschte sie mit der Nachricht, sie müsse hier bleiben, solange sie nicht wieder vollständig auf den Beinen war. Als sie dies am Abend ganz zerknirscht dem Fremden mitteilte, hatte sie den Eindruck, dass er noch nie eine bessere Nachricht vernommen hatte.

»Nur am Montag habe ich später Schluss, aber dafür bleibe ich umso längster … entschuldigen Sie, das bringe ich auch durcheinander, länger. Und ich gehe heute noch einmal bei Valtr vorbei, um es ihm erklären, er versteht sehr gut!«

Als ihr der Chefarzt am Freitag den Krankenhausaufenthalt übers Wochenende verlängerte, sagte sie zu dem Fremden:

»Und sind Sie sich ganz, also wirklich gänzlich sicher, dass ihr Räuber dem Valtrchen auch keine einzige Feder krümmt …?«

12

Einziehen konnten der Fremde und sein Tier erst, wenn sie von der Schönen Frau persönlich im Haus empfangen würden, was sich noch um ein Weilchen verzögerte. Die blauen

Flecken waren zwar schon bunt geworden und verblichen langsam, parallel zu ihnen nahmen auch die Schmerzen ab, doch der Chefarzt schüttelte bei der Visite immer noch beunruhigt den Kopf. Bald glaubte sie, es sei zu einer schweren Komplikation gekommen und er wolle sie nicht deprimieren. Als ihr jedoch ein Bote dreizehn rote Rosen von einem unbekannten Spender ins Zimmer brachte, verstand sie: dieser Mann, inzwischen Witwer, hatte sich zum zweiten Mal in sie verliebt.

Ihr Glück war, dass die rundliche Schwester den Chefarzt vergötterte und unter seinem Verhalten litt, deshalb nickte sie erleichtert auf die Frage der unschuldigen Konkurrentin, ob sie ihr nicht zur Flucht verhelfen könne. Damit sie keine deutliche Schuld daran hatte, wartete sie listigerweise, bis die ewig miesepetrige junge Kollegin mit der gepiercten Lippe den Dienst übernahm, brachte unauffällig die Kleidung der Schönen Frau in die Kammer der Putzfrauen und wachte auf dem Gang, als sie sich umzog. Die Flüchtige verschwand dann in der Zeit, da der schwierige Verehrer zu Mittag aß, und hinterließ für ihn beim Pförtner einen Brief.

»Sehr geehrter Herr Chefarzt, ich danke Ihnen aufs Herzlichste für die herausragende Behandlung und Ihre liebevolle Betreuung. Sie haben mich so bemerkenswert schnell wieder auf die Beine gebracht, dass ich vorzeitig auf eigenen Wunsch gehe, um mein Bett für andere Patienten frei zu machen, die Sie jetzt mehr brauchen als ich. Hochachtungsvoll Ihre Rosa Čechová, ehemals Schönová.«

Das von der Oberschwester gerufene Taxi wartete an der nächsten Ecke, und wenige Minuten später stieg sie auf dem kleinen Platz aus. Ihr Herzklopfen raubte ihr wieder den Atem, als sie leise aufschloss, um Valtr nicht aufzuschrecken, der zu dieser Zeit niemanden erwarten konnte. Sie legte ihre

Tasche ab und blickte sich um. Durch die offene Tür schaute sie in die Küche, die sie unordentlich verlassen hatte und die jetzt vor Reinheit schier strahlte. Ihr gestrenges Auge fand nicht einmal auf den lackierten Treppen einen Staubrest, der sich dort normalerweise nach nur einem Tag absetzte. Sie stieg lautlos nach oben, fast tänzelnd Schritt für Schritt, drückte die Klinke zum Salon geräuschlos nieder wie in Zeitlupe und öffnete in ähnlicher Weise die Tür. Ihr Liebling Valtr saß reglos auf seiner Stange und sah auf den ersten Blick aus wie ausgestopft. Als sie jedoch verschreckt auf ihn zulief, flog er ihr aus dem Käfig entgegen, kreiste über ihrem Kopf, als wolle er sie mit einem Heiligenschein umkränzen, und krächzte wiederholt.

»Allahu akbarrr, Rrrosa, Allahu akbarrr!«

Sie verstand, dass er in der Sprache des Fremden redete, doch sie war erleichtert: gerade damit hatte er dessen Zuzug direkt gesegnet. Deshalb schmiedete sie gleich am nächsten Tag das Eisen, solange es heiß war, als sie sich zu einem anderen ihrer langjährigen Bewunderer begab.

»Rosa, Rosa, Rosa!«, schwärmte Dr. Mádr junior, als er ihr die Hand küsste.

»Genauso ruft mich mein Papagei«, lachte sie, »nur kann er kein Zungen-R.«

»Was verschafft mir die Ehre, dich sehen zu dürfen? Oder bist du einfach nur so gekommen? Das wäre mein schönstes Geburtstagsgeschenk!«

»Du hast Geburtstag?«, erschrak sie, »entschuldige, dass ich dir nicht gratuliert habe!«

»Den hab ich doch erst im Dezember, weißt du das nicht mehr? Ich hab da zum zweiten Mal um deine Hand angehalten, und nachdem du mich wieder zurückgewiesen hast, habe ich mein traurigstes Weihnachtsfest erlebt. Ich sag das nur, damit du weißt, dass ich mich über einen Zufallsbesuch bis Weihnachten freuen würde!«

»Julius!«, sagte sie, »hör auf, du Charmeur, und mach dir nichts vor, du solltest mir bis an dein Lebensende die Hände küssen, dass ich es dir ermöglicht habe, eine Frau zu finden, die alles für dich tut und deine Wünsche von den Augen abliest und du auch weiterhin mein liebster Mádr bleibst.«

»Besser als nichts«, stieß er hervor, »und was führt dich hierher, du meine ewige Liebe?«

»Mein Untermieter«, sagte die Schöne Frau, »ich muss einen Mietvertrag aufsetzen.

»Nanu!«, wunderte sich der Anwalt, »ich hatte den Eindruck, dass auch der Herr Professor Hedvábný heimlich in dich verliebt ist, was hat er denn ausgefressen, dass du dich absichern willst?«

»Er ist weggezogen. Er ist lieber zu seiner schrecklichen Familie zurückgekehrt, vor der ihn mein Vater in unserem Haus versteckt hat, als neben Türken zu wohnen.«

»Wozu brauchst du dann mit ihm einen Vertrag?«, wunderte sich der Anwalt weiter.

»Mit ihm nicht. Ich bekomme einen neuen Untermieter, und der will einen Kater mitbringen. Und wie du weißt, habe ich schon immer Furcht vor Katzen.«

»Das weiß ich, denn ich habe dir damals feierlich geschworen, meine Julinka deinetwegen zu meiner Mutter zu geben, und trotzdem war es für die Katz!«

»Das hast du nett gesagt«, lachte die Schöne Frau, »ich habe wirklich deine Katze und dich gerettet, ich bin nämlich für zarte Naturen wie die deine ein nur schwer erträgliches Weib, weißt du? Nun, und jetzt will ich in den Vertrag aufnehmen, dass sein Kater grundsätzlich nicht aus der unteren

Wohnung ins Haus darf, damit er meinen alten Papagei nicht aufscheucht!«

»Warum holst du dir so jemanden denn dann überhaupt ins Haus?«

»Weil ich festgestellt habe, dass ich keinen ordentlichen Untermieter mehr bekomme.«

»Was ist denn das für ein Quatsch?«, entgegnete er, doch gleich darauf wusste er Bescheid, »ach ja, du wohnst ja …«

»Ja, in Kleinasien. Du kennst die Bezeichnung unseres Viertels auch? Und hast mir nichts gesagt?«

»Entschuldige, Rosa, irgendwie habe ich nicht daran gedacht, dass du ein Problem bekommen könntest! Umso besser, dass du so schnell jemand Neues gefunden hast. Und ist er bis auf diesen Kater annehmbar?«

»Bis jetzt sieht es so aus. Vor allem aber passt er jetzt ins Umfeld, denn er ist Kurde.«

»Was ist er?« Doktor Mádr verstand nicht gleich.

»Kurde. Nie gehört? Die Kurden leben in Syrien, im Irak, im Iran und auch in der Türkei.«

»Und vor allem in Kurdistan, nee?«, versuchte er sich zu erinnern, »ich hab das mal in so einem Buch von Jules Verne gelesen oder war das von Karl May? Ja, wird wohl von dem gewesen sein. Und was sucht der hier bei uns?«

»Er arbeitet schon mehrere Jahre hier auf dem Bau, momentan an dem großen Multiirgendwas hinterm Bahnhof.«

»Das ist ja toll«, sagte der Anwalt, »dass die Kurden jetzt auch schon eigene Architekten haben, was?«

»Er ist kein Architekt«, antwortete die Schöne Frau, »sondern Polier.«

»Polier??«, erschrak er, »na warte mal, das ist doch … so ne bessere Schaufel, nee?«

Die Schöne Frau spürte, dass ihr Mádr mächtig auf die Nerven zu gehen begann.

»Soweit ich weiß, ist das ein Vorarbeiter. Und die Firma hat ihm beste Empfehlungen gegeben.«

»Trotzdem … und worüber willst du mit dem quatschen? Kann er wenigstens Tschechisch?«

»Dir könnte er garantiert was beibringen!«, holte sie ihn auf den Boden zurück. »Kannst du also den Vertrag aufsetzen?«

13

Doktor Mádr schlug ihr vor, den Fremden in sein Büro einzuladen, um selbst mit ihm den Mietvertrag abzuschließen. Sie war ihm dankbar, dass er das übernahm, und gleichzeitig gespannt, wie der Nachfolger von Professor Hedvábný auf ihn wirken würde. Er rief bereits zwei Tage später an, um zu melden, dass der Vertrag unterschrieben sei, und er schlug vor, ihr ihn gern selbst zu übergeben, am besten bei einem Abendessen im Grandhotel, wo sie schon lange nicht mehr miteinander gewesen seien.

»Das ist lieb von dir«, lobte sie ihn, doch weil sie keine Lust hatte, eine neue Runde ewiger Brautwerbeversuche zu eröffnen, fragte sie, »und deine Frau kommt mit?«

»Nein …«, bekannte er verwirrt, »sie ist zu ihrer Mutter gefahren, und ich dachte …«

»Julius!«, sagte sie, »weißt du, dass ich manchmal ganz hübsch von dir träume?«

»Nein …«, freute er sich, »nun, Rosa, das macht mich glücklich … also …«

»Dann verdirb es mir bitte nicht!«, bat sie, »und schick es mit der Post.«

»Na gut …«, meinte er resigniert, »auch so ist das besser, als wenn ich dir nicht mal im Traum erscheine …«

Endlich kam sie zur Sache.

»Na und?«, wollte sie wissen, »war er für dich als Untermieter annehmbar?«

»Ach doch …«, entgegnete er, »auch wenn mir sein Tschechisch komisch erscheint, dir nicht? Und seine Kleidung ist ein bisschen des modes, doch letztendlich wirst du ja nicht mit ihm herumpromenieren!«

Die Schöne Frau hörte darin unterdrückte Eifersucht. Die nächsten beiden Tage wartete sie nur, weil sie die untere Wohnung in Ordnung brachte, kaum dass der Professor ausgezogen war. Seine zwei Weiber wollten sie anscheinend dafür bestrafen, dass sie jahrelang mit ihm wohl auch seine Rente gefangen gehalten hatte. Was sie nicht brauchten, ließen sie liegen, von den ausgetretenen Pantoffeln bis zu den einzelnen Socken, die der Professor wahrscheinlich aufbewahrte, falls sie sich später einmal zum Ergänzen eignen würden.

Doch eigentlich war sie ihnen für diese Verwüstung dankbar. Zumindest musste sie nicht an die beste Zeit ihres Lebens denken, die sie hier in der ursprünglichen Garçonniere zusammen mit Jaromír verbracht hatte, ehe er sich immer mehr von ihr entfremdete. Damit wurden nicht nur die paar Dutzend Quadratmeter gekehrt, geschrubbt und gebohnert, sondern auch die Jahre, die sie sich so schön erträumt und die ihr Mann so fürchterlich in den Dreck getreten hatte.

Am Samstag stand sie also mit Valtr auf der Schulter und auf einen leichten Stock gestützt hinter der Gardine des Salons und blickte auf den kleinen Platz. Der Fremde hatte schon mehrmals unter Beweis gestellt, eine Uhr im Kopf zu haben, und so musste sie auch keine Minute länger warten. Als es auf dem Turm der Pfarrkirche zwei geschlagen hatte, tauchte ein Kombitaxi auf und hielt vor dem Haus.

Die Schlüssel holte sich der Mieter beim Anwalt ab, den er gebeten hatte, ihr auszurichten, sie solle ihm den Einzug überlassen und sich nicht erst hinunterbegeben. Sie war jetzt umso froher, als das Leben auf dem kleinen Platz erneut stillstand. Die Romakinder hörten auf, an der ausgeraubten Gottesmarter mit Lumpenbällen zu spielen, die jungen Türken im Hof des verfremdeten Gasthauses U Malešíka stellten das Messerwerfen ein, die Vietnamesen im ehemals tschechischen Lebensmittelgeschäft, der Bosnier in der verschwundenen Apotheke und weitere Neuzuzügler beobachteten den Fremden, der vom Beifahrersitz ausstieg.

»Da haben wir sie«, sagte die Schöne Frau ihrem Liebling und spürte nach Jahren, dass sie Lampenfieber bekam, »und du glaubst wirklich, dass das mit denen klappt? Und wenn nicht, dann ist es deine Schuld, du hast ihn mir doch empfohlen!«

Doch gleich schwieg sie wieder und stierte hinunter, denn das Erste, was der Mann mit Namen Kemal tat, war, dass er sich zu den Zuschauenden umdrehte und sich vor ihnen mit der Hand auf der Brust nach drei Seiten verbeugte, was die meisten erwiderten. Daraufhin drehte er sich zum Haus um, schaute zu ihrem Fenster hinauf und verneigte sich noch tiefer. Wenngleich er sie durch die Gardine nicht sehen konnte, dankte sie ihm mit Kopfnicken und hatte das Gefühl, dass Valtr dasselbe tat.

Sie musste an den chaotischen Umzug von Professor Hedvábný und die Verwüstung denken, die sie danach wegräumen musste, ehe sie es wagte, einen Nachfolger zu suchen. Der Fremde hatte sein Hab und Gut in zwei Koffer und auf ein halbes Dutzend Paletten gepackt, alles durchdacht gelagert und mit Riemen verschnürt. Zwei Kisten enthielten unterschiedlichstes Küchengerät, die dritte Teller und Gläser, sicherheitshalber durch Zeitungen voneinander getrennt, damit sie nicht durch Erschütterungen zu Bruch gingen, die anderen zwei waren mit Handtüchern, Bettwäsche und Kleidung bestückt, die letzte enthielt sogar lauter Bücher! Die Schöne Frau konnte sich nicht genug wundern. Auch Valtr fehlten die Worte.

Während der Taxifahrer aufs Autodach gestützt rauchte und keine Anstalten machte zu helfen, wobei er deutlich die Abneigung eines Einheimischen gegenüber den neuen Barbarenvölkern in diesem Viertel zum Ausdruck brachte, trug der Fremde die offensichtlich schweren Gegenstände nacheinander ins Haus, kehrte in regelmäßigen Intervallen zurück und beschleunigte nie seinen Schritt. Der Schönen Frau fiel plötzlich auf, dass er nicht nur viel Kraft hatte, sondern diese auch sehr gut einzuteilen vermochte; auch in dieser eintönigen und sicher ätzenden Bewegung lag eine Ruhe, die ihm Würde verlieh.

»Ein seltsamer Mensch …«, sagte sie nach einer langen Weile zu Valtr.

»Allahu akbarrr!«, antwortete er ihr und fügte aus seinem alten Wortschatz hinzu, »Krrruzitürrrken!«

Die Koffer und die Kisten verschwanden, der Fremde beugte sich mit dem größten Teil seines Körpers in den Wagen und zog einen Weidenkorb mit einem Gitter hervor. Die Schöne Frau verstand.

»Das ist er! Das ist sicher der Räuber, Valtr. Aber keine Angst, mein Liebling, in dem Vertrag, den Julius aufgesetzt hat, steht klar, dass Geringfügiges ausreicht, dann müssen beide sofort wieder aus dem Haus!«

»Rrrrosa, Rrrrosa, Valtrrrr Grrraf!«, sagte ihr Liebling darauf und erfreute sie damit sehr.

Der Fremde trug den Korb im gewohnten Tempo ins Haus, kehrte zurück und zog die Brusttasche hervor. Der Taxifahrer nannte ihm mit einem unveränderlich verächtlichen Gesichtsausdruck anscheinend den Preis und schaute anschließend ungläubig auf den Geldschein, den er bekam, während der Kunde die Tasche bereits wieder verstaut hatte und kein Interesse am Wechselgeld zeigte. Das Trinkgeld musste so ungewöhnlich gewesen sein, dass sich endlich auch der Tscheche ehrerbietig verneigte. Dann sprach ihn der Fremde erneut an, und der Chauffeur half ihm nun bereitwillig beim Ausladen des letzten Gepäckstücks, das noch im Wagen geblieben war. Beide strengten sich an, als der eine aus dem Wagen und der andere aus dem Koffer eine überlange Spindel herausschoben, die durch festes Packpapier verhüllt wurde.

»Mein Gott«, stöhnte die Schöne Frau, »Valtr, das kann doch nichts anderes sein als eine Mumie …«

Etwas Ähnliches dachte wohl auch der gesamte Platz. Auf alle machte dies gewaltigen Eindruck.

14

Nachdem das Gütertaxi abgefahren war und der Fremde die Haustür hinter sich zugezogen hatte, flog Valtr sofort wieder in seinen Käfig, und die Schöne Frau hatte den Eindruck, als sei unter dem Fenster das verschlafene Königreich Dornröschens aus dem gleichnamigen Märchen zu neuem Leben erwacht. Die kleinen Roma prügelten sich um den Lumpenball, die türkischen Jugendlichen setzten das Messerwerfen fort, und die Erwachsenen gingen ihrer Wege. Sie selbst schickte sich an, den neuen Untermieter zum vereinbarten Treffen zu empfangen, den ihr doch sicher Jaromír vom Himmel aus verschafft hatte, und sie verstand anfangs nicht, warum es ausgerechnet ein Kurde sein musste. Doch langsam gestand sie Jaromír zu, dass er wohl seine Gründe dafür gehabt hatte. Seit sie diesen Fremden kannte, war ihm nur ein einziger Fehler unterlaufen: er hatte vor ihr den Hut nicht abgenommen. Dafür hatte er sich dann ausreichend entschuldigt.

Das unangenehme Gefühl, dass unter ihrem Dach ein Mensch aus einer fremden Welt wohnen sollte – und mit ihm noch ein Kater! –, war immer noch nicht abgeklungen, doch musste sie seine Eigenschaften wertschätzen, die so gar nicht tschechisch waren, dafür aber positiv. Sie konnte sich nicht vorstellen, dass ein Tscheche, den sie nicht kannte, so zuverlässig und opferbereit gewesen wäre wie er. Natürlich!, brachte sie sich in Erinnerung, es ging ihm um seinen eigenen Vorteil, er hätte nie bei ihr zur Untermiete einziehen können – und darüber hinaus noch mit einem Kater! –, wenn er ihr nicht in allem entgegengekommen wäre.

Doch es war noch weitaus mehr in ihm als nur Entgegenkommen und Anstand! Es waren die Bilder nicht verschwunden, wie höflich hatte er sich vor den Nachbarn und vor ihr verbeugt, wie würdevoll war er mit der schweren Last den Weg entlanggeschritten, und wie reichlich hatte er den Mann entlohnt, der ihm vorher so hochmütig die kalte Schulter zeigte. Nachdem sie alle Pros und Contras abgewogen hatte, musste sie anerkennen, dass die Vorzüge überwogen. Nun musste man nur noch sehen, was es mit dem verdammten Kater auf sich hatte …

Als der Fremde eine Stunde später klopfte, wartete er erneut, bis er hereingerufen wurde. Er hatte sich umgezogen und seine Cordhosen und seinen dünnen Rollkragenpullover gegen den dunklen Anzug eingetauscht, in dem er das erste Mal gekommen war. Doch es verschreckte sie, dass er den Korb mitbrachte.

»Ich denke, dass ich mir Ihren … Ihr Tier lieber bei Ihnen unten angeschaut hätte …«

»Sie brauchen keine Angst um Valtr zu haben«, sagte er wissend, »aber wenn Sie wollen, schließen Sie den Käfig.«

Sie hörte gern auf ihn und sah dabei, dass ihr Liebling reglos auf der Schaukel saß, den Kopf dem Korb zugewandt und in einer Spannung, die normalerweise mit seinem angestrengten Bemühen einherging, ein neues Wort zu lernen. Der Fremde benahm sich nun plötzlich wie ein Zauberer. Er stellte den Weidenkorb auf den Tisch neben Valtrs Käfig, öffnete die Gittertür, schnalzte und sagte:

»Alibaba … hörst du mich? Komm raus! Na komm …!«

Aus dem Korb drang kein Geräusch, auch zitterte er durch keine noch so geringe Bewegung. Der Fremde beugte sich hinab und sprach ruhig ein paar Worte in einer unbekannten Sprache. Wenig später lugte schnell ein kleiner Kopf mit schrägen grünen Augen aus dem Korb hervor. Dahinter schob sich ein graublauer Rumpf mit einem mächtigen Kragen und einem festen Hinterteil hervor. Als er ganz draußen war, betrachtete der Kater den Fremden und miaute schwach. Die Schöne Frau wollte wissen:

»Was haben Sie ihm da gesagt? Was für eine Sprache war das?«

»Ich habe ihn in meiner Muttersprache gebeten, Ihren Vogel zu mögen. Und er hat es mir versprochen.«

Der Kater streckte erhaben seinen Rücken und wirkte dabei wie ein kleiner Löwe. Der Fremde schlug vor:

»Wollen Sie nicht ihn streicheln? Das mag Alibaba sehr und vergilt es mit Achtung.«

»Um Gottes willen, nein …!«, fast schrie sie auf, »ich kann nicht, schauen Sie doch, was für Gänsehaut ich habe!«

Er zeigte auf den Käfig, und sie staunte. Valtr saß nicht auf der Schaukel, sondern hing wie immer in den Käfigstangen, wenn er sie nachdrücklich rief, dass sie ihm die Tür öffnen sollte. Diesmal erstarrte sie wieder vor Angst, als sie den Kater beobachtete, dessen dichtes Fell eher an einen Panzer erinnerte; er hörte auf, sich zu dehnen, und näherte sich mit dem faulen Schritt eines Raubtiers dem Käfig, so dass ihn nur noch die Drähte von ihrem Liebling trennten. Und Valtr wich trotzdem kein Stück zurück und sprang auch nicht auf seine Schaukel, um auf sicheren Abstand zu gehen, sein Schnabel berührte fast die Nase des Katers. Die Schöne Frau konnte weder reden noch sich bewegen.

Dann miaute Alibaba leise. Und Valtr, weiter an die Käfigstangen gepresst, dass seine Flügelspitzen herausschauten, antwortete mit einem Krächzen, das sie als Liebesgeräusch bezeichnete, weil er genau so reagierte, wenn sie ihn zärtlich auf den Schnabel küsste.

»Sehen Sie?«, strahlte der Fremde, »sie mögen sich beide auf Anschlag sehr gern!«

»Herr Etschelan«, beruhigte und versicherte sie sich gleichzeitig, »in den wenigen Tagen haben Sie sicher gemerkt, dass Valtr das einzige mir nahestehende Wesen ist. Legen Sie wirklich für Ihren Kater die Hand ins Feuer?«

»Gnädige Frau Čechová«, sagte er, als würde er schwören, »ich gebe für Alibaba meinen Kopf. Doch damit Sie sich beruhigen, verspreche ich bei Allah, dass er nur durch das Toilettenfenster meiner Wohnung nach draußen geht und auch, wie vertraglich vereinbart, andere Räume des Hauses nicht betritt, es sei denn … es sei denn, Sie ändern Ihre Meinung und es wird Ihnen gefallen!«

»Ich habe Ihnen gesagt, dass ich nichts gegen Katzen habe, sondern eher sie was gegen mich.«

»Da hatten Sie wahrscheinlich Pech, dass Sie bisher die richtigen nicht getroffen haben.«

»Aha …«, sie verstand das als vergeblichen Versuch, sie zu trösten, »und welche sind die richtigen?«

»Katzen sind eigen darin, dass im Unterschied zu Hunden, Pferden und anderen Haustieren sie nicht der Mensch aussucht, sondern sie den Menschen. Ein Hund hört auf jeden, ein Pferd dient jedem, eine Katze aber sucht einen Charakter, der dem ihren ähnlich ist. An Ihnen sind bisher die erhabenen vorbeigezogen. Solche wie Alibaba.«

Die Schöne Frau, die die ganze Zeit durch das Gitter Valtrs Köpfchen gekrault hatte, blickte den Kater an. Er saß aufrecht da, gestützt auf die langen Vordertatzen wie ein Denkmal.

»So streicheln Sie ihn doch«, wiederholte der Fremde eindringlich, »gleich werden Sie es erleben.«

Es kam ihr dumm vor, sich erneut herauszureden, umso mehr, als von der Gänsehaut nichts mehr zu sehen war. Sie führte also ihre Hand vom Kopf ihres Lieblings zum graublauen Rücken und hatte den Eindruck, sie habe Watte berührt, die einem leichten Druck wich, ehe sie verstand, dass sich der Kater lang machte und leicht zu zittern begann. Dabei drang das leise Geräusch einer alten Nähmaschine zu ihr. Er schnurrte.

»Er hat Sie angenommen«, sagte der Fremde, »hat in Ihnen ein Wesen gefunden, das zu ihm gehört.«

Er hypnotisiert mich wohl, dachte sie bei sich, sie beide! Schnell wechselte sie das Thema.

»Was war denn das für ein großer Gegenstand, den Sie zuletzt ausgeladen haben? Ich will mich ja nicht in Ihre Privatangelegenheiten mischen, ich frage nur als neugierige Frau.«

»Ich habe das schon ausgepackt, um es Ihnen vorzuführen. Darf ich Sie nach unten tragen?«

»Keinesfalls!«, protestierte sie, »ich bin in Ordnung und muss trainieren!«

»Dann aber gehen Alibaba und ich vor Ihnen, damit wir Sie auffangen!«

Er schnalzte. Der Kater sprang elegant vom Tisch und lief mit aufgestelltem Schwanz vor ihnen her wie ein Fahnenträger, der eine Prozession anführt.

15

Innerhalb von nur einer Stunde hatte der Fremde die untere Wohnung so einwohnen können, wie es Professor Hedvábný in all den Jahren nicht gelungen war. Die Koffer und Kisten hatte er irgendwohin gezaubert, in dem verglasten Geschirrschrank ihrer Mutter erblickte die Schöne Frau eine ansehnliche Sammlung von Tassen und Tellern, die wohl in Tschechien gekauft worden waren, deren Muster jedoch bei etwas gutem Willen an den Orient erinnerten. Das frisch aufgehängte und eingeschichtete Geschirr in der Küche berichtete davon, dass es einem fleißigen Koch diente, auf dem Nachttisch im Schlafzimmer neben dem sorgfältig gemachten Bett mit eigener Bettwäsche lag das Lehrbuch, dass sie schon im Krankenhaus bei ihm gesehen hatte, die anderen Bücher waren sorgfältig nach der Größe im Regal geordnet.

Die geheimnisvolle Sache, die etwa so groß war wie sie, stand vor der hinteren Wand des Wohnzimmers, vom Packpapier befreit, das bereits verschwunden war und vielleicht genauso sorgfältig irgendwo in den verstauten Koffern lagerte, nun war das Ding mit einem ähnlichen Stoffüberwurf bedeckt, mit welchem Frau Suchomelová ihre Harfe schützte. War das etwa eine Standuhr? Sie wollte nicht erneut Neugier zeigen, und so sprach sie ihm zuerst Anerkennung aus.

»Sie haben es zu schätzen gewusst, dass ich Sie wie einen Tschechen behandelt habe. Ich unterscheide die Menschen anders als nach ihrer Herkunft. Der Tscheche, der vor Ihnen hier gewohnt hat, sogar ein Professor für Latein und Russisch, könnte sich, was Ordnung betrifft, eine Scheibe von Ihnen abschneiden.«

»Ich wurde zu Hause dazu erzogen«, sagte der Fremde, »ich hatte sechs Geschwister, und meine Mutter musste sehr streng sein, um die Familie und Haushalt schaffen. Aber ich habe Sie hergebeten und biete Ihnen gar nichts an … bitte, setzen Sie sich und warten Sie eine Weile, ich bin – wie Sie sagen – einszwei zurück.«

Er eilte in die Küche. In diesem Moment setzte sich Alibaba, der vorher jeden seiner Schritte nachgeahmt hatte, hin und schaute sie regungslos an. Als würde er auf mich aufpassen, dachte die Schöne Frau und blickte lieber wieder auf den geheimnisvollen Gegenstand. Irgendein Musikinstrument aus seiner Heimat? Mein Gott, würde er hier etwa auch üben? Die Harfe der Nachbarin war ihr manchmal auf die Nerven gegangen, sie würde sich ausbedingen müssen, dass … Der Fremde war zurück, auf einem Tablett brachte er zwei Gläser herein, dazu eine halbvolle Flasche und eine Karaffe Wasser.

»Darf ich Ihnen bissel Arrak eingießen? Sie kennen ihn vielleicht als Ouzo oder Pernod.«

»Ich dachte, der Islam verbietet Alkohol …«

»Ich habe Ihnen doch gesagt, dass ich Allahs demütiger Diener sein will, aber nicht Leibeigenster seiner Diener. Übrigens trinke ich schon das zweite Jahr an dieser Flasche, immer nur, wenn ich feiere.«

»Haben Sie Geburtstag?«, fiel ihr ein, und sie dachte sogleich über ein geeignetes Geschenk nach.

»Ja, das habe ich!«, freute er sich, »aber nicht, wie Sie möglich meinen, sondern eher bilderhaft!«

»Sie wollten sagen bildlich?«

»Ja, genau, bildlich! Heute wurde mir meine Seele neu geboren!«

In der Zwischenzeit goss er in beide Gläser einen Fingerbreit gelbe Flüssigkeit und füllte die Gläser bis zum Rand mit Wasser auf. Der Inhalt wurde weiß wie Alabaster und roch stark nach Anis.

»Ich danke Ihnen sehr, Frau Čechová, und Ihrem Valtr, für mich und für meinen Alibaba und für meine Mutter und meinen Vater und alle Schwestern und Brüder und deren Kinder, die sich jetzt sicher mit mir freuen, wo immer sie gerade sind. Es ist das erste Mal in den unzähligen Jahren, dass ich ein Zimmer für mich alleine habe, wenn ich eine soldatische Zelle nicht mitzähle – aber das ist jetzt weit! Ich werde versuchen, Ihnen jede Minute verstehen zu geben, wie sehr ich es schätze.«

Als er sich tief vor ihr verbeugte, sprang ihm der Kater von hinten geschmeidig auf den Rücken und umarmte ihn, so sah es aus, als verneigten sich beide. Darauf trank ihr der Fremde zu, stellte das Glas ab und ging zusammen mit dem Kater zu dem Paket. Er führte anschaulich vor, dass aus dem Überwurf Schnürsenkel hervorschauten.

»Ich habe meine große Rarität für Sie zum Enthüllen vorbereitet. In der Unterkunft musste ich sie in der Wohnung des Verwalters aufbewahren, denn sonst hätte sie dem ersten betrunkenen Abend meiner Mitbewohner nicht getrutzt. Sie brauchen nur leicht zu ziehen.«

Die Schöne Frau hatte es von Jugend an von ihrem Vater

und ihrem Mann gelernt zu trinken. Ersterer konnte es gut, der Zweite hatte es später vergessen. Sie kam nach ihrem Vater und betrank sich nie. Der eine Schluck stark verdünnten Arraks aber hatte sie nun leicht betäubt, mein Gott, was geht da in mir vor?, hat mir dieser Mann hier etwas ins Glas getan? Doch gleich schämte sie sich wieder für diese Dummheit. Das nächste Mal eben Achtung bei Anis, Rosa … sie zog an den Schnüren und schrie auf.

Der herunterrutschende Überwurf gab kurz hintereinander einen Schädel, ein Gerippe und Haxen frei. Vor ihr stand der Tod.

Die Schöne Frau schaute ihm aus der Nähe in die eingefallenen Augenhöhlen, und Furcht befiel sie, wie sie sie lange nicht gekannt hatte, in einem Kurzschluss musste sie daran denken, dass Jaromír ihr den Untermieter bei einer seltsamen Gedankenübertragung auf dem Friedhof versprochen hatte, hatte er wirklich zusammen mit dem Fremden Gevatter Tod ausgeschickt, der sie nun zu ihm bringen würde? Ich bin noch nicht vorbereitet!, protestierte sie verzweifelt und hätte den Tod vielleicht umgerissen, wenn sie nicht die Stimme des Fremden gehört hätte, der ihren Aufschrei wahrscheinlich als Staunen und Lob verstanden hatte.

»Ist sie nicht schön? Als Frau, die sie einst war, habe ich sie Eva genannt, diese, wie wir wissen, ist in allen unseren Religionen zu Haus!«

»Aber wozu brauchen sie sie?« Sie kam wieder zu sich und wollte ihre Panik überdecken.

»Als Sie von dem Herrn vor mir in der Wohnung sprachen, auch mein Vater war einst im Iran unter dem Schah Professor, aber für Medizin.«

»Ach nein? Mein Vater war hier praktischer Arzt. Und das war seine Praxis!«

Der Fremde betrachtete die Wände, als könne man immer noch Spuren finden.

»Das habe ich nicht geahnt ... das ist toll ... so ein Raum wird mir Flügel geben!«

»Aber warum ...«, sie begann die Frage und beendete sie nicht, weil sie es nicht wagte.

»Warum ich«, er verstand, »nur ein Arbeiter blieb? Eben weil ich Kurde bin. Zuerst haben Perser meine Familie vertrieben, als sie meinen Vater erschossen, dann Iraker, die die Kurden nicht bei sich wollten, und dann auch Türken. An zwei Universitäten konnte ich mich nur einschreiben. Aber genug davon, nun hat mich Ihr Land angenommen, Ihre Stadt und vor allem Sie.«

Sie betrachtete das Gerippe und erschrak von neuem.

»Ist das etwa jemand ... irgendjemand von Ihren ...«

Jetzt verstand er und erschrak nicht weniger als sie.

»Wie können Sie das denken? Dieses Skelett hat der Antiquarier hier zusammen mit einem aufgelösten Schulkabinett gekauft und von ihm dann ich für nur zwei Monatsgehälter. Und wozu ich es brauche? Ich wollte immer Arzt werden, und das möchte ich noch schaffen. Haben Sie nicht gesagt, dass ich gut Tschechisch spreche? Nun möchte ich noch Medizin studieren!«

16

Die in Fahrt gekommene Geschichte gleicht nach fünfzehn Kapiteln einem Zug auf dem sechzehnten Kilometer. Was gesagt und gefahren wurde, gilt. Dafür warten vorn noch unzählige Weichen, von denen jede bewirken kann, dass der Zug und die Geschichte in eine beliebige Richtung zielen. Züge werden deshalb durch einen Fahrplan abgesichert, damit sie nicht von der Strecke und der Zeit abweichen. Wie aber soll man eine Geschichte in der richtigen Richtung und im richtigen Ablauf halten, wenn das Ziel von vornherein nicht gegeben und bekannt ist? Die Schöne Frau, der Fremde, der sprechende Vogel, die graublaue Raubkatze und ihre ganze Welt, das alles ist in den Gedanken des Verfassers erst einmal nur bis an die Stelle gereift, an die nun auch der Leser gelangt ist. Was nun? Fahren wir fort in der Aufdeckung von Schicksalen und der Freilegung von Beziehungen, viribus unitis, mit den vereinten Kräften des Schreibenden und der Lesenden!

An einem der nächsten Freitage begab sich die Schöne Frau nach einer längeren Pause zu ihrem Vater und ihrem Mann auf den Friedhof. Den beleidigten Valtr sperrte sie trotz seines Protests, der ihr das Herz aufwühlte, lieber im Käfig ein, ehe sie die Tür zur Treppe öffnete. Sie tat dies, wann immer sie die obere Wohnung verließ, bevor sie ihren Liebling auf der Schulter in die Küche getragen hatte, wenngleich der Fremde hielt, was er versprochen hatte. Seinen persischen Räuber erspähte sie nur manchmal vom Fußweg aus hinter dem Fenster der unteren Wohnung, und schnell senkte sie den Blick, um in den giftgrünen Augen keinen Vorwurf oder Wut zu erblicken. Diesmal trank sie in der Küche ohne ihren Liebling einen Tee, ehe sie zum Bus lief.

Schon die dritte Woche drängte der Frühling die nächtlichen Versuche des Winters zurück, erneut die Macht zu ergreifen, und der traurige Friedhof von S. wurde zu einem aufblühenden Garten. Aus gutem Grund besuchte sie heute zuerst die rechte untere Ecke.

»Grüß dich, Jaromír«, sagte sie gleich, ließ ihn dann aber warten, bis sie das von den Weiden verunreinigte Grab gesäubert hatte, »ich weiß immer noch nicht genau, was du damit bezweckt hast, als du mir diesen Fremden mit seinem Kater schicktest und mich von der Treppe stürzen ließest, damit beide dort bleiben konnten, aber ich beginne zu glauben, dass du es gut mit mir gemeint hast, das, was ich befürchtete, ist bisher noch nicht eingetreten, und im Gegenteil ist geschehen, was ich nicht erwartet habe, ich weiß nicht, was dieser Mann für ein Arzt wäre, aber als Handwerker ist er ein Tausendsassa, unserem Haus geht es so gut wie nie in der Zeit, als es ratlosen Intellektuellen und gefühllosen Pfuschern ausgesetzt war, kein Schloss klemmt mehr, jedes Fenster ist dicht, aus den Regenrinnen ist der Taubenmist verschwunden, die Klingel hat wieder ihren Urton gefunden, es funktioniert sogar der Staubsauger wieder, den du mir zur Hochzeit gekauft hast, und dein Gesandter hat ihn nun im Keller gefunden; als er eingezogen ist, hat er zu mir gesagt, bei uns sei in ihm eine neue Seele geboren worden, und mir scheint, als erwache mit ihr alles im Haus zu neuem Leben, was schon ausgehaucht hatte, und nicht nur dort, auch die fremden Leute, die die Straße und den kleinen Platz okkupiert haben und größtenteils nicht miteinander sprechen, grüßen ihn, sogar die Nichtanpassungswilligen, jetzt grüßen sie sogar mich, vorgestern hat er mich gefragt, warum ich mein Gemüse aus der Stadt hole, wenn ich es frischer und billiger vor meiner Haustüre bekommen kann, mein erster Gang also führte zu den, wie man sie nennt, Zuckerrohren, in den ehemaligen Delikatessenladen, und ich habe gestaunt, wie uns das tschechische Paar vernachlässigt und bestohlen hat, das einzige, was mir Sorge bereitet, ist der Kater, der darf wegen Valtr nicht ins Treppenhaus, und ich fürchte, dass er sich mal an uns rächt … gib es zu, Jaromír, sag mir ehrlich, ist dies nicht dein Plan dafür, dass ich dich verlassen habe?«

Jaromír schwieg, und das freute sie.

»Wenn ich dich beleidigt habe, entschuldige, aber ich bin froh, dass mich nichts Schlimmes erwartet!«

In der linken oberen Ecke des Friedhofs setzte sie sich gleich auf die Bank und ließ das Wegkehren der Weidenreste für später.

»Grüß dich, Papa, verzeih, dass ich nach dieser langen Pause zuerst unten war, aber ich musste etwas mit Jaromír besprechen, damit ich bei dir Ruhe habe, ich weiß nicht, was ihr dort oben von uns wisst, und so erzähle ich es dir lieber kurz, ich hatte einen Unfall wegen eines Mannes, den mir Jaromír geschickt hat, er sollte Herrn Hedvábný ersetzen, und mich hat nicht mal so gestört, dass er ein Ausländer ist, sondern eher dass er ein Tier mitbringen will, vor dem ich schon immer Angst hatte, und wie ich mich kaum noch an Mama erinnern kann, so ist mir umso stärker die Katze in Erinnerung geblieben, die mir bei den Malešíks in den Wagen gesprungen ist, der im Schatten der Kastanie abgestellt war, ihr habt am Tisch über irgendwas gelacht und mich hat erstmals schreckliche Angst übermannt, wie unlängst, als mich bei dem Fremden das menschliche Skelett anstierte, an dem er, obwohl er nur ein normaler Polier und älter als ich ist, Doktor lernen will, diese Katze hat sich damals auf die Decke gesetzt und mich böse angezischt, und ich dachte, das sei der Teufel, der mich mitnehmen will, und so konnte ich dann Katzen nicht mehr ertragen und sie mich wohl auch nicht, und in ähnlicher Form hatte ich von klein auf Angst vor Fremden, weil mir das deutsche Gebrüll in Erinnerung geblieben ist, als die Sudetendeutschen uns alle zusammen aus dem Haus jagten, von dieser Angst haben mich für einige Zeit die Russen geheilt, doch umso mehr hat es mich getroffen, als sie wiederkamen, sogar so, dass ich mein Kind verloren habe, und Jaromír und du, ihr habt mir lieber verheimlicht, ob es eine

Ludvíka war oder ein Ludvík, und jetzt wurde meine schwächer werdende Angst von den seltsam unterschiedlichen Leuten genährt, die unsere alten Nachbarn aus unserer Straße und von unserem Platz vertrieben und mich als Fremde betrachteten, und ähnlich, Papa, sage ich es dir erst heute, wo wir uns doch die ganze Zeit geschämt haben, über solche Sachen zu reden, ähnlich hatte ich mein ganzes Leben Angst vor Männern, du hast mir mal gesagt, dass meine Mutter bis zu ihrem Tode allein geblieben wäre, wenn sie nicht Schwester in deinem ersten Krankenhaus gewesen wäre, wo du sie weichgeklopft hast, du weißt doch, dass ich niemanden hatte, bis mich in deiner Praxis Jaromír in ähnlicher Form weichreden musste, je mehr mich Männer schön genannt haben, desto weniger habe ich geglaubt, dass es ihnen um meine Seele ging und sie so sein könnten wie du, denn du warst für mich der Einzige, der die Bezeichnung Mann verdiente, und deshalb konnte ich Jaromír auch nicht verzeihen, und deshalb hat mich auch Professor Hedvábný nicht weichreden können, auch nicht Doktor Mádr und auch kein anderer, und so, Papa, so ist das eben …!«

Eine Weile war es still in ihrem Kopf, wo die Schöne Frau Selbstgespräche führte.

»Rosa«, meldete sich ihr Vater erneut zu Wort, »mein Mädelchen, was wolltest du mir eigentlich damit sagen?«

Sie dachte nach, ob sie diese seltsame Angelegenheit nicht lieber unausgesprochen lassen sollte, dann aber antwortete sie.

»Dass mir nach all den Jahren ein Mann gefällt, auch wenn er ein Fremder ist und eine Katze hat.«

17

Die Stadt S. lag bereits in der Umarmung des Frühlings. Die Kastanien hatten schon längst ihre Kerzen aufgesteckt, und der Flieder wartete auf den Befehl, eine Salve Blüten abzugeben, den Fluss F. hatte der Regen von einem steinigen Canyon zum nutzbaren Strom mit einem regen Schiffsverkehr vom Meer nach Prag und umgekehrt werden lassen. Die Schöne Frau zog sich am Abend ihre Lieblingsbluse an, weshalb sie glaubte, dass sie auch anderen gefallen würde. Sie schaute aus der Küche im Erdgeschoss auf die Haltestelle, wo jeden Moment der Stadtbus halten musste, und fragte Valtr, der eine gute Stunde wie ein erschöpfter Liebhaber auf ihrer Schulter schlief.

»Heute ist Zahltag, und er wird sicher nur das papierartige Brot von denen essen, was meinst du, wird er sich wundern?«

»Krrrruzitürrrken, Krrruzitürrrken!«, wunderte sich jetzt der erwachte Vogel, schaute auf den Tisch, der nach langer Zeit wieder für zwei gedeckt war, und setzte tadelnd hinzu, »Rrrrosa?«

Der Bus hielt kurz, und als er wieder anfuhr, gab er den Blick auf den Fremden frei, den er auf dem gegenüberliegenden Trottoir abgesetzt hatte. Neben dem Aktenkoffer, den er wie eine Frau ihre Handtasche nie aus der Hand gab, trug er ein sperriges Paket, und so wunderte auch sie sich.

»Was hat er denn wieder mal gekauft? Er hat doch hier alles!«

Im Türschloss, das der Fremde vor Kurzem geölt hatte, drehte sich geräuschlos der Schlüssel, auch die Tür quietschte nach einer Behandlung durch ihn nicht mehr. Es nahten feste Schritte, die still wurden, als er zur Küchentür kam. Früher hatte sie sie zugemacht, weil sie Professor Hedvábný nicht belästigen wollte, nun aber, damit der Fremde sie nicht störte. Heute verzichtete sie das erste Mal auf diesen Brauch, als ihr das Gewissen sagte, dass sie ihm schon zu viel schuldete. Mit den Preisen für Handwerker kannte sie sich nicht aus, sie wollte ihn für seine Sorge um das Haus nicht mit einem Almosen beleidigen, aber auch nicht zu viel zahlen, und schon gar nicht wollte sie in die gegenseitigen Aufrechnungen Chaos hineintragen. Deshalb hatte sie sich entschlossen, ihn zu einem guten Abendessen einzuladen, wodurch sie ihm dann für seine allseitige Hilfe danken konnte. Er verstand den gedeckten Tisch auf seine Weise.

»Guten Abend, Frau Čechová, erwarten Sie einen Gast? Ich bin schon weg und störe heute nicht weiter!«

»Guten Abend, Herr Etschelan, bleiben Sie hier, Valtr und ich warten schon auf Sie.«

»Ich verstehe«, er wurde unsicher, »aber ich habe gedacht, ich bezahle Ihnen Miete morgen …«

»Bei der Miete kommt es mir auf ein paar Tage nicht an, geben Sie sie mir, wenn Sie ihren Lohn bekommen.«

»Brauchen Sie also etwas?«, fragte er, »ich lege nur ab und bin gleich mit Werkzeug zurück.«

»Wir brauchen nur Sie«, sagte die Schöne Frau, »wenn Sie abgelegt haben, kommen Sie her, wir werden zusammen Abendbrot essen. Und keine Angst, ich weiß, dass Moslems kein Schweinefleisch essen.«

»Sie sind an die Maßen liebenswürdig, wie Sie hier zu sagen pflegen, aber womit habe ich das verdient?«

»Sie sind es über alle Maßen auch, wie wir hier eher sagen, ja, Sie haben mir Sorgen und Geld erspart.«

Innerhalb kürzester Zeit hatte er sich in Galarobe geworfen, wie sie seinen offenbar einzigen schwarzen Anzug, zwar abgetragen, aber sorgfältig gebügelt und ohne einen einzigen Fussel, für sich bezeichnete. Auch das weiße Hemd hatte nicht einen Fleck, selbst wenn es offensichtlich schon unzählige Male gewaschen worden war. Sie verstand nicht, weshalb sie ihn zuerst für einen Versicherungsvertreter gehalten hatte, jetzt sah er aus wie ein verarmter Aristokrat.

Als er das Öffnen der Rotweinflasche übernahm, rühmte sie sich vor ihm mit der Premiere des Tages: sie war in die Küche des Istanbul gegangen, um dort zu fragen, wo man in S. gutes Lammfleisch bekäme. Wenn es für Kemal sei, so der Inhaber, dann habe er hier sicher besseres als das, was sie in allen Läden der Stadt bekommen würde, und es koste ein Drittel weniger! Was sie dem Fremden verheimlichte: wie sich ihr vor Traurigkeit das Herz zusammenkrampfte, als sie unter dem Kastanienbaum durch den Garten ging, der beim alten Malešík ihrem Kinderwagen Schatten geboten und beim jungen die ersten zärtlichen Worte Jaromírs gehört hatte …

Die Schöne Frau kochte gut, viele Jahre hatte sie zwei Feinschmecker durchgefüttert, für das Essen leistete ihr dann der Professor, der sich für einen Gourmet hielt, oft eine Zuzahlung. Das Kochen bereitete ihr Spaß wie Lesen und Musik, vielleicht umso mehr, da sie es selbst kreierte, oft ließ sie sich von ihrer Phantasie leiten. Doch diesmal hatte sie aus dem Gasthaus gleich die entsprechenden Gewürze mitgebracht und offensichtlich auch die richtige Mischung erwischt; der Fremde sah nicht so aus, als würde er Bewunderung und Lob nur vortäuschen. Ansonsten redete er fast nicht, das kam ihr natürlicher vor, als wenn er sich zu einem nichtssagenden Geschwätz gezwungen hätte. Sie protestierte auch nicht, als er sich erbot abzuräumen, sie schaute zu, wie geschickt er die Teller abwusch, die Töpfe und die Pfanne reinigte; die vertrauten Geräusche kamen ihr neu vor, da auf den Kücheninstrumenten ein Mann spielte, sie hatte sie in dieser Version eigentlich noch nie gehört, immer hatte sie selbst abgewaschen. Und so sagte sie nichts und hörte zu, dankbar, dass auch ihr Gast weiter schwieg. Als die Küche wie ein Schaufenster blitzte und er das letzte Besteck abgetrocknet hatte, setzte er sich auf seinen Platz und reichte ihr einen Umschlag über den Tisch, den er aus seiner Brusttasche genommen hatte.

»Ich habe zu Hause genügend gefunden, damit ich Sie morgen nicht noch einmal belasten muss.«

»Ich habe Ihnen doch gesagt, dass Sie sich mit der Miete nicht beeilen müssen!«

»Wissen Sie, Frau Čechová, ich bin in meinem ganzen Leben niemandem etwas schuldig geblieben, und ich will nicht bei jemand anfangen, der mir so grenzloses Vertrauen schenkte … ich hoffe, ich sage das richtig und Sie verstehen mich …«

»Sie sprechen besser als viele Tschechen. Wie lange sind Sie eigentlich hier?«

»Acht, nein!, bald werden es neun Jahre. Im nächsten Jahr feiere ich großes Jubiläum.«

»Und warum haben Sie sich von allen Ländern ausgerechnet uns ausgesucht?«

»Flüchtlinge suchen das Land nicht aus, das Land sucht sie. Ich wollte nach London, doch mein Geld reichte nur für einen Flug nach Prag. Und man darf nur im ersten Land um Asyl ersuchen.«

»Aha … und wann haben Sie zum letzten Mal jemanden von Ihren Leuten gesehen?«

»Auf der Beerdigung meiner Frau, ich bin erst danach weggegangen. Wahrscheinlich wundern Sie wie alle, warum ich sie noch nicht besuchte. Ich hatte vor allem Angst, dass ich nicht mehr zurück darf – und dort gibt es keine Arbeit für mich.«

»Allahu akbarrr!«, krächzte Valtr und flog von ihrer Schulter auf seine.

»Was sagte er da?«, wollte sie endlich wissen, »das können nur Sie ihm beigebracht haben.«

»Wofür ich mich entschuldige. Um das Vorabendgebet zeitig zu schaffen, bin ich bei meinen Valtr-Besuchen zweimal bei Ihnen oben auf die Knie gegangen, ich rechnete nach Sonne, dass Mekka direkt hinter Ihre Kirche liegt. Die Worte besagen, dass Gott, wie Sie ihn hier nennen, der größte ist.«

Sie wollte ihn fragen, ob es ihn nicht störe, dass einen so heiligen Satz ein Papagei lernte, doch der Blick auf ihren Liebling, der ihm fast zärtlich die Spitzen des Schnurrbartes abknabberte, verschlug ihr die Sprache.

»Und wann haben Sie Ihren Mann verloren?«, fragte sie der Fremde unerwartet.

»Er ist vor einem Vierteljahrhundert verstorben«, antwortete sie und setzte zu ihrer eigenen Überraschung hinzu, »aber für mich schon fünf Jahre früher.«

18

Die Schöne Frau war kein Klatschweib, vor allem deshalb hatte sie keine Freundinnen. Für tschechische Verhältnisse war S. eine große Stadt, und vor dem Krieg waren hier sogar zwei anständige Bühnen gewesen, eine tschechische und eine deutsche, auf denen Stars aus Prag und aus den Nachbarländern aufgetreten waren, die ausländischen deshalb, um sich die alles einende Theatersprache anzueignen, das sogenannte Prager Deutsch, das über den lokalen Dialekten der Preußen, Schwaben, Sachsen und Wiener stand. Das konnte der Schönen Frau natürlich nur der Vater erzählen, sie selbst erinnerte sich nur an die Deutschen mit den weißen Armbinden der Besiegten an den Ärmeln, bevor sie ganz verschwanden. Auch der Vater und seine neuen Patienten, die in die Villen und Wohnungen eingezogen waren, deren eine Vielzahl in diesem Viertel frei geworden war, betrachteten dies lange als Sieg über den Erzfeind, ehe sie, manch einer langsam und manch einer schneller, zu ahnen begannen, dass damit auch die gesamte Republik aus der Vorkriegszeit besiegt worden war.

Innerhalb der nächsten zwanzig Jahre wurde das ehemalige S. in den Erinnerungen von Zeitzeugen zu einem schönen Trugbild; von seiner einstigen Existenz zeugten nur noch schwarzweiße Ansichtskarten, solange ihr Nachdruck nicht verboten war. Die neuen strahlten zwar in grellbunten Farben, doch gerade die verstärkten das langweilige Grau der Neubauten und des neuen Lebens. Die Wiederauferstehung Westdeutschlands als wirtschaftliche und demokratische Großmacht widersprach immer mehr dem hiesigen Verfall von Wohlstand und Freiheit. Damals kamen auch überzeugte Kommunisten wie Jaromír darauf, dass sich irgendwo ein Fehler eingeschlichen haben musste. Seine Begeisterung hatte für kurze Zeit auch seinen Schwiegervater und seine Frau mitgerissen; diese spendete im berauschenden Jahr achtundsechzig für den Republikfonds sogar das goldene Armband ihrer Mutter. Die Augustnacht, in der sie ihre Fehlgeburt hatte, wurde noch von einer späteren in Prag übertroffen, in der sie Jaromír vorwarf, an der Seite derer, die den Schicksalspanzer in ihre Heimat geholt hatten, jene zu zerstören, mit denen er lange in derselben Partei auf derselben Seite stand, und er hatte wütend nach ihr geworfen … ach, mein Gott!

Dies alles konnte sie dem Fremden nicht erklären. Doch als sie ihm als erstem Menschen gestand, dass der Tod ihres

Mannes für sie kein Verlust gewesen war, entschloss sie sich, ihm auch zu erklären, warum.

»Er ist zu einem bösen Egoisten geworden. Und zu einem Grobian. Als ich von ihm weg nach oben zu meinem Vater gezogen bin und mich Valtrs annahm, stieg er einmal während unserer Abwesenheit nach oben, öffnete den Käfig und das Fenster im Salon. Wäre Valtr weggeflogen, hätte er sich der Angriffe der hiesigen Vögel nicht erwehren können.«

»Er ist groß«, warf er ein, »und hat einen langen Schnabel und kehrte sicher rechtzeitig zurück.«

»Wohl kaum. Exoten, die lange Zeit in der Wohnung leben, finden in der Natur den Weg nicht mehr. Und die Vögel hier hätten ihn als Eindringling betrachtet und ihn totgehackt, wissen Sie.«

»Fremde mag wohl kaum jemand«, bemerkte er.

Darüber musste sie lachen, und in ihrer Verlegenheit streckte sie den Arm aus. Valtr erfreute sie dadurch, dass er seine Schulter verließ, zu ihr flog und sich zu ihren Lippen tragen ließ, die er ebenso fein wie vorhin seinen Schnurrbart anknabberte. Es war ihr etwas peinlich, sie setzte den Liebling auf ihre Schulter und kam zu dem zurück, worüber sie gesprochen hatte.

»Heute habe ich den Eindruck, dass er vor seinem Tod mehr Moslem war als Sie.«

»Wie meinen Sie das«, horchte er auf, »hat er denn unseren Glauben angenommen?«

»Das nicht, das sollte nur ein Vergleich sein, er betrachtete dann nicht mehr nur mich, sondern alle Frauen als untergeordnete Geschöpfe. So ähnlich wie die Männer bei Ihnen daheim, nicht wahr?«

»Das stimmt nicht, Frau Čechová, das ist ein hier weitverbreiteter Vorteil!«

»Sie meinen Vorurteil«, berichtigte sie ihn und erschrak sogleich, dass es wie Ironie klang, die wohl seine aufrichtige Entrüstung entkräften sollte, »ich wollte ganz sicher nicht Ihre Religion und Ihre Bräuche beleidigen, doch dieses Vorurteil ist bei uns wirklich stark verwurzelt!«

»Ich weiß das und versuche, das ins rechte Licht zu rücken. Die Beziehung zu Frauen ist bei uns mehr als bei Ihnen Sache der Achtung. Wenn eine Frau die Achtung eines Mannes nicht zu gewinnen weiß, dann darf sie sich nicht wundern, wenn er sie nicht achtet. Ich habe meine Frau im ganzen Leben nicht ein Mal ein bisschen geschlagen!«

Sie wusste wieder einmal nicht, wie sie dieses Gespräch weiterführen sollte, und bedauerte, es begonnen zu haben.

»Sie sagten am Freitag«, fuhr er weiter fort, »Sie fahren zu Ihrem Mann auf den Friedhof. Warum gehen Sie zu einem Grobian und Egoisten, den Sie noch zu Lebzeiten verwarfen? So hat er trotz allem, was Sie gezwungen hat, ihn zu verlassen, Ihre Achtung nicht verloren?«

Ich sollte das beenden, erschrak sie, darüber hatte ich nicht einmal mit meinem eigenen Vater gesprochen, und jetzt spielt ein Kurde, den ich noch immer nur vom Sehen kenne, meinen Beichtvater? Gleich fiel ihr auch die Erklärung ein: gerade deshalb! Vom Sich-Anvertrauen hat sie immer der Tratsch der anderen abgehalten, der, wenngleich selten, zu ihr gedrungen war, und sich auf dem Weg von Mund zu Mund in dieser Kleinstadt wie frisch gefallener Schnee in Matsch verwandelte. Der Fremde war ihre hohle Weide oder eher ein hohler exotischer Baum, in den man bedenkenlos Worte schütten konnte, die viele Jahre lang die Seele belastet hatten. Sie gehörte zu den Menschen, die ihre Gedanken aussprechen mussten, um sie verstehen und vergleichen zu können.

»Ich habe aufgehört, meinen Mann zu achten«, sagte sie zum ersten Male laut, »doch ich habe nicht aufgehört, ihn zu lieben. Ich verstehe nicht, wie und warum mir das passieren konnte, vor allem weiß ich nicht, wie ich das loswerden soll.«

»Was hat Ihr Mann getan?«, fragte er, »dass Sie aufhörten, ihn zu achten?«

»Er hat eine Sache verraten, an die er geglaubt hat, und dann viele Menschen, die an ihn geglaubt haben.«

»Und womit hat er verdient, dass Sie ihn trotzdem noch mögen?«

»Er hat es begriffen und sich totgetrunken.«

»Sagten Sie nicht, dass Sie ihn schon fünf Jahre früher verloren haben?«

Das ist es!, erkannte sie, jetzt hat er den Felsbrocken entdeckt, der auf meiner Seele lastet …

»Als ich ihm den Verrat vorgehalten habe, war er garstig, und als er verstand, was eigentlich passiert war, war mein Herz nur noch ein Stein. Ich wusste, was alle wussten, dass er sich Abend für Abend betrinkt, wenn er darauf wartet, dass ich wieder zu ihm runter ziehe und alles wie früher wird. Er hat die Schwester angeschrien und die Patienten, die bald nicht mehr kamen … doch schließen wir das Kapitel ab!«

Ein plötzlicher Einfall half ihr aus der Not, in die sie so unvorsichtig hineingeschlittert war.

»Er hatte auch seine guten Seiten, zum Beispiel kleidete er sich adrett. Die meisten Sachen habe ich gemeinsam mit ihm besorgt.«

Der Fremde verstand offensichtlich die Wendung des Gesprächs nicht. Die Schöne Frau war von sich selbst überrascht, als sie ihm ein unerwartetes Angebot machte.

»Vor Samstag schaue ich mal richtig seinen Kleiderschrank

durch, er war von ähnlicher Statur, ich denke, einiges könnten ruhig auch Sie tragen ...«

Jaromír, bat sie ihren Mann im selben Atemzug, verzeih mir!

19

Der nächste Tag war ein Freitag, doch die Schöne Frau ließ den Friedhof aus. Sie tat das ein paarmal im Jahr, wenn sie erkältet war oder einfach müde. Heute ging sie nicht hin, weil sie sich etwas schämte. Es war ihr peinlich, Jaromír zu gestehen, was sie dem Fremden alles über ihn erzählt hatte. Und ihm darüber hinaus noch von dem Versprechen zu berichten, dass der fremde Mann in seinen Sachen herumlaufen sollte. Dieses konnte sie jedoch schwerlich widerrufen.

Nachdem sie aus der unteren Wohnung ausgezogen war, war sie gut fünfzehn Jahre nicht dort gewesen. Ihr Vater hatte sich darum gekümmert, der lange zögerte, was er mit der Wohnung anfangen sollte. Auch die Gynäkologie war nach dem Tod seines Schwiegersohns in das neu errichtete Gesundheitszentrum verlegt worden, allmächtiger Herrscher dieser Räumlichkeiten im Haus auf dem kleinen Platz aber blieb der Staat. Erst der Fall des Systems brachte altes Recht zurück, und es gab keinen Zweifel daran, wer der Eigentümer war. Als der Vater mit dem Umbau des Hauses begann und beschloss, die untere kleine Wohnung um die ehemalige Praxis zu erweitern, fragte er seine Tochter, was er mit den Sachen ihres Mannes machen solle, die er bisher jedes Jahr im Frühling mit der Tagespresse durchsetzte, weil Motten keine Zeitungsschwärze ertragen.

Er erwartete, sie würde unbarmherzig vorschlagen, die Sachen zu verpacken und dem Roten Kreuz zu übergeben, doch sie brachte alles, auch die Wäsche, in die Bodenkammer und lagerte es im großen Schrank ihrer Mutter. Und gerade bei dieser Arbeit passierte das, was sie nicht erwartet hatte: Jaromír kehrte zurück. Er kehrte zurück vor diese böse Zeit, als er sich das erste Mal mit ihr gestritten, sie dann angeschrien und sogar geschlagen hatte, und als sie sagte, dass es reiche, und der Dachkammer für die Dienstmädchen, die nur unter den Deutschen dort gewohnt hatten, den Vorzug gab, er des Nachts betrunken hinaufkam und an der Tür polterte, so lange, bis der wach gewordene Vater aus dem Schlafzimmer kam und ihn ruhigstellte, und dann hatte er es einmal sogar noch gewagt, wie ein Räuber in den Salon zu schleichen, um hinterhältig Valtrs Käfig und das Fenster zu öffnen …

Wie sie nach und nach die Hemden, die sie oft in der Hand gehabt hatte, wenn sie sie ihrem Mann wusch und bügelte, auslüftete und wieder sorgfältig zusammenlegte, wie sie die einst eleganten und immer noch ordentlichen Anzüge, über die er sich stets mit ihr beraten hatte, ausklopfte und ausbürstete, sah sie Jaromír wieder in allen Variationen, in denen sie ihn in den zwanzig Jahren so geliebt hatte, dass sie selbst bereit war, seinen roten »Köhlerglauben« anzunehmen, der ihr vorher, ebenso wie ihrem Vater, widerwärtig gewesen war. Erneut sah sie in den Hemden und Anzügen den schönen, großen jungen Mann, dem ein Wappen und die Losung Veni vidi vici wie Caesar gestanden hätten: kaum war er nach S. gekommen, hatte er sie gesehen und über ihr Misstrauen gesiegt.

So wie Jaromír ein eifernder Kommunist gewesen war, der bereitwillig seiner Partei auch die Echtheit der falschen politischen Prozesse glaubte, hatte er nie aufgehört, das zu sein, als was er zur Welt gekommen war: ein Söhnchen aus einer

Familie von Bankiers, Fabrikanten und Großhändlern. Nach einer schrecklichen Szene beim Geburtstag seines Großvaters, als er seine Eltern, Onkel, Tanten, Cousins und Cousinen beschuldigte, großbürgerliches Pack zu sein, das sich nicht einmal der Kollaboration mit den Deutschen schämte, ließ er sich als Einziger seines Jahrgangs freiwillig ins ehemalige Grenzgebiet schicken, um dort die revolutionäre Flamme zu schüren. Doch nicht einmal als Mitglied des Kreisausschusses der Partei ließ er von seinen Bräuchen ab, zu denen vor allem gehörte, sich gut zu kleiden, er war auch der Einzige in S., der sich eine Fliege band. Der zeitweiligen Kritik seiner Genossen bot er unbeugsam die Stirn, indem er erklärte, die Partei wolle die Gesellschaft nicht auf das Niveau von Plebejern drücken, sondern sie im Gegenteil auf das Niveau der ehemaligen Ausbeuter heben.

Als ihn die Schöne Frau das erste Mal sah, erfüllte er ihre Vorstellung von Helden eines Oscar Wilde oder eines George Bernard Shaw. Er liebte den englischen Stil und versündigte sich auch dadurch gegen seine revolutionären Grundsätze, dass er geeignete Stoffe bei ehemaligen Privateigentümern suchte und fand. Bald verzieh man ihm diese zweifelhafte Leidenschaft, denn durch sie erlangte er Sympathien in Kreisen weiter Teile der Intelligenz in S., die den Kommunisten nach wie vor immer noch nicht vertrauten. Noch mehr half ihm, dass er die Gunst jener jungen Frau gewann, die als schönste in der ganzen Stadt galt. Dann suchte und entdeckte die Schöne Frau zusammen mit ihm Schneider, die nach der Auflösung ihres Gewerbes heimlich zu Hause nähten, ehe anständige englische Schnitte wieder in den Läden auftauchten.

Als sie seine Kleidung, die über die Jahre von ihrem Vater gepflegt worden war, vom Erdgeschoss in die Dachkammer gebracht hatte, gaben ihr die Stoffe und Tücher ihre Erinnerungen vor Jaromírs Verrat zurück. Deshalb entschloss sie sich, nur Unterwäsche auszusortieren, während sie Anzüge, Hemden, Krawatten und Schuhe im Kleiderschrank beließ, den sie als dreizehntes Gemach bezeichnete. Einen Tag darauf ging sie erstmals seit der Beerdigung zu dem Grab, um das sich bisher nur der Vater gekümmert hatte. Anfangs sprach sie nur mit dem Jaromír, den sie achtete, doch wenig später meldete sich reuig auch der andere zurück, und so gewöhnte sie sich mit der Zeit daran, eine Witwe zu sein, die zwei einander vollkommen unähnliche Männer gehabt hatte: einen lieben und einen bösen.

Am Freitag nach dem Gespräch mit dem Fremden bereitete sie sich unten in der Küche bereits zum Mittag ein kaltes Abendbrot wie zu Zeiten des bösen Jaromír zu, um dem Mieter überhaupt nicht zu begegnen. Doch sie ging zum Essen nicht von der Dachkammer in den Salon hinunter, so sehr nahm sie die Auswahl dessen gefangen, was der Fremde noch tragen könnte, sie wollte nicht geizig sein, es mit der Großzügigkeit aber auch nicht übertreiben. Bis ihren Liebling, der ihr auch dabei auf der Schulter saß, diese Unachtsamkeit verärgerte.

»Valtrrr, Valtrrr, Valtrrr!«, machte er sich bemerkbar.

»Ja«, meinte sie zerstreut, »Rosa weiß von dir.«

»Herrrlicherrr Valtrrr!«

»Ja, herrlich«, wiederholte sie mechanisch.

»Teurrrerrr! Teurrrerrr Valtrrr! Valtrrr Grrraf!«

Er biederte sich regelrecht an, erreichte aber nur, dass sie mit ihm sprach.

»Da wunderst du dich, Valtr, was? Wir kaufen Brot bei den Vietnamesen, haben Lammfleisch vom Türken, kleiden einen Kurden ein … Ein Kurde ist doch eigentlich auch ein Türke, meinst du nicht?«

»Rrrrosa, Rrrrosa!«, knabberte er an ihrem Ohr, doch selbst erhielt er keine Zärtlichkeiten.

»Ha! Er hat seine Frau nie geschlagen. Da ist er doch direkt ein Gentleman, meinst du nicht?«

Gleich darauf erschrak sie und wurde härter.

»Aber ins Schlafzimmer kommt uns ein Türke nie, hörst du? Die Türken sind nie über die March gekommen, umso weniger kommen sie zu uns! Und überhaupt, ist das für eine Christin nicht eine Schande, zu Hause einen Heiden durchzufüttern?«

»Schrrrecklich!«, krächzte Valtr.

»Vögel isst er hoffentlich wirklich nicht«, tröstete sie ihn, »wenn nicht mal sein Kater ...!«

20

Als die Schöne Frau am Samstagfrüh wach wurde, überfiel sie eine Traurigkeit, die sie sich nicht erklären konnte. Eine böse Vorahnung ließ sie aufstehen, schnell in den Salon laufen und den seidenen Überwurf wegziehen, der in der Nacht Valtrs Käfig bedeckte. Ihr Liebling aber stand sicher auf dem unteren festen Brett mit dem Kopf unter den Flügeln, bei ihm schien noch Mitternacht zu sein. Beruhigt ging sie wieder ins Bett zurück, um, wie ihr Vater zu sagen pflegte, sich langsam wieder an das Leben zu gewöhnen, doch sie wurde dieses beklemmende Gefühl nicht los. Was war nur los?, grübelte sie, was fehlt mir? Dann kam sie drauf: Sie hatte Geburtstag und war allein.

Ihre zweitfrüheste Erinnerung, die sich ihr tief ins Gedächtnis gegraben hatte, glich die primäre Furcht vor dem Teufel im Kinderwagen aus, denn sie war liebevoll: das Gesicht ihrer Mutter dicht vor dem ihren, erhellt von drei Kerzen, die sie ausblasen sollte. Bis heute spürte sie, wie sie mit ihrem ganzen kleinen Körper den Atem einsog, um es auf einmal zu schaffen, und sah die Flammen, die sich einmal kurz bogen, bevor sie erloschen, und hörte das begeisterte Klatschen der Eltern. Es war ihr erster bewusster Sieg über ein Element.

Um den Schock über den Tod der Mutter schneller zu verwinden, brachte ihr der Vater bei, alles zu feiern, was man feiern konnte, neben Ostern, Weihnachten, Silvester und Neujahr auch bedeutende Jubiläen, Zeugnisse, Namenstage und vor allem Geburtstage. Schon wenn sie am Vorabend einschlief, konnte sie es nicht erwarten, dass sie am anderen Morgen traditionell der Klang zweier Topfdeckel weckte, die der Vater als Becken benutzte, doch noch lieber revanchierte sie sich bei ihm für dieses Blechkonzert, genannt Ständchen. Zur fröhlichen Zeremonie gesellte sich in den schönsten Jahren ihres gemeinsamen Lebens auch Jaromír, und so wurde das Geburtstagskind von zweien geweckt. Zum letzten Mal weckten sie sie gemeinsam im Mai, bevor die Augustpanzer kamen und mit ihnen die Fehlgeburt.

Doch auch danach gingen Feiertage und Geburtstage nicht unbeachtet vorbei, nie fehlten Blumen und eine Torte, auf der die Anzahl der Kerzen bedenklich zunahm, bis sie sie in zwei oder drei Anläufen ausblasen musste. Zum letzten Mal bereitete sie ihrem Vater ein Ständchen wie immer an seinem Bett. Zum ersten Mal stand er nicht auf und setzte sich nicht zum festlichen Frühstück, zu dem nicht unten in der Küche, sondern am Tisch im Salon gedeckt wurde, auf dem das Teeservice aus der Aussteuer der Mutter golden strahlte. Er stand nie mehr auf, weil sie sich entschlossen hatte, ihn um keinen Preis unter fremden Menschen im Krankenhaus sterben zu lassen, wo noch alles, die Gänge, die Zimmer, die Einrichtung und das Personal, nach dem falschen Sozialismus roch.

Herr Professor Hedvábný hatte sich zwar bei seinem Auszug noch zu seiner lebenslangen Liebe zu ihr bekannt, doch in all den Jahren unter ihrem Dach hatte er sich verhalten, als sei sie nie geboren worden. Ein paar Jahre lang hatte auch der verwitwete Anwalt Mádr sie zum Abendessen ins Grandhotel eingeladen, bis er offensichtlich zu müde war, sie davon zu überzeugen, sich zusammenzutun. Sie wollte nicht den einzigen Menschen verlieren, der ihr mit dem einen oder anderen Rat geholfen hatte, somit verstand sie es, den gefährlichen Zeitraum zu überbrücken, ehe sein vom Strom der Zeit getriebenes Leben ihn bei einer anderen vor Anker gehen ließ. Dann hatte sie nie mehr Geburtstag gefeiert, doch immer wurde ihre Seele ein bisschen krank.

Heute tat sie nicht lange weh, weil sie schnell von dem erwachten Wissen geheilt wurde, dass sie eine edle Tat vollbrachte, indem sie die Garderobe des Fremden erneuerte. Bereits am Tag zuvor hatte sie sich dazu entschlossen, sie dem bösen Jaromír ohne Fragen wegzunehmen und dies mit dem guten am folgenden Freitag auf dem Friedhof zu richten. Sie wusch sich, zog sich an und stieg mit dem schlaftrunken blinzelnden Valtr auf der Schulter noch kurz in die Dachkammer, um sich zum letzten Mal die ausgewählten Kleidungsstücke auf den Bügeln und die auf der Truhe zusammengelegten Hemden anzuschauen. Dann öffnete sie die Tür zum Erdgeschoss und rief nach unten:

»Herr Etschelan …«

Und erstarrte, weil sie ihr eigenes Haus nicht wiedererkannte. Ihr zu Füßen begann ein Spalier großer Zweige aufgeblühten Flieders, das die Treppe hinab bis ins Erdgeschoss säumte und an der Küchentür endete. Dort stand der Fremde, seinen Kater wie einen Persianerkragen um den Hals gelegt, und sang in einem überraschend angenehmen Bariton:

»Häppi Bärsdei tu ju, häppi Bärsdei tu ju, häppi Bärsdei, Frau Čechová, häppi Bärsdei tu ju …«

Sie war so perplex, dass sie ihn statt eines Dankes gleich tadelte:

»Haben Sie mir nicht versprochen, dass Ihr Kater nie einen Schritt ins Haus setzen wird?«

»Pardon …«, sagte er geknickt, »verzeihen Sie, ich entschuldige mich …«

Er verschwand, und sie hörte nur, wie die Tür der unteren Wohnung auf- und wieder zuging. Da lief sie schon mit Valtr das blühende Treppenhaus hinunter, sie schämte sich, so schroff gewesen zu sein, doch gleich fiel ihr ein anderer Grund ein, der ihr das Recht gab, sich zu ärgern.

»Sie sind schon so lange in unserem Land und wissen immer noch nicht, dass das Abreißen von Blumen im Park verboten ist? Wenn Sie jemand anzeigen würde, wären wir beide dran!«

Auf diesen Vorwurf war er vorbereitet, denn er zog ein zusammengefaltetes Papier aus der Tasche.

»Das weiß ich doch, und ich hätte mir das nie in der Stadt erlaubt, die mir so sehr hilft. Ich habe mir bestätigen lassen, dass ich pflücken kann, so viele ich will, als ich dort Ende des letzten Winters beim Laubrechnen geholfen habe. Jetzt war es wie gefunden!«

Er entwaffnete sie gleich zweimal, mit dem Papier und seinem begeisterten Laubrechnen. Ein weiteres Rätsel aber kam ihr in den Sinn.

»Wie haben Sie denn erfahren, dass ich Geburtstag habe?«

»Von unserem Bauleiter. Er weiß schon lange, dass ich bei Ihnen wohne.«

»Aha«, forschte sie weiter, »und wie heißt dieser Herr?«

»Ingenieur Schnellreich. Er ist so konsequent, dass wir ihn Zollstock nennen.«

Sogleich erinnerte sie sich an den nicht abzuwimmelnden Freier, der ihr, wenngleich ein paar Jahre jünger, kurz nach dem Tode ihres Vaters mit einem unvergesslichen Satz die Heirat anbot: Rosa, Sie wird immer Schönheit begleiten, ich werde schnell reich sein, zusammen wären wir ein tolles Paar!

Sie wusste nicht mehr, warum sie ihn zurückgewiesen hatte, vor allem aber spürte sie, dass der Fremde Anerkennung verdiente.

»Dann danke ich Ihnen, Herr Etschelan, Sie sind nach langer Zeit der Erste, der mir gratuliert hat. Ich bin froh, dass ich mich gleich bei Ihnen revanchieren kann, kommen Sie mit nach oben.«

»Ich habe eine Bitte, Frau Čechová.«

Er wird für sein Tier bitten, fiel ihr ein, und sie würde es ihm wieder abschlagen müssen …

»Ich würde Sie gern zu einem Fest einladen.«

»Zu einem Fest?«, wiederholte sie, so als würde sie das Wort nicht kennen, »zu welchem Fest?«

»Die hiesigen Minderheiten aus dem Süden Europas und dem Osten Asiens veranstalten heute ein Picknick am Fluss, dass passt doch zu Ihrer Geburt!«

21

Der Stadtbus brachte die beiden bis zum Hafen für die Ausflugsdampfer, von wo aus sie zu Fuß flussaufwärts gingen. Wir nennen ihn leicht geheimnisvoll F., damit die in Fahrt gekommene Geschichte nicht in der Zwangsjacke eines bestimmten Ortes erstickt. Die Schöne Frau kehrte mit jedem Schritt weit in die Vergangenheit zurück.

Die Badeanstalt, zu der nun Häufchen unterschiedlich fremden Anblicks strömten, war zu der Zeit entstanden, in der ihr Vater das Haus gebaut hatte. Sie bestand aus einer weitläufigen Wiese mit einem Restaurant und Dutzenden Holzkabinen, vor der ein Floß mit einem Bretterboden und einem eingelassenen Becken für Nichtschwimmer verankert war. Die Schöne Frau befiel noch heute Scham bei der Erinnerung, in welch peinlicher Manier sie hier, noch kurz vor der Vertreibung aus dem Haus auf dem kleinen Platz, in einem Korkgürtel an einer Stange gehangen hatte, die ein deutscher Bademeister das Geländer entlangzog, während die Eltern wetteiferten, wer als Erster am anderen Ufer des Flusses F. sein würde. Sie erinnerte sich auch an die dröhnenden Sirenen, mit denen die Kapitäne der Remorqueure, die die Schwimmer warnten, die unendlich langen Boote in einen Hafen am Meer schleppten, den sie Humbug nannte.

Als sie nach dem Krieg von Prag in die Stadt zurückgekehrt waren, die wir aus den bekannten Gründen in unserer Geschichte S. nennen, und baden wollten, wurden sie gewarnt: dort sind die Deutschen!

»Alle Deutschen sind baden gegangen?«, wunderte sich die kleine Rosi, »und wann dürfen die Tschechen?«

Kleine Kinder leben im Reich der Ausreden. Die von damals hatte sie vergessen, dafür war ihr eine Erzählung der Patienten ihres Vaters in den Uniformen der Revolutionären Garden in Erinnerung geblieben: die Deutschen von S. waren in der Badeanstalt festgehalten worden, ehe sich die verschiedenen Flügel der neuen Macht auf ihr Schicksal einigten; Familien wurden in Umkleidekabinen gestopft, also hatten kleinere mehr Glück; die Verstorbenen warf man in den F., damit der Strom sie trage, wohin sie gewollt hatten, als sie die Tschechoslowakische Republik zerschlugen – heim ins Reich, jetzt nur noch ins besiegte Deutschland.

Als die Lebenden – bis auf einige, denen die zurückgekehrten Alteingesessenen bestätigten, dass sie sich nicht mit Hitler eingelassen hatten – auf den Ladeflächen von Lastwagen den Toten hinterher weggebracht wurden, schickte sich kein Organ der Stadt an, das Areal, das für Wochen zu einem Schweinestall geworden war und das die Spuren einer tausendköpfigen Menschenherde hinterließ, zu übernehmen. Auch der Gestank wurde übrigens von der starken Strömung hinweggerissen, so dass S. verschont blieb. Kurz nach der Machtübernahme der Kommunisten legte hier jemand einen Brand, so geschickt, dass nur die Mauern des Restaurants stehen blieben. Der neue Innenminister beschuldigte die aus der amerikanischen Besatzungszone Deutschlands entsandten Übeltäter, die sich für die Vertreibung der Sudetendeutschen rächen wollten. Durch Mundpropaganda verbreitete sich jedoch die Ansicht, dass das Regime das Areal selbst brandschatzen ließ, um nicht das aufwändige Versprechen erfüllen zu müssen, den ehemaligen Tummelplatz von Nazis und Bourgeois zu einem Erholungsparadies der Werktätigen umzugestalten.

Das Projekt wurde vor den Wahlen mehrmals aus der Versenkung geholt und danach bald wieder vergessen. Die überwucherten Fundamente erblickten das Sonnenlicht auch dann nicht, als auf dem Hauptplatz in S. die Schlüssel der revoltierenden Bürger ausgeklirrt hatten, die erst der Fall der Berliner Mauer aus ihrem Dornröschenschlaf geweckt hat. Die Grundstücke kaufte für einen Appel und ein Ei im Rahmen der kleinen Privatisierung die Frau des ersten demokratischen Oberbürgermeisters und früher kommunistischen Kreissekretärs in S., ehe er abberufen und wegen Veruntreuung staatlichen

Eigentums aus der Partei ausgeschlossen wurde. Das wurde nun von seinen zahlreichen Anhängern und Partnern als Rache für seine dissidentischen Ansichten interpretiert.

Die Frau verkaufte die Grundstücke innerhalb eines Jahres für hunderttausende Äppel und Eier an einen der frischgebackenen Unternehmer, die die früher unbekannte Bezeichnung Developer trugen. Dieser gründete eine Gesellschaft mit beschränkter Haftung, erhielt von der Bank einen unbeschränkten Kredit für den Bau eines Hotelkomplexes und machte sich mit mehreren Millionen Äppeln und Eiern aus dem Staub. Das Areal, ein Reich von Hagebutten und Brennnesseln, wurde mit der Zeit zur beliebten Begegnungsstätte von Menschen, die ein ungünstiges Schicksal aus verschiedenen Heimatländern hierher verweht hatte, die sich keines solch freien und fruchtbaren Lebens seiner Bürger rühmen konnten wie S.

Auf dem holprigen Fußweg fasste der Fremde die Schöne Frau mit ihrer Erlaubnis unter. Nachdem sie ihn mit der Geschichte der Stadt vertraut gemacht hatte, erfuhr sie im Gegenzug, dass die ehemalige Badeanstalt sich bereits ein paar Jahre neuer Existenz erfreute. Im Unterschied zu Metropolen, erklärte er ihr, fehle den hierher Angespülten in S. ein Hauptbahnhof, ein gegliederter Marktplatz oder mehrere Kirchen, in denen die Sprach- oder Glaubensbrüder an den Wochenenden Berichte über ihre kleinen Freuden und großen Leiden in dieser unwirtlichen Fremde austauschen konnten. Man konnte nicht mehr bestimmen, wer das Grundstück wiederentdeckte, doch es war so weitläufig, dass niemand nur für sich selbst darauf Anspruch erheben konnte. Immer mehr Gruppen kamen im Frühjahr mit Sensen hierher, um sich in dem wuchernden Gras einen Platz zu schaffen, an dem man Bänke aus Bohlen und Brettern und dann auch tragbare Grills aufstellen konnte. Mit der Zeit waren die gesensten Flächen auf dem Areal zu einer Größe von zwei Fußballfeldern verschmolzen. Und in diesem Jahr, erzählte der Fremde der Schönen Frau stolz, sei eine Attraktion hinzugekommen, da die tanzsüchtigen Südslawen die Fundamente des Restaurants zu einem Betonparkett umgestaltet hätten.

Da waren sie schon an dem Ort, den die Schöne Frau nur dank der Felsen am gegenüberliegenden Ufer des Flusses F. erkannte. Sie hatte ihn einst mit den Eltern bezwungen, nachdem sie der Vater einmal von der erniedrigenden Stange befreit hatte und mit ihr auf dem Rücken der Mutter hinterher schwamm. Wehmut durchfuhr sie bei der Erinnerung an das verlorene Wohl, das sie erlebt hatte, als sie im kühlen Wasser auf dem warmen Männerkörper fest den Hals des Vaters umklammerte und spielend die starke Strömung überwand.

Ein paar Musiker in schwarzen Hemden spielten bisher eher für sich selbst.

»Das hier sind Serben!«, erklärte der Schönen Frau ihr Begleiter, »dort sitzen die Kroaten und dort die Bosnier, sagen Sie das so? Sie bleiben möglichst weit voneinander entfernt, seit dem Ende des Krieges haben sie noch nicht wieder mit geredet, nur das Parkett teilen sie, tun aber so, als ob der eine den anderen nicht sieht.«

Die Schöne Frau faszinierte umso mehr, dass er auch hier wie in ihrem Viertel von vielen gegrüßt wurde. Dann sprachen ihn zwei Männer in einer Sprache an, die sich aus lauter Umlauten zusammenzusetzen schien, und als er antwortete, verneigten sie sich vor ihr.

»Worum geht es?«, wünschte sie zu wissen.

»Ich habe Sie türkischen Bekannten vorgestellt. Sind Arbeiter von unserer Baustelle.«

»Aha … und wie stellen Sie mich eigentlich vor?«

»Meine Frau Wirtin natürlich. Sie meinten, ich hatte, wie Sie hier sagen, mehr Glück als Verständnis.«

»Wegen der Miete? Oder wegen der Kleidung …?«, fiel ihr ein.

»Ihretwegen. Sie meinten, sie kennen keine so schöne tschechische Frau, die mit einem von uns ausgehen will!«

22

Die Schöne Frau spürte nach diesen Worten, dass ihr die Schamröte ins Gesicht stieg, sie wendete den Blick von den beiden Männern ab und befreite sofort ihren Arm aus dem des Fremden.

»Hoffentlich denken die nicht«, erschrak sie, »dass wir beide zusammen …«

Ihre Reaktion bewirkte, dass auch er Panik bekam.

»Frau Čechová, das erlaubt sich hier niemand, sonst bekommt er es mit mir tun! Sie bekommen Bewunderung als Dame, die Respekt verdient, bitte, glauben Sie mir!«

Sofort wurde sie gewahr, wie ihre heftige, abwehrende Geste die Bekannten des Fremden verwirrt haben musste und in welch falsches Licht sie ihn zu Unrecht gestellt hatte. Sogleich hängte sie sich wieder bei ihm ein.

»Aber ich glaube Ihnen doch, verzeihen Sie, Herr Etschelan …«

Sie bemühte sich, die fremden Leute anzulächeln, und erntete dafür wieder eine Verbeugung. Dann versuchte sie sich darauf zu konzentrieren, was sie sah und was ihr Untermieter ihr bereitwillig erklärte. Bis zum heutigen Tag hatte sie angenommen, es sei ein unglaubliches Pech, in S. ein Haus am falschen

Ort zu besitzen, wo sich viele fremde Stämme niedergelassen hatten. Zum Picknick waren sicher nicht alle gekommen, und trotzdem waren ein paar hundert Menschen da, einschließlich der hiesigen Nichtanpassungswilligen, die, und das überraschte sie in der Menge der Auffälligen, zu den Unauffälligsten gehörten. Als sie an den Frauen in Tüchern und den Männern mit Turbanen vorbeiging, als sie die Mandelaugen und die ebenholzfarbenen Gesichter sah und die Polyphonie vieler Sprachen hörte, begann sie zu verstehen, dass sie irgendwie den entscheidenden Moment verpasst hatte, da S., das die Deutschen so perfekt von den Juden und die Tschechen von den Deutschen gereinigt hatten, zu einem Fundament für den Bau eines neuen Turms zu Babel geworden war, auf den früher oder später der zornige Herrgott eine strenge Strafe in Form einer neuen Sprachverwirrung herniederschicken wird …

Der Fremde konnte ihre Gedanken nicht lesen, doch es konnte ihm auch nicht entgehen, dass sie etwas belastete. Wahrscheinlich hatte er angenommen, dass dies immer noch eine Unterredung mit seinen Landsleuten war, denn er antwortete nun auf alle Grüße sehr kurz und blieb bei niemandem stehen. Es ging auf zwei nach Mittag zu, und es war höchste Zeit, etwas zu essen, deshalb führte er sie zu einem improvisierten Stand, wo ein paar Männer in Schürzen dünne Scheiben von einem Kegel rohen Fleisches abschnitten, das über einem Rost gedreht wurde, dazu holten sie aus blubberndem Öl Pommes frites und legten sie zusammen mit Streifen von rotem Paprika auf Pappteller. Der Duft der unbekannten Gewürze rief sofort ein Hungergefühl hervor, deshalb ließ sie sich gern zu einem der Tische bringen, die von Brettern auf Böcken ersetzt wurden; sie hätte auch gestanden, doch ein junges dunkelhäutiges Paar bot beiden sofort Klappstühle an, von denen es nur wenige gab.

Bereits beim ersten Happen kehrte ihre gute Laune zurück. Er freute sich. »Es geht nichts über frisch gegrilltes Lamm direkt vom Feuer, nicht wahr, Frau Čechová?«

»Stimmt … nur schade, dass man es bei Ihnen nicht mit Wein herunterspült.«

Der Untermieter entschuldigte sich sofort, verschwand hinter ihrem Rücken, war aber schnell wieder mit zwei Pappbechern dunkelroten Weins zurück.

»Also Kemal«, sagte sie bewundernd, als sie symbolisch mit ihm anstieß und einen Schluck getrunken hatte, »Sie können wahrlich einen Menschen beschenken!«

»Danke«, meinte er ergriffen, »aber jetzt machten auch Sie mir ein großes Geschenk …«

»Welches?«, wunderte sie sich, den Mund voll mit der saftigen Delikatesse.

»Sie nannten mich endlich das erste Mal Kemal!«

»Das habe ich gesagt? Na … dann sagen Sie … sagen Sie auch einfach Frau Rosana zu mir.«

»Sehr gern«, er blühte direkt auf, »das weiß ich sehr wohl schätzen, Frau Rosa!«

»Rosana!«, berichtigte sie ihn, »Rosa nicht, Rosa nennt mich Valtr, das würde mich verwirren.«

Wenngleich sie an Wein gewohnt war, stieg ihr dieser ungewöhnlich schwere schon nach dem ersten Schluck in den Kopf. Ich muss aufpassen, warnte sie sich, und es war auch gleich nötig.

»Und könnten Sie …«, er stockte, setzte aber fort, »könnten Sie mich nicht duzen?«

»Das darf bei uns«, behalf sie sich wieder in der Not mit seiner Redewendung, »nur die Frau anbieten.«

»Dann bieten Sie es doch an!« Beim Lächeln zeigte er seine Zähne und hob freundlich seinen Becher.

Hier schritt ihr Stolz ein: ein solch heißes Eisen bin ich doch nicht, als dass er mich hier schmiedet, wie er will!

»Verzeihen Sie, Kemal, dafür kennen wir uns noch zu wenig!«

»Dafür«, sagte er, als spiele er einen Trumpf aus, »haben wir ein funktionierendes Rezept.«

Sie hatten schon aufgegessen, und er verließ sie diesmal, ohne sich zu entschuldigen. Sie verfolgte, wie er sich zwischen den Tischen hindurch zu einem Podest zwängte, auf dem man schon begonnen hatte zu tanzen, und es überraschte sie erst jetzt, als seine Gestalt über den Köpfen der Sitzenden dahinschwebte, in Jaromírs Tweed-Sakko … was eigentlich? War er europäisch geworden? Nein! die schwarze Mähne, der dichte Schnurrbart und die markante Nase verliehen ihm immer noch den Ausdruck eines Exoten, gleichzeitig aber bewirkte der Anzug, dass er aussah wie ein außerordentlich gut gelungener Tscheche.

Diese Überlegung lenkte ihre Aufmerksamkeit von seinem Tun ab, nur mit den Augen nahm sie zur Kenntnis, dass er mit dem serbischen Geiger verhandelte und ihm etwas in die Westentasche steckte. Sie verstand erst, als ganz plötzlich der feurige Rhythmus der Balkanmelodie abriss und abrupt vom langsamen Walzer über die schöne, blaue Donau abgewechselt wurde. Da stand der Untermieter auch schon wieder vor ihr, verbeugte sich und bot ihr seinen Arm an.

»Darf ich Sie, Frau Rosana, höflich bitten?«

Es fiel ihr gar nicht ein, den Anstand zu wahren, und sie fauchte ihn an:

»Sie sind wohl vollends verrückt geworden …!«

»Niemand wird böse sein«, versicherte er ihr, »alle werden gern mit uns tanzen …«

»Aber ich kann doch nicht, ich humple noch immer!«

»Das wird Ihnen nach paar Schritten vergehen!« Er ließ sich nicht abwimmeln. »Und ich halte Sie doch fest!«

Alle Tanzenden waren schon zum Dreivierteltakt übergegangen und schauten auf sie. Es war ihr peinlich, doch sie war nicht gewillt zurückzustecken. Als himmlische Hilfe diente ihr, dass eine junge Frau südlichen Typs in geblümter Bluse mit gewagtem Ausschnitt auftauchte, die vor dem Fremden die Arme ausbreitete.

»Kemal!«, rief sie mit leicht heiserer Stimme, die zu ihrem Aussehen passte.

»Ljubica!«, erwiderte er ebenso herzlich und küsste sie rituell dreimal, »seit wann bist du zurück?«

Ihre Verständigungssprache im neuzeitlichen Babylon war Tschechisch, das sie nicht sonderlich gut beherrschte, was sie jedoch nicht daran hinderte, sehr laut zu sprechen.

»Ich hab dich auch gesucht, aber dort am alten Haus war keine deine Name. Da hab ich gedacht, ich find dich hier.«

Sie nahm die Schöne Frau überhaupt nicht zur Kenntnis, als sie sich bei ihm einhängte.

»Na, komm, komm schon, Kemal«, befahl sie fröhlich und zog ihn bereits fort, »komm tanzen!«

23

Die Leser, in deren Diensten der Verfasser diese Geschichte wie ein Seidenspinner aufwickelt und auch noch nicht das Ende absehen kann, werden sicher festgestellt haben, wie die Erzählung funktioniert. Die Schöne Frau ist von unserer Welt, deshalb sind ihre Gedanken und Gefühle unter der Lupe unserer Erfahrungen lesbar. Der Fremde ist – ein Fremder, von ihm kann man nur wissen, was er uns selbst mitteilt.

Der Autor will der Versuchung nicht verfallen vorzutäuschen, dass er den Schlüssel zu seiner Seele besitze, die von einer anderen Welt gebildet wird; er will ihn so sehen, wie ihn seine Umgebung in S. und vor allem – die Schöne Frau sieht.

Trotzdem wäre es unfair, sich herauszureden, es reiche aus, dass er aus ihrem Gesichtsfeld verschwindet und auch dem Verfasser aus dem Sinn. Dieser hat ihn sich wie eine Axt in die Geschichte hineingedacht, die der alte Soldat der dummen Bäuerin für eine Suppe gegeben hat; nun ist er verpflichtet, zumindest beim Kochen dabei zu sein, aufzuzeichnen, was gesagt und getan wird. Übrigens wollte der Fremde, nachdem ihm die Schöne Frau erneut einen Tanz abgeschlagen hatte, wissen, ob sie ihn entschuldige, wenn er der Aufforderung der Schwarzhaarigen Folge leistete. Was blieb ihr weiter übrig, als zu nicken? Und so sah sie ihn, wie er in Jaromírs Anzug eine unbekannte Frau herumwirbelte, doch sie hörte nicht, was sie zusammen sprachen. Das weiß nur der Autor und verrät dies den Lesenden.

»Wer ist die alte Schachtel?«, lautete ihr erster Satz, »bumst du sie?«

»Nein!«, verteidigte sich der Fremde, »sie vermietet mir günstig eine Wohnung.«

»Und wann kommst du zu deiner Ljubica?« Sie presste sich an ihn.

»Bald«, versprach er und führte sie in die Mitte der Tanzenden, um es ihr versteckt vergelten zu können.

»Ich mich sehr freue auf meinen großen persischen Kater!«

Danach übernahm sie die Führung, wobei sie den Musikern nahe kamen, sie rief ihnen in ihrer Muttersprache etwas zu, was sie augenblicklich befolgten, denn mitten im Takt kehrten sie in ihr heimisches Serbien zurück. Die Schöne Frau trank den starken Wein und sah, barmherzig benommen, wie das Paar so wild herumwirbelte, dass ihm die anderen Tänzer anerkennend Platz machten und zusammen mit den Zuschauern an den Tischen den komplizierten Rhythmus klatschten.

Vom Parkett kam der Fremde allein zurück, und die Schöne Frau bläute sich indes ein, dass sie ihn in keinem, aber wirklich in gar keinem Fall fragen würde, wer die Frau war und woher er sie kannte. Sie hörte ihm weiter geduldig zu, als er ihr eifrig die Schicksale einiger Neusiedler in S. schilderte, die hier die Pause in ihrem unfröhlichen Leben auskosteten, zu eifrig!, reifte in ihr der Verdacht, hat er wohl ein schlechtes Gewissen? Doch umso mehr wurde sie in ihrem Beschluss bestärkt, ihm nicht im Geringsten zu zeigen, dass diese Frau sie aus der Fassung brachte.

Nach einiger Zeit verstummte die Musik, als drei Nichtanpassungswillige auf die Betonfläche drängten, die den Anwesenden in betrunkenem Zustand beweisen wollten, dass all dies hier schon von alters her ihnen als Tschechen gehöre und sie entschlossen seien, es zu verpachten. Es war seltsam, die Müßiggänger zu beobachten, die an der eigenen Gemeinde parasitierten, wie sie das Hausrecht gegenüber denjenigen durchzusetzen versuchten, die durch harte Arbeit ein ihnen fremdes Land kultivierten. Diese waren sich dessen nur allzu bewusst und bereit, ihren Anspruch auf freies Vergnügen auch mit Gewalt durchzusetzen. Die Schöne Frau nahm deshalb gern das Angebot ihres Untermieters an, sie hätten sich genug amüsiert und er werde sie nach Hause bringen. Ein Stück des Weges begleiteten sie die Rufe der Zecher und der Ausländer, die seltsamerweise mehr gepfefferte tschechische Ausdrücke beherrschten als sie, doch dann ertönten wieder schnelle Rhythmen.

Ihr Vorsatz begleitete sie bis nach Hause, wenn auch um

den Preis eines sich verdichtenden Schweigens, das im Bus auch ihn ergriff. Beide spürten die Spannung, konnten sie jedoch nicht vertreiben. Noch bei ihrem nachmittäglichen gemeinsamen Glas Wein hatte sie ihm alle Geschenke dieses Tages mit einem Glas trinkbaren Weines aus Melnik in der Küche vergelten wollen, doch als er dann das Haus aufschloss, schoss ihr blitzschnell durch den Kopf, Jaromírs Textilien würden heute als Belohnung völlig ausreichen, und sie entschied spontan, gleich zu sich nach oben zu gehen. Sie verabschiedete sich jedoch höflich.

»Also … ich danke Ihnen, nach vielen Jahren habe ich einen wirklichen Geburtstag erlebt.«

»Es war mir eine große Befreuung, Frau Rosana. Ich werde Alibaba gleich erzählen, dass ich Sie so nennen darf. Bitte grüßen Sie Valtr von mir.«

»Das mache ich«, antwortete sie mechanisch und sprach den Satz aus, den sie sich so streng untersagt hatte, »das sind nette Menschen, Ihre Landsleute und Bekannten … und wer war diese junge Frau?«

»Welche?«, versuchte er recht unbeholfen vorzutäuschen, dass er sich nicht erinnere.

»Die so hübsch mit Ihnen getanzt hat«, brachte sie ihm unschuldig in Erinnerung.

»Ach, die Serbin«, erinnerte er sich endlich und wollte offensichtlich der Schönen Frau eine Freude machen, »so jung ist sie nicht mehr, ist schon Witwe, hat das Bistro neben unserer Baustelle geerbt, ich bin dort immer zum Mittagessen gegangen …«

»Aha«, meinte sie leichthin, »dann gute Nacht, Herr Etschelan … äh, Kemal!«

Der nächste Tag war ein Sonntag. Als sie vom Bad über das Schlafzimmer in den Salon trat, um den Käfig ihres Lieblings aufzudecken, wäre dieser vor Schreck fast gestorben. Zuerst verstand sie nicht, warum er sich in seinem engen Bad versteckt hatte und dort wie wild mit den Flügeln gegen die gläsernen Wände schlug, dass das Wasser spritzte und Federn herumflogen.

»Mein Gott, wovor bist du so fürchterlich erschrocken?«

Am meisten erschreckte wiederum sie, dass er in dieser panischen Angst keinen Laut hervorbrachte. Bis sie sich schließlich vergegenwärtigte: das Gespenst bin ich selbst! Da sie noch Vorräte vom Freitag oben hatte, musste sie nicht hinunterlaufen, wo sie dem Fremden am Tag des Herrn leicht hätte begegnen können, deshalb hatte sie sich das erste Mal nach Jahren eine weiße Gesichtsmaske aufgetragen. Schnell drehte sie Valtr den Rücken zu, gab zärtliche Laute von sich und klingelte mit dem Glöckchen, das ihn immer anlockte, wenn er sich lange nicht meldete, weil er irgendwo im Haus eingeschlafen war. Schließlich erkannte er sie und ritt auf ihrer Schulter ins Bad, doch auch dort betrachtete er sie im Spiegel und pfiff ärgerlich wie ein enttäuschter Zuschauer. Sie versuchte, es ihm zu erklären.

»Ich bin immer noch eine Frau, weißt du? Mich hat diese Witwe sauer gemacht, sie muss richtig lustig sein! Warum isst er eigentlich nicht mehr bei ihr zu Mittag? Hat er wegen unserer Miete nicht genügend Geld? Und was ist, wenn ihn diese Serbin kostenlos zu Tisch und dann ins Bett bittet? Und pfeif nicht ständig, ich habe nicht vor, ihn zu verführen, ich will mir nur beweisen, dass ich eine bessere Haut habe als sie, sag schon!«

»Schrrrecklich, Rrrosa!«, sagte er.

»Du gemeiner Vogel, zurück in den Käfig!«

»Soforrrt«, sagte er, und flog wirklich davon.

Doch sogleich fiel ihr ein, dass er recht hatte und sie sich aufführte wie eine eitle Alte, die die unerbittliche Zeit überlisten wollte. Schade ums Geld!, seufzte sie, und als sie sich schnell die Maske abwischte, dachte sie darüber nach, welches Mittel für eine Frau in ihrem Alter würdevoller und wirksamer wäre.

24

In dieser Straße war sie jahrelang nicht gewesen, trotzdem hätte sie sie kaum erkannt. Die eine Seite war ganz abgerissen, sie musste einer weiteren neuen Siedlung weichen; sie biederte sich den Interessenten mit Billboards an, auf denen zwischen bunten Häusern rotwangige Kinder spielten, denen nur die Pioniertücher von den ehemaligen sozialistischen Plakaten fehlten. Die restliche Front bildeten eingeschossige Häuser, die ungefähr so alt waren wie das ihre, doch die Eigentümer verrieten, dass sie sich nicht wie ihre Eltern einen Architekten leisten konnten.

Die Schöne Frau faszinierte ein einziges der Häuser. Wie sie sich noch matt erinnern konnte, befand sich darin ein Gasthaus ähnlich dem der Malešíks. Nun prangte darüber ein neues Schild mit der Aufschrift BISTRO BEOGRAD. Sie zweifelte nicht daran, dass dies das Jagdrevier der lustigen Witwe war, wohin der Fremde aus welchen Gründen auch immer, die ihr schon den zweiten Tag lang unsinnigerweise durch den Kopf schwirrten, nicht mehr zum Mittagessen ging. Sicher war sie sich nur darin, dass er am heutigen Mittag ganz bestimmt nicht hingehen würde.

Dem Tor der weitläufigen Baustelle, die von Stacheldraht umgeben war, versuchte sie sich mit dem gleichgültigen Gesichtsausdruck eines Menschen zu nähern, der seinen täglichen Spaziergang absolviert; wenn die Serbin einige Zeit nicht da war, so sollte sie sich bei einem Blick auf sie und die gefüllte Tasche gefälligst denken, was sie wollte! Bei diesem Gedanken stutzte sie wiederum. In ihrem ganzen Leben war sie nur auf einen Mann eifersüchtig gewesen, und das war Jaromír. Was den Fremden betraf, so hatte sie doch überhaupt keinen Grund dazu! Doch, er gefiel ihr wie ein Ausstellungsexemplar, das man zu Recht als Mann bezeichnen konnte, doch alles andere, bei der unbekannten Herkunft angefangen bis hin zu seinem verdächtigen Glauben und seinem seltsamen Steckenpferd, machte ihn in diesem Land, das von Zuwanderern die Nase voll hatte, für eine Frau von hier wie sie es war, absolut unbrauchbar. Er war ein alles in allem mustergültiger Untermieter, und sie hatte beschlossen, ihm jetzt lediglich alles zu vergelten, wodurch er ihr seit seiner Ankunft die alltägliche Existenz erleichtert hatte.

Der große Bau empfing sie mit einem leeren Pförtnerhäuschen und einer Kakophonie von Lauten, die an moderne Musik erinnerten, die sie nicht vertragen konnte. Ein junger anpassungsfähiger Roma, der mit einer leeren Schubkarre an ihr vorbeischlenderte, kannte keinen Herrn Etschelan, doch dann zeigte er ihr überaus zuvorkommend, dass Sie den Herrn Polier Kemal leicht würde finden können, wenn sie nach links, nach rechts, nach links und dann geradeaus ginge. Die angebotene Begleitung schlug sie aus, sie hielt sich an seinen Ratschlag und erblickte ihn auch bald. Er stand auf einer erhöhten Fläche vor einem Container mit Tür und Fenster, hielt in einer Hand ein tragbares Telefon und leitete mit der anderen die Bedienmannschaft des Kranes an, der wie ein riesiger Storch über der Baustelle schwebte. In seinem khakifarbenen Overall und dem gelben Helm erinnerte er sie an Offiziere auf einem modernen Kriegsschauplatz, wie man sie in Filmen sieht. Er war in jeder Hinsicht die personifizierte Befehlsfunktion, und die niedere Bezeichnung Polier erhielt für sie sogleich einen neuen, respektvollen Sinn.

Er schaute auf die Uhr, steckte das Telefon in die Tasche, nahm eine Eisenstange, die an der Containerwand lehnte, und schlug damit kräftig auf ein aufgehängtes Schienenstück. Der Höllenlärm der Baustelle hörte schnell auf, und in der Stille erklangen die Stimmen von Menschen mehrerer Nationalitäten, die sich zur Mittagspause rüsteten. Der Fremde verschwand in dem Blechcontainer. Zog er sich dort für seine Tänzerin um? Heute würde ihn die arme Serbin zum Mittagessen nicht erblicken! Sie schnitt eine Grimasse, atmete tief ein und betrat couragiert das primitive Büro.

Er schaute sie an wie ein Phantom, doch im Unterschied zu ihrem Liebling Valtr, den ihre Gesichtsmaske gestern zur Panik getrieben hatte, versteinerte er. Zu seinen männlichen Gesichtszügen wollten so gar nicht seine Augen passen, die nun eine starke Unsicherheit nicht verbergen konnten.

»Mahlzeit, Kemal«, grüßte sie ihn, als ob sie wirklich täglich zu ihm käme, »nein, keine Angst, Ihrem Tierchen ist nichts passiert, ich bringe Ihnen auch nicht die Kündigung, sondern nur das Mittagessen. Mein Vater, mein Mann und Ihr Vorgänger in der Wohnung sagten, dass nichts über mein Lamm gehe, zuletzt war es auf Ihre Art zubereitet, heute auf meine.«

Dabei schob sie vorsichtig die Pläne und die leeren Saftflaschen auf dem langen Tisch beiseite, stellte ihre Einkaufstasche dort ab und breitete auf der frei gewordenen Fläche ein kleines gesticktes Deckchen aus, das sie von ihrer Mutter geerbt hatte, stellte darauf einen Teller mit Zwiebelmuster, ein Glas, einen Salzstreuer und legte eine Stoffserviette, ein Messer und eine Gabel dazu. Es folgten eine Flasche Mineralwasser und ein Doppelgefäß aus Blech mit Griff, das der Vater noch aus seiner Pfadfinderzeit hatte und als Essgeschirr bezeichnete. Als sie den Deckel über dem Fleisch mit Soße und den Kartoffelknödeln öffnete, wurde der Raum von einem durchdringenden Duft böhmischer Kräuter durchströmt.

»Lassen Sie es sich in Ruhe schmecken und bringen Sie mir das Geschirr freundlicherweise heute Abend wieder zurück!«, sagte sie zu dem Fremden und war wirklich neugierig, was er darauf sagen würde.

»Das ist …«, stieß er endlich hervor, »das ist, sehr geehrte Frau Čechová … also Frau Rosana … ich weiß jetzt überhaupt nicht, was ich Ihnen …«

»Sie haben mich«, kam sie großmütig seinem vermutlich blumigen Dank zuvor, »am Samstag ausgezeichnet mit ihrem Lamm bewirtet, ich wollte mich nur etwas revanchieren.«

»Ja, das ist …«, zum ersten Mal begann er, vor ihr fast verschreckt zu stottern, »ich bin sehr viel bewegt, nur – ich weiß nicht, wie ich das entschuldigen soll, dass ich das nicht … nicht essen darf!«

»Aber das ist wirklich Lamm«, versicherte sie ihm triumphierend, »auch wenn es zum Verwechseln ähnlich wie Schweinebraten riecht, doch das machen einfach der Kümmel und zwei Zehen junger Knoblauch, wissen Sie? Bei meiner Seele, Kemal, Sie dürfen das essen, also los!«

»Nun, es ist …«, er fischte die Worte aus sich heraus, so als sei ihm das Tschechische gerade aus dem Kopf verraucht, »gerade heute … zum Mist, wie Sie sagen … heute um Mitternacht hat zum Mist unser Festtag begonnen …«

Und er setzte bedrückt hinzu, so als entschuldige er sich für eine kaum verzeihliche Beleidigung.

»Alle Moslems müssen, wie uns der Koran sagt, vom Aufgang des Sonne bis zu seinem Niedergang festen … oder fasten? Ich schaffe es hier kaum, fünfmal am Tag zu beten, umso mehr heilige ich Feiertage …«

Die Schöne Frau wusste nicht, ob sie sich ärgern oder lachen sollte. Wie sie beide so auf den gedeckten Tisch und die Behälter schauten, aus denen verführerisch duftender Dampf stieg, entschloss sie sich für das Zweite, und mit ihrem angeborenen Scharfsinn fand sie sogleich einen Ausweg.

»Wissen Sie was, wenn heute die Sonne untergegangen ist, wärme ich es Ihnen zu Hause auf.«

Doch inzwischen hatte auch er sich entschlossen und sprang tapfer über seinen eigenen Schatten, indem er sich plötzlich an den Tisch setzte.

»Schließen Sie ab, bitte sehr«, sagte er verschwörerisch, »dass mich keiner meiner Glaubensbrüder hier sieht. Allah wird das eher verstehen als sie!«

25

Seine Zustimmung, die sie zunächst gefreut hatte, verstimmte sie sofort wieder. Sie musste warten, bis er aufgegessen hatte, und fürchtete, jemand könnte in der Pause etwas von ihm wollen und sie würden demjenigen wie ein ertapptes Liebespaar öffnen. In ihrem Alter und dazu noch mit einem alten Kurden! Sie war entsetzt und das erste Mal froh, dass sie hier keinen einzigen Tschechen arbeiten sah. Doch auch der Fremde musste es so empfinden, denn er schlang, wie sie es bei ihm noch nie gesehen hatte. Sie hatte auch Gewissensbisse, weil er ihretwegen seinen Festtag nicht heiligte, wenngleich andererseits … selbst war sie nur lau evangelisch, und mit jedem Jahr mehr fürchtete sie seine Religion, die sich, wie ihr schien, unaufhaltsam mit Terror über die ganze Welt ausbreitete. Dass sich ein gläubiger Moslem entschlossen hatte, statt Allah lieber eine Frau nicht zu beleidigen, dazu noch eine Christin, vermenschlichte jedoch in ihren Augen diesen erbarmungslosen Glauben.

Der ganze Ausflug mit dem Essgeschirr kam ihr nun eher peinlich vor, und in den nächsten Tagen ging sie dem Fremden aus dem Weg. Er hat Fastenzeit, also soll er auf seine Art fasten! Sie versuchte mit Nachdruck, sich geistig in den Zustand davor zu versetzen, den status quo ante, wie ihn Professor Hedvábný nannte, ehe der Fremde an der heiseren Klingel geklingelt hatte. Doch bereits eine Woche später konnte sie nicht widerstehen und tat etwas, das sie nie von sich gedacht hätte: eine heimliche Erkundung der Wohnung ihres Untermieters. Wäre sie eine gläubige Katholikin gewesen, hätte sie mit dieser Sünde ihren Beichtvater aufgesucht, so aber ging sie am Freitag wieder auf den Friedhof. Am Grab ihres Mannes blieb sie nur stehen, um nachträglich die Sache mit den Anzügen zu klären.

»Grüß dich«, grüßte sie zuerst den Guten und dann den Bösen, »du, Jaromír, du hast mir gesagt, als wir einst in guten Zeiten unter den Kastanien der Malešíks allein in der Nacht über den Tod gesprochen haben, dass ich keine Angst davor haben muss, da wir beide unsterblich sind, doch wenn mich, hast du gesagt, die Götter in die Unterwelt schicken wollen, weil ich Kommunist war, bleib nicht allein, wirf das, was von mir geblieben ist, in den Mülleimer, vom Smoking über das Stethoskop bis zum Kugelschreiber, und such weitere Seelen, damit sie dich durch dein unendliches Dasein führen, nur, Jaromír, du hast beschlossen, die Götter noch schlimmer zu beleidigen und hast bewirkt, dass ich nie mehr an die Orte gelangt bin, von wo du jenen Jaromír vertrieben hast, den ich immer mehr mochte als mich selbst, und so nehmt, da ihr nun, ihr beide oder einer von euch, beschlossen habt, mich statt einer weiteren Seele zumindest mit einem Mann zu beglücken, der sich um mich kümmert, zur Kenntnis, dass er eure Hemden und Mäntel tragen wird. Tschüss!«

Am zweiten Grab in der gegenüberliegenden Ecke des Friedhofs setzte sie sich jedoch auf die Bank, weil sie unbedingt zu etwas Wichtigem Rat suchte.

»Grüß dich, Papa«, sagte sie mit unbeweglichen Lippen, »so verwirrt hast du mich nur damals gesehen, als der junge Jaromír nach S. kam, er ist eigentlich auch als Fremder bei uns eingedrungen, ein Freibeuter von einer feindlichen Horde, um dich zu überwachen und vielleicht auch zu vernichten, ich habe das gewusst, und du warst der einzige Mensch und Freund, den ich hatte, und trotzdem vermochte es auch die Angst um dich nicht, dass ich mich mit Hass umgab und ihm das Tor zu meinem Herzen verschloss, ich danke Gott, dass er mich nicht der Prüfung unterzog, mich zwischen meiner Liebe und meinem Vater zu entscheiden, heute muss ich dir verraten, was ich dir damals verschwiegen habe, dass gerade das jede Nacht mein Albtraum war, und ich preise Gott aufs Neue, dass er zumindest für eine Weile Jaromír die Brille der Täuschung abnahm und mich von der fürchterlichen Vorstellung befreite, ich könnte dich verraten, und ich bin nun wieder verwirrt, umso mehr, als es keine Liebe ist, sondern nur ein Mensch, den ich überhaupt nicht kenne und auch eigentlich gar nicht kennen möchte, weil ich nicht glaube, dass ich mich im Schicksal eines alten Mannes auskenne, der so anders ist als alle, die mir bekannt sind, wenn ich damals nicht von der Treppe gestürzt wäre, was dann alles verändert hat, wäre er damals wieder gegangen, so wie er gekommen war, und ich hätte nie wieder etwas von ihm gehört, nun aber wohnt er unter meinem Dach und ich weiß in jedem Moment, dass ein Mann bei mir wohnt, fast dreißig Jahre lang habe ich nicht den Drang verspürt, meine Freiheit aufzugeben, es kam mir weniger riskant und viel erträglicher vor als ein weiterer Versuch, das Leben mit jemandem zu teilen, der wie Jaromír bezaubert und erlischt und mit seiner Asche jedes Flämmchen um sich herum erstickt, diese Freiheit will ich mir auch weiterhin erhalten, doch dieser Mann interessiert mich umso eher, weil er nie mehr sein kann als ein Untermieter, er gehört zu den Menschen wie diese Serbin, mit der er nach einer Sekunde Tanz zu einem Paar verwachsen ist, das Begeisterung und Applaus hervorrief, sie waren sich bei aller Verschiedenheit darin gleich, dass sie beide absolut nicht in die Stadt und das Land passen, in das sie nur die Hoffnung gelockt hat, ihrem Elend um den Preis der Entwurzelung zu entrinnen, und als er mich unerwartet seinem Allah vorgezogen hat …«

Die Kette ihrer Gedanken riss plötzlich ab, als sei in ihr eine unerwartete Erkenntnis gereift,

»… so bin ich, Papa, das erste Mal in ein fremdes Zimmer gegangen, um dort herumzuspionieren, es war meines in meinem Haus, doch ich habe es für Geld mit dem Recht auf Privatsphäre vermietet, aber ich habe es nicht ausgehalten, so wie ich ihm einfach das Mittagessen bringen musste, damit er mich dieser Serbin vorzog, er vertraut mir so, dass er nicht abgeschlossen hat, in der Zeit geht, wie ich weiß, auch sein Kater von seinem Bad aus auf Spaziergänge, ich habe ihn lange nicht mehr gesehen, und trotzdem habe ich Valtr lieber im Salon eingeschlossen, auch wenn ihn das schrecklich ärgert, die Wohnung, die ich nach der Flucht des Herrn Professor mühsam von ihren Schmutzschichten befreit habe, wie man von einer Zwiebel die Schale abzieht, könnte auf einer Ausstellung stehen, nirgendwo ein Staubkorn, jedes Ding an seinem Platz, ein sorgfältig gebautes Bett mit einem orientalischen Überwurf, an der Wand die Eva, wie er das gekaufte Skelett getauft hat, und vor ihr, Papa, ein Notenständer mit einem geöffneten Lehrbuch, wo jeder Knochen seinen lateinischen Namen hat, und ich habe mir vorgestellt, dass er dort alle Knochen wie Noten lernt, und da, Papa, gab es auf einmal so ein seltsames Geräusch, dass ich innehielt und mich umdrehte, hinter mir auf dem Tisch saß Alibaba, sein Kater, er saß dort reglos wie eine Porzellanfigur und stierte mich so an, dass auch ich meine Augen nicht abwenden konnte, und er fauchte wieder, und ich merkte erst hier, dass er es war, ja, der, der mir damals bei den Malešíks in den Wagen gesprungen und mich zu Tode erschreckt hat, und ich habe gerade jetzt erst verstanden, dass er mich zum zweiten Mal gewarnt hat, und wenn ich nicht auf ihn höre, bringt er mir Unglück, und so entschließe ich mich hier vor dir ganz fest, dass ich heute diesen Fremden bitten werde, schnell woanders hinzuziehen, ehe er vollständig mein Leben aus den Fugen bringt, was sagst du dazu?«

Der Vater schwieg.

»Papa«, bat sie, »bitte sag was!«

Doch diesmal schwieg der Vater weiter.

26

Sie griff nach ihrer Rückkehr zu Hause gleich zu einem Blatt handgeschöpftem Papier, das ihr der gute Jaromír gekauft hatte, damit sie ihm darauf zärtliche Verse schreiben konnte, die ihr damals aus Liebe einfielen. Statt eines Kugelschreibers nahm sie den Federhalter des Vaters und füllte ihn nach Jahren aus einem Gläschen auf, in dem nur noch ein Bodensatz von Tinte war. Als sie schreiben wollte, war ihr das seltene Papier für ein Briefkonzept zu schade. Sie holte also ein liniertes Heft für die Tagesausgaben, öffnete es von der Rückseite und schrieb mit Valtr auf der Schulter.

»Sehr geehrter Herr Etschelan«, doch sogleich stockte sie und suchte im Sekretär die kurze Vereinbarung hervor, wo sein Name stand, dann strich sie die falsche Form und ersetzte sie durch die richtige. »Sehr geehrter Herr Ötcölan, es tut mir leid, dass ich für Sie doch keine gute Nachricht habe. Es sind bestimmte Umstände eingetreten, die mich dazu zwingen, den Mietvertrag zu lösen, wozu mich übrigens dessen letzter Absatz berechtigt. Aber gerade weil Sie diesem zufolge Anspruch auf eine einmonatige Frist haben, bin ich bereit, Ihnen alles zurückzuzahlen, was Sie mir bisher bezahlt haben, wenn Sie das Haus so schnell verlassen, wie es nur …«

Bereits eine Weile führte die Hand den Federhalter immer langsamer, und nun kam sie völlig zum Stehen. Wenn sie ihn schon mir nichts, dir nichts hinausjagte, warum so grob? Sie musste einen annehmbaren Ton wählen und vor allem einen besseren Grund als das Fauchen eines Katers. So drehte sie den unfertigen Brief um und begann, erneut zu schreiben.

»Sehr geehrter und lieber Herr Ötcölan, es tut mir sehr leid, dass so kurz nachdem ich mich damit gebrüstet habe, Ihnen keine schlechte Nachricht zu überbringen, Umstände eingetreten sind, wegen denen ich unseren taufrischen Vertrag lösen muss …« Und die Schöne Frau wusste schon wieder nicht mehr weiter!

Und sie sah und hörte auch nicht, was in diesem Moment der Autor wahrgenommen hat, der den liebenswürdigen Lesern bereits erklärt hat, warum er nicht in der Seele des Fremden herumforschen könne und wolle, und dafür versprach, ihn weder aus den Augen, noch aus den Ohren zu lassen.

So wie jeden Freitag um fünfzehn Uhr fünfzehn ging der Polier Kemal Ötcölan, immer noch in Arbeitskleidung und mit Helm, gegen den Strom anderer Ausländer, Gerüstarbeiter, Maurer, Elektriker, Fliesenleger, Elektrokarren- und Kranfahrer sowie Hilfsarbeiter aus zehn armen Ländern der Welt, die hier für ein reiches Land schufteten, um ihre Not zu lindern. Den Polier, der aus ihren Reihen hervorgegangen war, jedoch bereits zu den Herren gehörte, grüßten sie nach Leistung und Gewissen freundlich, ehrerbietig oder katzbuckelnd. Das Büro der Baustelle befand sich in einer montierten Bude, wo der Hauptingenieur auf die Poliere wartete, damit sie bei ihm die Wochenberichte und die Schlüssel abgaben. Diesmal gab er Kemal nicht wie sonst den Vorzug, um ihn so den faulen Tschechen als Vorbild hinzustellen, sondern wies ihn an, sich zu setzen, bis er mit den anderen fertig war. Nachdem sie gegangen waren, setzte sich Schnellreich zu ihm und legte ihm die Hand auf die Schulter.

»Ja, lieber Kemal, ich wollte allein mit Ihnen reden, damit es niemand ausposaunt, bevor Klarheit herrscht. Ich habe eine sehr schlechte Nachricht. Die Ausländerpolizei wird Ihren Aufenthalt nicht verlängern. Nicht einmal eine Intervention der Zentrale in Prag hat geholfen.«

»Aber warum …?«, der Fremde verstand nicht, »aus welchem Grund …«

»Das muss die Behörde leider in gewissen Fällen nicht begründen …«

»Was sind das für Fälle?«, wollte der Fremde wissen.

»Na ja …«, der Ingenieur sagte das nur ungern, »zum Beispiel, wenn es um die Sicherheit des Staates geht …«

»Denkt etwa jemand«, rief der Fremde aus, »dass ich ein Land bedrohen wollte, das mir so wunderbar entgegengekommen ist? Wie kann mich ein Beamteter nur so beleidigen?«

»Ich weiß!«, der Ingenieur streichelte ihm jetzt sogar über die Schulter, »ich habe denen auch ein Gutachten über Sie geschickt, wie es nie einer von unseren Leuten von mir bekommen hat, aber man sagte mir, jemand habe Sie angezeigt, und ich würde nicht ausschließen, dass das einer von hier aus Missgunst getan hat.«

»Angezeigt?«, jetzt erschrak der Fremde, »für was hat mich jemand angezeigt?«

»Unter dem Mantel der Verschwiegenheit wurde mir angedeutet, dass es nicht normal sei, dass, verzeihen Sie mir, wenn das widerlich klingt, irgend so eine Schaufel aus Tramtarien so gut Tschechisch spricht und vor allem keine Familie zu Haus habe, die er von hier aus unterstützen müsste … Ja, lieber Kemal, bei uns ist wie überall im Westen eine Hysterie ausgebrochen, man sucht überall vermummte Terroristen, und Sie sind …«

»… ja, ein Moslem, doch das ist Religion wie Ihre, und Sie bauen hier doch selbst Moscheen, ich habe Ihre Sprache so fleißig gelernt, um Ihnen zu zeigen, wie sehr ich verbunden bin … und was mit meiner Familie passierte, habe ich doch gerade Ihnen erzählt …«

»… ich weiß dieses Vertrauen zu schätzen und glaube Ihnen jedes schreckliche Wort, auch ohne Beweise. Ja, Kemal, ich weiß selbst am besten, dass ich, wenn Sie gehen, für Sie zwei oder sogar drei neue Poliere einstellen muss, die Sie trotzdem nicht ersetzen können, weil das Nichtskönner sind und Sie gegenüber denen Einstein, deshalb will ich Ihnen auch zumindest mit einem guten Rat helfen, denn klären können allein Sie das …«

»Ich werde klären, was Sie mir ratschlagen«, der Fremde sprach vor Aufregung immer schlechter Tschechisch, »denken Sie, dass das wie bei uns eine gute Bakschisch hinrichtet?

Das Geld, das andere von hier aus heimschicken, habe ich eisern auf ein Buch gelegen, dieser Behördete kann das morgen haben!«

»Ja, Kemal«, seufzte der Ingenieur, »Ihr Fall ist umso schlimmer, als die Staatspolizei darauf herumreitet, es ist also zum Schmieren der hiesigen Beamten zu spät, nein, mein Lieber, ich kenne nur eine Lösung, für die Sie genug Geld haben, wenn ich noch Ihre Statur hinzurechne, mit der Sie ein gutes Seniorenmodel abgeben würden, nur fehlte uns für solche Klamotten der Körper! Na? Capito?«

»Ich weiß nicht, was das ist«, sagte der Fremde niedergeschmettert, »das Wort kenne ich noch nicht ...«

»Dann lernen Sie es nicht«, empfahl ihm Ingenieur Schnellreich, »das ist nur ein entstelltes Wort, tschechisch hätte ich Sie fragen sollen, ob Sie mich verstehen, aber weil ich merke, dass das nicht der Fall ist, frage ich Sie direkt, kennen Sie nicht irgendein tschechisches Weibsbild, das Sie heiraten möchte? Dann wird nämlich vom Gesetz her die Abschiebung vertagt, und es erfolgt eine neue Entscheidung, zumeist positiv.«

Als der Fremde nichts sagte und nur verständnislos dreinschaute, hatte der Ingenieur genug.

»Kemal, Kruzitürken, was sitzen Sie hier rum und schauen wie eine Verführte und Verlassene, Sie sind ein Mann wie ein Schrank und haben ein anständiges Gehalt, lebten Sie denn wirklich all die Jahre hier wie ein Mönch? Wenn wir unter den Totalitären frisches Weiberfleisch exportiert haben, floriert nun die Einfuhr von Kerlen, wie Sie einer sind, und wenn Sie wollen, biete ich Sie im Internet feil, dass Sie eine Treibjagd erleben!«

27

Nachdem sie den sechsten Entwurf durchgestrichen hatte, der dümmer war als der erste, sagte sie plötzlich zu sich: was wäre, wenn ich ihm nicht irgendwelche falschen Ausreden vorsetze, sondern die reine Wahrheit schreibe, wie ich sie fühle. Sie versuchte es auch gleich:

»Kemal, und auch Ihr fauchender Alibaba, wer auch immer Sie zu mir geschickt haben mag, Sie sind beide wie Räuber bei mir eingedrungen! Alles, was Sie mitgebracht und gerichtet habt, kann nicht aufwiegen, was Sie kaputt gemacht und genommen haben! Als auch wir verschiedene Tode überlebt haben und sogar das Exil in der eigenen Heimat, hatten Valtr und ich unsere Ruhe, solange Sie nicht als großer und kleiner Teufel hier aufgetaucht sind! Und so packen Sie, wie wir hier sagen, Ihre sieben Sachen zusammen, auch die abscheuliche Haxensammlung, und hauen Sie ab, ehe Sie sich versehen, das verstehen Sie sicher auch. Amen, ihr Heiden!«

Sie starrte auf ihre eigenen Worte, die sie doppelt so groß wie sonst ins Papier gegraben hatte, und glaubte weder ihren Augen noch dem Geist, der sie diktiert hatte. Wofür bestrafe ich ihn eigentlich …? Dafür, dass er mit dieser Serbin getanzt hat, als ich ihm einen Korb gegeben habe? Bin ich denn verrückt geworden? Oder vielleicht … sie hatte Angst weiterzudenken, doch die letzte Version überkrakelte sie so, dass man sie nicht mehr lesen konnte, und verwendete, was ihr noch ihre Mutter beigebracht hatte: eine heilige Lüge.

»Lieber Kemal, es tut mir schrecklich leid, dass ich mein Wort brechen muss. Mein Anwalt hat mich gerade angerufen, dass er wahrscheinlich einen Käufer für mein Haus gefunden hat, im Tausch gegen eine Seniorenwohnung in Prag. Ehe der Interessent kommt, um es anzuschauen, muss vor allem die untere Wohnung leer sein. Ich lege Ihnen in den Umschlag zu den zwei Mieten, die Sie bereits gezahlt haben, noch drei weitere, damit Sie, bevor Sie eine neue gefunden haben, sich sofort ein Zimmer in der Pension Vaněk in der Hafenstraße nehmen können. Und ich füge auch ein Schreiben bei, in dem ich Sie den Vaněks wärmstens empfehle. Entschuldigen Sie bitte, dass es so schlecht ausgegangen ist, und ich danke Ihnen für alles, worin Sie Valtr und mir geholfen haben. Rosana Čechová.«

Sie schrieb noch eine Bitte, die Vaněks sollten sich kümmern, so gut es ging, legte das Geld in den Umschlag und ging, um den Brief auf die Schwelle der Wohnung des Fremden zu legen. Dann las sie im Salon Stendhal, *Le Rouge et le Noir*, um ihr Französisch aufzufrischen, doch vor allem wartete sie, dass ihr Untermieter kam. Sie sollte lange warten!

Was die Schöne Frau nicht gesehen und gehört hatte:

Der Fremde lag in diesem Moment in der Umarmung der Serbin. Das tat er schon den fünften Tag, ehe er in der Nacht auf Zehenspitzen wie ein Dieb zu seinem rauhaarigen Komplizen und der fleischlosen Eva zurückkehrte. Er war gleich am Montag in das Bistro Beograd gekommen, dem Tag, an dem er das tschechische Lammfleisch seiner Wirtin zum Mittag gegessen hatte, dann aber entehrte er den Feiertag nicht weiter, mit dem Liebesspiel begann er kurz nach Sonnenuntergang, als die Serbin das Gasthaus den Serviererinnen übergab und unters Dach kam, wo er seit der Beerdigung ihres Mannes oft auf sie wartete, weil er die Schlüssel hatte. Die vierteljährige Pause machten sie bis zum Mittwoch fast wortlos wieder wett, erst am Donnerstag begannen sie, wieder richtig zu reden, aber eigentlich erklärte nur sie in ihrem gestelzten Tschechoserbisch, wie sehr sie von ihrem Heimatland, erschüttert von den Jahren des Krieges, den es gegen die

Kroaten, Bosnier und Kosovaren verloren hatte, enttäuscht war. Am Freitagabend erwartete sie dann logischerweise einen detaillierten Bericht über seine Zeit ohne sie, doch er schwieg wieder nur.

»Was ist mit dir?«, ging sie endlich zum Angriff über, »bist nicht mein alter Kater!«

»Sie haben mir nicht verlängert!«, waren vielleicht seine ersten Worte nach dem Gespräch mit dem Ingenieur.

»Was sollten sie verlängern«, lachte sie, »du hast alles genug lang.«

»Die Ausländerpolizei hat mein Aufenthaltsvisum nicht verlängert.«

»Scheiß Polizei! Und was machst du, damit du bei deine Ljubica bleibst?«

»Ljubica, bist du eigentlich als Witwe hier schon Staatsbürgerin?«

»Ich hab deshalb den Dickarsch geheiratet! Wenn Lojza mich nicht genommen, hätte Scheiß Polizei schon lange gesagt, na, Ljubica, marsch zurück nach Serbien!«

»Na, und mein Chef, der mich nicht verlieren will, meint, ich habe auch nur diese Chance. Und so frage ich dich: willst du mich heiraten? Wenn ich auf der Baustelle aufhöre, hast du dann zum Ehemann gratis noch Schankwirt, Reparateur und vielleicht auch Doktor ...«

Ljubica erwiderte in ihrem Kauderwelsch, wenn sie von etwas geträumt habe, dann nicht vom Leben mit dem Dicken, der sie als Serviererin eingestellt hatte und sie dafür mit ihm schlief, was er ihr dann, als er sich zu sehr gewöhnt hatte, damit vergalt, dass er sie heiraten musste, damit sie weiter mit ihm schlief, doch erst nachdem er ihr aufs Kreuz geschworen hatte, dass sie ihn beerben würde. Ihr Plan war fast aufgegangen, doch der Lump hatte, was sie erst jetzt feststellte, ins

Testament geschrieben, sie habe nur dann Anspruch auf die Kneipe, wenn sie nicht wieder heiraten würde, in diesem Fall werde das Lokal sein unehelicher Sohn erben. Die ganze Zeit, die sie weg gewesen war, hatte sie sich heimlich gewünscht, Kemal solle sie heiraten, doch der Anwalt des Sohnes lauerte, um ihr, wie sie sagte, das schwer erbumste Dach über dem Kopf streitig zu machen. Sie wollte Kemal selbst anbieten, ihn hier als Hausmeister einzustellen, und biete ihm das hier und heute an, doch das Dokument, das er für die tschechische Polizei brauche, könne sie ihm nicht geben, auch wenn sie es wolle. Und dann gab sie ihm einen Rat.

»Warum nimmst du nicht deine alte Schachtel?«, erinnerte sie ihn, »die du zu Picknick mitgebracht? Die ist Tschechin! Du nimmst sie, hast gratis Quartier und hier deine Ljubica. Muselmanen können vier Frauen haben, du hast auch dann zwei weniger, also geh hin fragen!«

»Wenn ich ihr das vorschlage, schickt sie mich garantiert ins Irrenhaus!«

»Wenn sie deinen da«, und sie schaute in seinen Schoß, »sieht, wird sie selbst irre, und du hast gratis noch das Haus. Aber wehe du vergisst Ljubica, dann schneide ich ihn dir ab!«

»Genieß ihn lieber«, lachte er endlich, »ich versuche es zuerst mal im Internet.«

Der Untermieter ließ sich auch am Freitag nicht blicken, und weil die Schöne Frau glaubte, er sei spät in der Nacht nach Hause gekommen, ging sie am Samstag nicht nach unten und wartete darauf, dass er sich selber melden möge. Am Abend schlief sie wieder über der traurigen Geschichte des Julien Sorel und der Frau de Renal ein, am Sonntag aber musste sie hinunter, weil ihr oben die Vorräte ausgegangen waren. Der Brief lag immer noch auf der Schwelle, wo sie ihn auch am Montagmorgen vorfand.

Die Serbin!, sagte ihr weiblicher Instinkt, und sie war froh, den Scharfsinn zu haben, früher zu reagieren, als dass, wie sich alles anließ, ein leichtes Mädchen, ein dunkler Mann und ein abscheulicher Kater sie deprimieren würden … das ist doch nur ein Tier, sollte sie ihm nicht Milch geben …? Nein! Sie überschreitet seine Schwelle nicht, solange … Doch den Brief gibt sie ihm lieber selbst!

28

Der Untermieter kehrte erst am späten Montagabend wieder zurück, als ihr die mitreißende Geschichte Stendhals beim Lesen nicht mehr ins Bewusstsein vordrang, da sie seit dem Morgen darüber nachgedacht hatte, was sie tun sollte. Auf der Baustelle anrufen, ob ihm etwas passiert sei? Wie peinlich! Persönlich hingehen? Noch peinlicher! Sie klärte nur die letzte Frage: den Umschlag mit der Kündigung würde sie ihm erst geben, wenn sie sich sicher war, dass sie damit nicht eines seiner Unglücke steigerte.

Was die Schöne Frau nicht ahnte, aber der Autor weiß, weil er seine Augen und Ohren überall hat:

Ihr langjähriger Verehrer, Ingenieur Schnellreich, hatte vor der Ausweisung seines Poliers eine solche Angst, dass er ihn schon am Freitag ins Internet stellte. Und er machte es besonders schön. Er beschrieb ihn als absolutes Gegenteil aller Fremden, vor denen die Tschechen Angst haben. »Ich bin ein großer, stattlicher Witwer aus Persien«, der Ingenieur ahnte, dass die Zielgruppe Kurden nicht kannte und Türken für sie verdächtig waren, also wählte er das Land, aus dem der Kater stammte, »spreche fließend Tschechisch, bin Vorarbeiter auf einer Großbaustelle in Nordböhmen mit festem Gehalt und suche eine intelligente Tschechin, Alter spielt keine Rolle, die mich zum Mann möchte, Kennwort: Gemeinsamer Herbst.«

Am frühen Montagmorgen war es der Baustellenleiter selbst, der in den Container des Poliers eindrang und ihm drei Seiten auf die aufgefalteten Pläne legte.

»Mensch, Kemal«, er zeigte ihm in dem Wirrwarr von Internetkennwörtern angestrichene Abschnitte, »eins, zwei, drei, vier, fünf, sechs, sieben, Sie exotischer Kerl, sieben Weiber wollen mit Ihnen ins Bett hüpfen, jede hat zwar eine etwas andere Macke, aber trotzdem sind es sieben auf einen Streich, also wird eine schon unter die Haube passen!«

»Was wird sie?«, fragte der Fremde und verstand erst nach der Erklärung, dass sein Chef in seinem Namen die Brautjagd eröffnet hatte.

In diesem Moment klingelte das Handy des Ingenieurs, und der Fremde las indessen die Antworten der Frauen, die er nach einer Weile durcheinander brachte, und so wartete er ungeduldig, bis das lange Gespräch zu Ende war, und bat dann seinen Chef um Hilfe. Doch das Telefon klingelte nach einer Sekunde bereits wieder, Schnellreich rief nur hinein, er sei schon unterwegs, und schon stand er in der Tür.

»Herr Ingenieur, ich bitte Sie ...«, versuchte der Fremde, ihn noch einen Moment für sich abzufangen, doch es gelang ihm nur für einige Sekunden.

»Kruzitürken, Kemal, ich habe alle gern besorgt, aber ich probiere sie garantiert nicht aus, jetzt ist das Ihr Problem, ich bin zweimal geschieden. Übrigens können Sie doch all die Weiber mit der Schönen Frau besprechen!«

»Die kenne ich nicht«, sagte der Fremde mit Hoffnung, »geben Sie mir wenigstens ihre Adresse?«

»Mensch, Sie wohnen doch die ganze Zeit bei ihr! So bezeichnet sie jeder von hier!«

»Aber ich bin nicht von hier, das wissen Sie«, verteidigte sich der Fremde.

»Aber Sie haben doch Augen im Kopf? Oder haben Sie bis heute noch nicht bemerkt, wie schön sie ist? Und sie weiß alles!«

Und so kam es dann, dass die Schöne Frau um fünf Uhr am Nachmittag, als der verlorene Fremde schon lange und vollständig Stendhals unglücklich Liebenden Julien Sorel aus ihren Sinnen verdrängt hatte, jemand an die Tür des Salons klopfte, was seit dem Tod des Vaters nicht geschehen war.

»Wer ist da?«, schrie sie angstvoll auf, da sie vorher die Haustür überhört hatte.

»Ich«, ertönte die bekannte Stimme, »ich, Kemal, wenn ich störe, rufen Sie mich dann bitte, wenn Sie etwas Zeit haben.«

»Nein, nein, kommen Sie herein!«, rief sie aufgeregt, so dass der erwachte Valtr von ihrer Schulter auf das Käfigdach segelte, wo er sich leise ärgerte, während sie zum Sekretär eilte, um den Umschlag mit dem Namen des Fremden umzudrehen.

Er musste schon früher von der Arbeit gekommen sein und sich umgezogen haben, seltsamerweise nicht in die geschenkten Sachen, sondern in die, in denen er gekommen war, um sich als Mieter vorzustellen. Das lange Warten hatte ihr die Sprache verschlagen, die zahllosen Stunden, in denen sie die Seiten des Romans umgewendet und nicht wahrgenommen hatte, da alles von den Worten überlagert wurde, die sie ihm sagen wollte, wenn er denn gefälligst käme; schon lange war sie wieder zu den durchgestrichenen Zeilen zurückgekehrt, mit denen sie ihn zusammen mit seinem Kater und dem Gerippe aus dem Haus verfrachtet hatte! Doch nun, als er in diesem alten Anzug vor ihr stand, ungewöhnlich unrasiert und seltsam unsicher, verließ sie die Wut, nur tiefe

Traurigkeit darüber blieb, dass dieser anziehende Mann für sie immer ein Fremder bleiben würde. Valtr half ihnen.

»Allahu akbarrr!«, krächzte er und setzte sich ihm auf die Schulter, damit gab er ihr die Sprache zurück.

»Ich habe Sie schon lange nicht mehr gesehen, wie geht es Ihnen? Sie kommen nachts immer so leise zurück, dass Valtr und ich den Eindruck haben, hier immer noch allein zu wohnen.«

Sie brachte ihn so offensichtlich in Verlegenheit, dass nun auch sie nervös wurde und fragte:

»Kann ich Sie auf ein Gläschen einladen? Ich habe einen guten Sherry hier, und es ist die richtige Zeit dafür.«

Die Karaffe und die Kelche trug sie absichtlich auf den Sekretär, dabei schob sie den Brief mit der Kündigung in die Schublade. Sie wollte zuerst wissen, was sein Anliegen war.

»Also zum Wohl, oder, wie man bei uns eher sagt, ahoj!« Sie trank ihm zu und wartete.

»Sie, Frau Rosana«, hob er endlich zu sprechen an, »sind die erste tschechische Frau, die ich besser kenne. Und unser Herr Ingenieur hat mich zu Ihnen geschickt, um bei Ihnen um Rat zu bitten.«

»Dieser Schnellreich?«, sie wollte sichergehen, »und warum hat er Ihnen als Mann nicht selbst geraten?«

»Er … hatte keine Zeit … hat mir schon damit geholfen, dass er alle besorgt hat …«

»Alle wen? Kemal, reden Sie nicht in Rätseln!«

»Er hat ins Internet gestellt, dass sein persischer Freund eine Braut sucht, und es haben sich sieben gemeldet …«

»Welcher Freund? Was für eine Braut? Und warum sieben?« Sie wurde langsam ärgerlich, wie Valtr es werden konnte, »Kemal, Sie sprechen doch gut Tschechisch, warum also verstehe ich Sie nicht?«

Da konnte er sich nicht mehr richtig konzentrieren und erklärte es ihr im Telegrammstil.

»Ihre Fremdenpolizei hat mir nach zehn Jahren meine Genehmigung für den Aufenthalt nicht verlängert. Der Herr Ingenieur meint, nur eine Heirat mit einer tschechischen Frau kann mir helfen. Er hat mich nicht gefragt und das ins Internet geschrieben. Heute hat er mir sieben Angebote gebracht und ich kann mich darin nicht auskennen. Er war sicher, dass Sie mir helfen …«

Er hing mit den Augen an ihr, als sie schnell die Blätter überflog, die er ihr reichte. Und auf einmal waren es nicht die Augen des Fremden, sondern die des Bernhardiners der Malešíks, der schon längst gestorben war, wenn er bei ihr einen Brocken erbettelte, so als würde man ihn verhungern lassen. Was blieb ihr weiter übrig?

»Ich schaue es mir an. Reicht das bis morgen Abend?«

»Ja, natürlich«, sagte er glücklich, »ich bedanke mich und entschuldige mich sehr, dass ich nicht wusste, wie man Sie hier nennt. Ich bezeichne Sie in meinem Geiste genauso.«

29

Die Nachrichten der Frauen las sie natürlich sofort, nachdem er gegangen war. Sie ging der Reihe nach.

»Sehr geehrter Herr«, schrieb die erste Interessentin, »ich bin Witwe wie Sie und Rentnerin mit einer anständigen Pension meines verstorbenen Mannes, ich suche also keinen Mammon, sondern eine Seele und zu dieser einen gut funktionierenden Männerkörper, damit der Herbst zu zweit nicht langweilig wird. Als Gegenwert kann ich eine Genossenschaftswohnung, zwei Zimmer mit Balkon und Speisekammer im Parkviertel einer Kurstadt bieten. PS. Dass Sie kein Tscheche sind, stört mich umso weniger, als die hiesigen Männer zu bauchigen Trinkern mit ausradierten Gehirnen degenerieren. Und wie ich gehört habe, sind gerade Perser sowohl für ihre Poetik als auch ihre Erotik bekannt.«

»In Ihrem Angebot«, schrieb die zweite Interessentin, »fehlen nähere Angaben zu Alter, Größe, Gewicht und auch zum Gehalt und eventuellen Prämien, damit ich sehen kann, wie Sie sich im Falle einer Heirat um mich zu kümmern gedenken. Ich bin fünfundsechzig, ehemalige Leiterin eines Kleinwarenhandels, pensioniert, geschieden und glücklicherweise auch kinderlos, nach Meinung meiner Umgebung gut erhalten. Meine ständigen Maße sind 95–80–95, durchschnittliches Gewicht 82 kg, ich habe noch eigene Zähne, meine Rente kann ich im Falle beiderseitigen ernsten Interesses durch einen amtlichen Beleg nachweisen. Meine Hobbys: Kochen, Stricken, Bildungsreisen, Karten- und Gesellschaftsspiele und eventuell auch weitere. Grundsätzliche Bedingung aber ist Ihre Wohnung, denn ich lebe in einer geteilten, zusammen mit meinem ehemaligen Mann und Mitgeschäftsleiter, was im Falle unseres Zusammenlebens nichts Gutes bringen würde.«

»Hallo«, schrieb die dritte Interessentin, »ich werde noch nicht heiraten, denn ich stehe kurz vor dem Abitur, aber jetzt will ich meine Anmeldung an der UK abgeben (wenn Sie das als Ausländer nicht wissen sollten: Karlsuniversität, benannt nach Karl IV., dem Bauherrn der Karlsbrücke und des Karlsplatzes), und zwar für eine wenig bekannte Sprache, damit ich später die Chance habe, in einem interessanten fremden Land einen Job zu finden. Deshalb ist mir eingefallen, dass Sie mir Persisch beibringen könnten, damit ich die Grundlagen für die Aufnahmeprüfung habe. Ich könnte mich im Gegenzug mit einer Verbesserung Ihrer Tschechischkenntnisse revanchieren, und sicher fänden wir auch andere Arten, ich weiß bereits, dass ein Altersunterschied keine große Rolle spielt. Da ich in Liberec, früher auch Reichenberg, wohne, könnte ich meine Ferien bei Ihnen verbringen, oder Sie könnten mir an den Wochenenden Nachhilfestunden in der Wohnung meiner Oma geben, die auch meine Verbündete ist. Mama und Papa würden mich sicher in der Luft zerreißen, doch glücklicherweise beherrschen sie das Internet nicht. Also melden Sie sich bald, damit ich nicht weiter suchen muss! Ciao!!«

»Ihr Inserat«, schrieb die vierte Interessentin, »hat mich sehr aufgewühlt. Es war der Kommerzienrat der persischen Botschaft in Prag, Aziz Marik, den ich als Beamtin der Verwaltung von Dienstleistungen des diplomatischen Corps kennenlernte, und zwar kurz bevor Schah Reza Pahlavi gestürzt wurde. Als er beschloss, in der Tschechoslowakei zu bleiben, ersuchte er um Asyl und auch mich um meine Hand, und ich habe eingewilligt, was ich bis jetzt nicht bereue, denn ich habe einen allseits fähigen Mann kennengelernt, weshalb ich auch seinen Glauben angenommen habe. Einige Zeit später eröffneten wir in Prag einen Laden mit Teppichen, mit denen er sich auskannte wie vorher in der Diplomatie, und brachte auch mir einiges bei, und so weiß ich, dass richtige Perser nur Ardabil, Heriz, Isfahan, Nain, Shiraz, Tabriz und Yalameh sind. Ich führe den Laden auch nach seinem Tode weiter, weil uns Allah nicht mit Kindern gesegnet hat. Dass Sie sich gemeldet haben, betrachte ich als seinen Fingerzeig, und so hoffe ich, dass Sie mir bald Bescheid geben, wann wir die Ehe bei unserem tschechischen Imam eingehen können. Allahu akbar!«

»Du Wichser«, schrieb die fünfte Interessentin, die wohl ein Mann war, »das bist sicher du, du arabisches Schwein, den ich jeden Tahg in der Straßenbahn nach Brno-Zabovřesky treff, wie du sabberst, wenn du unsere mährischen Mädels anguckst, nur sind die nicht für dich, du Scheißkerl mit dem guten Tschechich, was dier scheinbar deine Ajatollias beigebracht haben, damit du uns ausspionirst, du Mohamedaner du, aber hier blüht kein Haschisch für dich, wir wollen hier auch keine schwarzen Fressen und keine lispelnden Fidschis und auch keine stinkenden Juden, und euch Araberärsche wollen wier auch nich, wir wollen zum Teufel Nichts Als Unser Volk und unßere Kultuhr!«

»Guten Tag«, schrieb die sechste Interessentin, »sofern Sie es ernst meinen, unbekannter Interessent für tschechische Mädchen, Frauen und Witwen, dann sind Sie an einem sehr schlechten Ort aus dem Flugzeug ausgestiegen, in diesem Land, in dem sich das weibliche Geschlecht für außerordentlich freiheitsliebend hält, weil vor hundertfünfzig Jahren eine Schriftstellerin den Mut hatte, für einen Geliebten ihren Mann und Kinder zu verlassen, hat diese Heldin bis heute nur wenige Seelenverwandte gefunden, die bereit sind, ihren dornigen Weg zu beschreiten, wofür wir als Emanzen und Lesben beschimpft werden! Wenn Sie nicht wie andere Männer enden wollen, die Partnerinnen suchten und nur Geld- oder Sexsklavinnen fanden, dann lassen Sie mich wissen, wo wir uns treffen können, damit ich Sie ausreichend warnen kann. Und vielleicht werden Sie ja gar nicht weitersuchen, da Sie doch alles, wonach Sie suchen, in mir finden werden!«

»Unbekannter Fremder, von denen es so wenige gibt«, schrieb die siebente Interessentin, »Schnee von gestern sind die Jahre der Spiele und der unreifen Himbeeren, als ich am Gymnasium Tschechisch unterrichtete, so kenne ich Fälle, wo nicht einmal Schüler der Oktava ihre Muttersprache beherrschten. Sie schrieben Wörter richtig, die viele meiner

Schüler falsch geschrieben oder den verkehrten Fall verwendet hätten. Die Zeit hat hier oft den Vorhang zerrissen und nicht nur jene Welt, sondern auch die Regeln der tschechischen Rechtschreibung geändert, somit ziehe ich den Hut vor einem Ausländer, dazu noch einem Menschen der Arbeit, der trotzdem Intellektuelle würde unterrichten können. Ich liebe meine Muttersprache so sehr, dass ich einen ernsten Verehrer und tschechoslowakischen Champion im Hammerwerfen nicht geheiratet habe, weil er mir schrieb, er l-i-b-e mich. Ich verstehe Ihre Nachricht als Chance, die mir das Schicksal über das Internet geschickt hat, und biete Ihnen neben einem lupenreinen Tschechisch auch ein Leben im Paradies, dem Böhmischen, mit Großbuchstabe, denn dort besitze ich noch von meinen Eltern eine große Villa in Turnov und kann für uns beide sorgen.«

Die Schöne Frau las das vielfältige Siebenerlei dreimal durch und nahm es sogar mit ins Bett. Nachdem sie nicht nur das Primitive streng aussortiert hatte, sondern auch die Möglichkeit, dass einige Texte vielleicht untergeschoben waren, weil die Schreiber darauf drängten, zu erfahren, wie der vielleicht ebenso erdachte Perser reagieren würde, nachdem sie also alle ausgeschlossen hatte, bei denen sie auch nur den geringsten Zweifel verspürte, hielt sie nur noch einen Brief in der Hand, den sie dem Fremden am nächsten Abend vorlegen könnte, weil dieser eine Antwort wert war. Doch dann überfiel sie ein so quälender Gedanke, dass sie noch am Morgen mit ihm wach wurde.

Gebadet und adrett gekleidet begab sie sich wieder zum Anwalt ihrer Familie.

30

»Rrrosa, Rrrosa, Rrrosa!«, jubelte Dr. Mádr junior und küsste ihr die Hand, »wie du hörst, habe ich gelernt, wie dein Valtr zu sprechen, immer in der Hoffnung, du könntest mich genauso in dein Herz schließen wie ihn, und ich würde mich darin zusammenkauern und dich überhaupt nicht stören!«

»Dass du keine Ruhe geben kannst«, sie nahm ihm ihre Hand weg, damit er sich nicht zu Tode küsste, »und deinen Kopf immer noch in die Schlinge steckst, einen Mann habe ich, wie du weißt, zu Tode gequält, ein anderer ist mir vor Kurzem aus günstiger Untermiete zu einer absoluten Hyäne geflohen, anstatt weiter mit mir unter einem Dach zu leben.«

»Ich würde nie vor dir fliehen und quäle mich bald ohne dich zu Tode!«

»Julius«, sie sprach zu ihm wie ein Arzt zu einem Schwerkranken, »sag deiner Gattin, dass ich sie herzlich grüße, ja, Mádr-Quader?«

»Ich richte es aus«, seufzte er, »aber was führt dich hierher, du meine ewige Liebe?«

»Dasselbe wie beim letzten Mal«, sie nahm in dem Ledersessel Platz, »mein Untermieter.«

»Geht er dir schon auf die Nerven? No problem. Ich habe dir doch einen Vertrag mit einer Absicherungsklausel aufgesetzt. Du kannst ihn ganz normal innerhalb eines Monats ausquartieren, aber auch einszwei, wenn sein Kater auch nur einmal seine Pfote nach dir ausstreckt, ich weiß doch, welche Angst du vor Katzen hattest!«

»Im Gegenteil«, sagte die Schöne Frau, »ich will ihn behalten, einen Besseren hätte ich mir nicht wünschen können, er repariert alles, und ganz Kleinasien weiß, dass ich unter seinem persönlichen Schutz stehe.«

»Worum geht es dann also? Hat er dich um einen besseren Vertrag gebeten? Auch no problem, doch du solltest gut überlegen, diese Exoten sind unberechenbar und du könntest schwer …«

»Sie haben ihm die Aufenthaltsgenehmigung nicht verlängert«, unterbrach sie ihn, »und sie können ihn jederzeit abschieben. Interventionen haben nicht geholfen, die einzige Chance ist somit die Heirat mit einer Tschechin, die ihm das Recht gibt, um unsere Staatsbürgerschaft zu ersuchen. Sein Chef achtet ihn auch sehr, übrigens kennst du den Jan Schnellreich auch! Und so hat er sich für ihn auf Brautschau ins Internet begeben. Hier …«

Sie reichte ihm die Angebote und wartete geduldig, bis er sie durchgelesen hatte.

»Eine komische Kollektion!«, meinte er dann, »kann das denn dein Typ da ernst nehmen?«

»Er hat mich um Rat gebeten. Mit reinem Gewissen würde ich ihm nur eine einzige empfehlen, aber ich will nicht mal das. Entweder würde er sie mit zu mir bringen, und mit meiner Ruhe wäre es vorbei, oder er würde zu ihr ziehen, und ich würde ein für allemal einen mustergültigen Untermieter verlieren.«

»Klar … ich verstehe nur nicht, welche Rolle ich dabei spielen soll?«

»Die, die du dein ganzes Leben lang spielst, und wie sie dein Vater bei meinem gespielt hat. Nun frage ich dich um Rat. Glaubst du nicht, dass ich sein grundlegendes Problem auch selbst lösen könnte?«

»Moment!«, der Anwalt der Familie in zweiter Generation schaute jetzt nicht sonderlich intelligent drein, »du denkst … das meinst du doch wohl … oder doch?«

»Ich denke es, Julius, aber ich glaube nicht, dass du verstehst, wie ich das meine. Auf einige Dinge habe ich schon nach Jaromírs Tod verzichtet, das weißt du ja schließlich selbst am besten. Was ich meine, ist eine Ehe pro forma, die einem anständigen und fleißigen Menschen zu einer neuen Heimat verhilft und mir wiederum nicht nur nicht schadet, sondern eher das Gegenteil. Verstehst du?«

Dr. Julius Mádr junior schüttelte jedoch weiterhin den Kopf.

»Rosa, du bist doch sicher nicht wegen eines Alibis zu mir gekommen, sondern wegen einer aufrichtigen Meinung. Wir sehen uns zu wenig, als dass ich dir noch meine Fälle beschreiben könnte, nun aber muss ich das tun. Je mehr Innostranzi es hier gibt, wie die Russen die Ausländer nennen, desto mehr Tragödien, wenn eine tschechische Frau diesen Begriff nicht ernst nimmt. Die kulturellen Unterschiede sind viel größer als die sprachlichen. Ich habe hier gerade den Fall eines Mannes, der seine Frau verprügelt hat, weil sie ohne Kopftuch dem Briefträger die Tür geöffnet hat, und den Fall eines Mannes, der seine hiesige Lebensgefährtin gezwungen hat, sich beschneiden zu lassen, du weißt schon was. Auf der Seite der beiden Mädel steht natürlich unser Zivil- und Strafgesetzbuch, doch das können sie jetzt mit ins Bett nehmen, weil sich die Herren vor den Verhandlungen in Luft aufgelöst haben. Bist du dir denn ganz sicher, dass dir nicht auch so etwas passieren kann?«

»Julius, ich sage das nur ungern, aber ich kann mich nicht erinnern, im Laufe meines Lebens viele besser erzogene Tschechen getroffen zu haben, als er es ist. Dazu rechne ich natürlich neben unseren Vätern auch dich. Jaromír war auch gut erzogen, ehe seine Seele kaputtgegangen ist. Und vor allem, ich will für Herrn Etschelan, der sich übrigens richtig mit zwei Umlauten schreibt und ausspricht, keine liebende

Ehefrau sein, sondern ein Mensch, der ihm in einer Notlage hilft und deshalb von ihm dasselbe erwarten können sollte. Verstehst du mich jetzt besser?«

»Klar … vor allem, dass du keinen Ratschlag von mir brauchst, weil du dich schon entschieden hast, und wer dich kennt, der weiß, dass du tust, was du dir in den Kopf gesetzt hast. Du hattest ja auch deshalb so viele Bewerber, weil sich deine Schönheit mit einem weisen Kopf verband, und hätte es den Totalitarismus nicht gegeben, wärest du längst Premierministerin und sicher erfolgreicher als die ähnlich schöne, aber weniger weise Benazir Bhutto. Auch deine Gründe sind für mich plausibel, und so leite ich logischerweise ab, dass deine conditio sine qua non ein Ehevertrag mit einer Gütertrennung ist. Den werde ich natürlich besonders sorgfältig aufsetzen, damit es niemandem gelingt, dich auch nur um einen Bruchteil deines Eigentums zu bringen, du kannst dich auf mich verlassen.«

»Du hast mich also doch nicht verstanden, gerade das kommt für mich nicht in Frage!«

»Jetzt verstehe ich dich wirklich nicht. Du hast doch ein großes Haus und Wertpapiere und …«

»Doch ich habe keine Lust, jemanden damit zu beleidigen, dass ich ihn zusammen mit einem Heiratsangebot unterschreiben lasse, dass er ein Bettler ist und bleibt, wenn er nicht nach meiner Pfeife tanzt … diese Redewendung muss ich ihm beibringen, er sammelt sie, weißt du? Und, Julius, ich werde doch keinen Erben haben, warum also sollte mich der Staat beerben, der Arme aus aller Welt zu uns holt und unsere Leute wiederum bis irgendwo nach Florida schickt?«

»Klar …«, Dr. Mádr hatte bereits kapituliert, trotz allem aber verstand er sie nicht, »warum bist du denn dann gekommen, wenn ich überhaupt nichts für dich tun kann?«

»Kannst du doch!« Sie zog noch ein Stück Papier aus ihrer Tasche, »du hast sicher in deinem Büro so ein Gerät, das über Nacht sieben Bräute hervorzaubern kann!«

»Du meinst Internet? Na klar. Und was brauchst du …?«

»Dass du das hier mit deinem Briefkopf verschickst, damit klar ist, dass es nicht um einen weiteren blöden Witz geht. Das ist mein Angebot, weißt du? Ich muss mich doch vorher auch bewerben.«

31

Ingenieur Schnellreich beendete die Krisensitzung, nachdem ihm seine Geliebte aus der Prager Zentrale Hejkal and Hejkal verraten hatte, am Donnerstag werde auf der Baustelle von S. ein Überraschungsbesuch auftauchen, geleitet vom Generaldirektor der Münchener Mutterfirma Hoch- und Tiefbau Hirschpickl. Der Ingenieur hatte kein Problem damit, alles lief mehr oder minder nach Plan, trotzdem machte er seinen Leuten Beine. Den Fremden hielt er zurück, um ihm zu sagen, dass ihn der Alarm nicht betreffe. Er bekräftigte sein Vertrauen damit, dass er im Computer nachschaute, ob nicht über Nacht ein paar Bewerberinnen hinzugekommen seien.

»Die Jagdgesellschaft hat sich um drei Heiratswillige vergrößert«, teilte er dem Fremden mit, »und es werden noch welche hinzukommen, wenn ich im Drucker Papier nachgefüllt habe, dann bringen Sie das wieder der Schönen Frau und richten Sie ihr von mir aus …«

Da klingelte wieder das Telefon auf dem Tisch, und er führte mit irgendjemandem einen unendlichen Streit, also las der Fremde erst einmal selbst.

Im ersten Angebot riet ihm irgendeine Firma, er solle sich

nicht auf Bräute aus dem Internet verlassen, die sich zumeist als Betrügerinnen oder sogar Betrüger erwiesen, sondern er solle sich Profis mit langjähriger Praxis anvertrauen, die ihm auf die Frau, die aus ihrer hochwertigen Liste ausgewählt würde, so etwas wie einen Garantiebrief gäben, mit dem er dann Anspruch auf die Deckung eines eventuellen Schadens habe. Er wurde gebeten, den beigefügten Fragebogen auszufüllen und eine Vorauszahlung von 2000 Kronen plus Mehrwertsteuer zu leisten.

Die zweite Bewerberin betonte das übereinstimmende Schicksal. Sie sei auch vom anderen Ende der Welt hergekommen, um nicht, wenngleich Amerikanerin, dieselbe Luft mit Präsident Bush atmen zu müssen, sondern diese mit Präsident Havel zu teilen. Sie versicherte, sie schäme sich für die Gräueltaten, die ihr Land seiner Heimat zugefügt habe, und schlug ihm sich selbst als Garantie dafür vor, dass sich das nicht wiederholen werde. Sie nehme an, er habe schon längst die tschechische Staatsangehörigkeit, die sie schneller durch eine Ehe mit ihm erlangen könne, und versprach ihm dafür Hilfe im Kampf gegen die amerikanische Okkupation seines Heimatlandes. Am Schluss entschuldigte sie sich, dass aufgrund ihrer mangelnden Sprachkenntnisse eine tschechische Freundin für sie den Brief schrieb, doch sie versprach, sie sei in der Lage, vor allem Persisch zu lernen.

Das dritte Angebot las er wieder und wieder, so lange, bis der Ingenieur den Hörer auf die Gabel geknallt hatte, doch er verstand es kaum. Glücklicherweise wollte sich Schnellreich nach dem Streit mit einem saumseligen Zementlieferanten abreagieren, und so forderte er den Fremden auf, ihm den Text vorzulesen, bis er seine vor Wut verlegte Brille wiederfände.

»Gern würde ich mit einer Ehe Ihr Problem komplikationslos für Sie und für mich lösen«, las der Fremde laut,

»und wenn Sie sichergehen wollen, dass Sie sich auf mich verlassen können, dann geben Sie diese Zeilen dem Krausköpfchen zu lesen, den Sie da bei sich als Zollstock bezeichnen. R. Č. ... Das Letzte heißt wahrscheinlich Republika Česká, Tschechische Republik, und Zollstock, Herr Ingenieur, das wissen Sie doch, so bezeichnen wir Sie, aber ich habe keine Ahnung, wer Krausköpfchen ist ...«

»Zeigen Sie mal!« Der Ingenieur riss ihm das Papier aus der Hand und durchwühlte dann wütend auf dem Tisch die Pläne und Kalkulationen, ehe er die Brille wiederfand, »wo steht dieses Kraus ... das ist doch nicht ... Mensch, Kemal, ich werde verrückt, ich werde Ihretwegen noch total irre!«

Und als ihn der Fremde wie einen Verrückten anschaute, zeigte er auf das Blatt.

»Tschechische Republik? Und etwas anderes sagen Ihnen die Buchstaben nicht? Nein? Und Rosana Čechová, sagt Ihnen das etwas? Mensch, Sie sind in einem halben Jahrhundert erst der Zweite, der in dieser Stadt die gefragteste Frau aufgerissen hat! Verstehen Sie immer noch nicht? Sie müssen bis an Ihr Lebensende nicht mehr umziehen, weil Ihnen Ihre Wirtin, die Schöne Frau, die Ehe anbietet!«

»Das ist doch ein schlechter Witz«, sagte der Fremde, »schon bei den ersten Angeboten hatte ich so einen Eindruck ...«

»Warten Sie, hat das jemand Anonymer geschickt oder wer? Zeigen Sie mal! Na aber ...! Kemal! Trinken Sie in der Cafeteria einen Espresso auf meine Kosten und kommen Sie in einer halben Stunde zurück, ich muss mir Klarheit verschaffen!«

Als sich die Tür hinter dem Polier geschlossen hatte, suchte er die Nummer im Telefonverzeichnis heraus. Kaum hatte er sich vorgestellt, wurde er von der Sekretärin verbunden.

»Meine Verehrung«, sagte Dr. Julius Mádr junior, »ich habe erwartet, dass Sie sich melden.«

»Sie meint das also ernst?«, fragte Jan Schnellreich.

»Todernst«, sagte der Anwalt, »mich hat auch fast der Schlag getroffen. Aber Sie kennen sie ja …«

»Wir kennen sie beide«, sagte der Ingenieur, »und wenn ich mich nicht irre, teilten wir beide dasselbe Schicksal.«

»Ich zweimal«, sagte der Anwalt, »ich habe bei ihr schon vor ihrem Jaromír um ihre Hand angehalten.«

»Ich nach ihm«, sagte der Ingenieur, »und ich hatte den Eindruck, dass sie Ihnen den Vorzug gegeben hat.«

»Ich andersherum«, sagte der Anwalt, »ich dachte, sie hätte sich für Sie entschieden.«

»Sie ist diesem Trunkenbold und Bolschewiken Jaromír treu geblieben«, sagte der Ingenieur.

»Es wollte mir nie in den Kopf«, sagte der Anwalt, »der Kerl hat doch überhaupt nicht zu ihr gepasst!«

»Er hat sich in Prag toll eingekleidet«, sagte der Ingenieur, »wir konnten ihm nicht das Wasser reichen.«

»In Prag und auch hier hat sie ihn eingekleidet«, sagte der Anwalt, »uns nicht.«

»Wenn das mal nicht deshalb war«, sagte der Ingenieur, »dass er an etwas geglaubt hat. Wir nicht.«

»Er hat an eine Irrlehre geglaubt«, sagte der Anwalt, »für einen Moment ist er zu sich gekommen und dem Wahn wieder verfallen.«

»Wir haben an die Demokratie geglaubt«, sagte der Ingenieur, »doch glauben wir heute an sie?«

»Sie ist immer noch das beste von allen schlechten Systemen«, sagte der Anwalt.

»Das haben Sie sich gut ausgedacht«, sagte der Ingenieur, »dafür würde Sie sicher auch Rosinchen loben.«

»Da haben Sie sie hübsch genannt«, sagte der Anwalt, »aber der Satz ist von Churchill.«

»Churchill würde sich sicher wundern«, sagte der Ingenieur, »dass uns wieder die Deutschen rumkommandieren.«

»Ich habe sie eben altertümlich Rosa genannt«, sagte der Anwalt, »na ja …«

»Ich sehe, es hat uns immer noch nicht vollständig losgelassen«, sagte der Ingenieur.

»Leider nein!«, sagte der Anwalt.

»Und sie lässt Sie mailen, er solle es dem Krausköpfchen zu lesen geben!«, sagte der Ingenieur.

»Da hat sie Sie ja auch nett genannt«, sagte der Anwalt, »wie ist sie denn darauf gekommen?«

»Damals hatte ich Haare«, sagte der Ingenieur, »wie wurden Sie denn genannt?«

»Julek Mádr, iustitiae Kader, unbestechlicher Quader«, sagte der Anwalt.

»Na ja«, sagte der Ingenieur, »ich denke, wir sollten uns mal treffen!«

»Klar!«, sagte der Anwalt, »aber ohne Ehefrauen, damit wir über sie reden können.«

»Klar!«, sagte der Ingenieur, »und wir müssen auch beide aufpassen, dass er ihr nichts antut.«

32

Nachdem sie Julius' Büro verlassen hatte, fiel ihr der Caesar-Satz Alea iacta est ein. Auch ihre Würfel waren gerade gefallen und sie hatte ihren Rubikon überschritten, auch für sie gab es keine Möglichkeit mehr zur Umkehr, und das, sie staunte, nur zehn Tage nach dem ersten leichten Erdbeben, das sie verspürt hatte, als der Fremde mit dieser Serbin tanzte. Sie erinnerte sich an das Buch *Zehn Tage, die die Welt erschütterten* und gestand sich ein: das waren zehn Tage, die meine Welt erschüttert haben. Sie konnte sich nicht mehr vormachen, dass es der kurze Auftritt der lustigen Witwe gewesen war, der in ihr die Panik hervorgerufen hatte, ihn zu verlieren, auch wenn sie sich weiterhin verteidigte, dass es ihr, und das in keinem Fall! um einen Mann fürs Bett ging, sondern um einen allseits verwendbaren Untermieter, auf den darüber hinaus noch die Bezeichnung Mensch in Bedrängnis zutraf.

Seine Reaktion konnte sie erst am Abend erwarten. Wenn sie jetzt etwas nicht wollte, dann nach Hause, wo sie mit Valtr den Nachmittag überstehen musste, der sie in den letzten Tagen nervte, weil er sich immer wieder bestätigen ließ, er sei herrrrlich, teuerrrr und vor allem ein Grrraf, so als ob er zur Abwechslung törichterweise auf den Fremden eifersüchtig sei. Sie überlegte noch kurz, ob sie nicht außer der Reihe auf den Friedhof gehen sollte, doch diesen Gedanken verwarf sie sofort, sie wusste nicht, was und wie sie gerade heute ihren zwei Männern würde von einem Dritten erzählen können, wo sie doch ihre plötzliche, so weitreichende Entscheidung selbst nicht verstand.

Die Hauptstraße führte um das Gymnasium herum, wo sich der Professor für Latein und dann Russisch Hedvábný in sie verliebt hatte, wie er zumindest behauptete, als er vor der Rache der Türken aus dem gegenüberliegenden Lokal Istanbul in die Umklammerung zweier Mehlsäcke, die sich als seine Tochter und seine ehemalige Frau ausgaben, von ihr floh. Eigentlich war es seine Schuld, dass sie sich dann auf dem Friedhof bei Jaromír beschwert und dieser ihr aus jener Welt den Fremden geschickt hatte, der sich, zugegebenermaßen, gut um sie kümmerte, sie aber auch in diese riskante Geschichte hineingezogen hatte.

Aus der Schule, die vor dem Krieg deutsch gewesen war, rannten wie einst sie aufgescheuchte Mädchen in die Pause, doch die pubertierenden Gören stellten sich nicht gegenseitig die Beine, sondern zogen ihre Handys hervor und führten auf den ersten Blick sehr vertrauliche Gespräche, die sie dann aber bereitwillig ihre Freundinnen mithören ließen. Sie erinnerte sich daran, welche Angst sie hier kurz nach dem Krieg vor der Turnhalle gehabt hatte, von der eingeweihte Patienten ihrem Vater berichteten, dort hätten die revolutionären Garden die Deutschen, Männer und Frauen, gefoltert, damit diese ihnen verrieten, wo sie ihren Schmuck versteckt hatten.

Sie ging weiter um das alte Rathaus herum und musste sich daran erinnern, dass sie dort weinend im Zeremoniensaal geheiratet hatte, nachdem Jaromír die von ihrem Vater ausgehandelte kirchliche Hochzeit in der evangelischen Gemeinde, die folgen sollte, abgelehnt hatte. Auch sie hatte das als Willkür ihres Vaters empfunden, doch nicht minder ging ihr gegen den Strich, mit welcher Begründung Jaromír den Vorschlag vom Tisch gefegt hatte: dass er nicht einer bürgerlichen Familie entsagt hatte, um sich von einer anderen unterjochen zu lassen.

Die Räume der großen supranationalen Bank, an der sie vorbeiging, waren schon vor der Hochzeit Jaromírs zweiter Arbeitsplatz und Heimat gewesen. Der Stadtausschuss der Kommunistischen Partei hegte anfangs gegenüber dem Dandy bourgeoiser Abstammung kein großes Vertrauen, doch als gerade er sich um den Zustrom junger Mitglieder verdient gemacht hatte, wählte man ihn bald sogar ins Präsidium, sicher auch, lachte Jaromír, weil – jeder Genosse auch irgendwo eine Möse kannte, die mal einen guten Gynäkologen braucht! Doch es bestand kein Zweifel daran, dass er der einzige der hiesigen Funktionäre war, für den die konservativen Bürger von S. Verständnis und eine Entschuldigung hatten – wär er nicht in der Partei, wär er nicht bei uns dabei!

Auf der gegenüberliegenden Seite des Hauptplatzes befand sich ein Etablissement, das nie seinen Zweck gewechselt hatte. Der Familienbetrieb CAFÉ SILBERSTEIN, nach der Abtrennung der Sudeten in CAFÉ HENLEIN umbenannt, nach dem Krieg für eine Weile CAFÉ ZUM GARDISTEN, und nachdem es der erste staatliche Verwalter zugrunde gerichtet hatte, erstand es als VEB KONDITOREI wieder aus Ruinen. Bis dieser Betrieb dann im Zauberjahr 1968 im Geiste des Reformmodells vom ersten Pächter übernommen wurde, der es nach seinem Lieblingskinderbuch HELENS KINDERCHEN benannte, aus dem der Schönen Frau ein Satz des Jüngeren in Erinnerung geblieben war, der Papas Uhren auseinandernahm – »Dern sehn, wie die 'äder 'umlaufen!«

Hier hatte sie mit Jaromír und ihrem Vater, zwischen denen schon lange politischer Friede herrschte, um den sich ein seltsamer Scharlatan mit Namen Dubček verdient gemacht hatte, am Abend des zwanzigsten August an einem Tisch im Freien gesessen, und mit dickem Bauch stopfte sie Eis mit Sahne in sich hinein, somit fehlte ihr nichts zu ihrem Glück, überhaupt nichts! zum ersten und leider auch zum letzten Mal in ihrem Leben. In der Nacht flogen die Katzenköpfe auf dem kleinen Platz durch die Panzer so mächtig herum, dass einer von ihnen in das untere Schlafzimmer des Hauses flog. Ein paar Stunden später hatte sie eine Fehlgeburt, und man sagte ihr nicht, was es gewesen war …

Nun aber setzte sie sich widerspenstig erneut hierher, und weil auch die Zeit die faden totalitären Delikatessen fortgespült hatte, bestellte sie Wiener Kaffee und Sachertorte. Der volkseigene Betrieb der Konditoren wurde von der zweiten Welle der Zeit fortgeschwemmt, und der neue belgische Eigentümer holte HELENS KINDERCHEN aus dem Exil, weil es auch die Helden seiner Kindheit gewesen waren. Nach Jahren schaute sie sich jetzt in Ruhe um, zählte Verluste und Fundstücke. Zu Ersteren gehörte die verschlafene und deshalb beruhigende Atmosphäre des ehemaligen Stadtzentrums, die von den Ortsansässigen gepriesen worden war, wenngleich sie damit oftmals die Nostalgie überspielten, durch die Erinnerungen an das turbulente Leben von S. in der Zeit der ersten Republik hervorgerufen. Der weitläufige Hauptplatz war nun ein Parkplatz, gleichzeitig aber strahlte er im nie dagewesenen Glanz, den ihm die von den ursprünglichen Eigentümern und neuen Investoren restaurierten Fassaden verliehen, wenngleich diese hier und da von schrillen Werbeflächen verunstaltet wurden.

Die Schöne Frau bestellte noch einmal einen Kaffee und ein Stück Sachertorte, bis sie feststellte, dass sie sich beruhigt hatte und nach Hause gehen konnte. Sie wählte einen großen Umweg, um nicht noch einmal die ehemalige Zentrale von Jaromírs Partei sehen zu müssen, wo sich seine Träume und Pläne ins absolute Gegenteil verkehrt hatten. Sie kam bis ans Ufer des F. ein gutes Stück oberhalb der Stadt, und der Spaziergang flussaufwärts lenkte sie in angenehmer Weise von dem Problem ab, das hausgemacht war und nun zum unbekannten Teig quoll. Der Kapitän eines Schleppers hupte die einsame Frau an und brachte ihr die kindliche Vorstellung in Erinnerung, sein Ziel sei der Hafen Humbug.

Sie traf absolut ausgeglichen nach fünf auf dem kleinen Platz ein, nun bereit, jedwede Lösung der Situation zu ertragen. Als sie aber die Haustür aufgeschlossen hatte, erblickte sie dort eine weitere Ausgabe des Fliederfestes: vom Eingang aus zog sich ein Spalier brennender Kerzen bis zur Küche. Dort sah sie den Fremden, der zwischen Tisch und Aufwaschbecken auf seinem Gebetsteppich kniete.

»Was um Himmels willen tun Sie hier?«

»Teure Frau Rosana, ich danke Allah für Sie!«, sagte er und berührte mit der Stirn die Fliesen.

33

Schon als sich die Schöne Frau am Abend vorher entschlossen hatte, ihm mit der Pro-Forma-Ehe die Existenz und sich selbst einen ergebenen Helfer im Haushalt zu erhalten, war sie zu dem Entschluss gelangt, dass einige Dinge sehr persönlichen Charakters nicht Doktor Mádr klären müsste, sondern einzig und allein der Fremde und sie unter sich, damit sie nicht vor Scham rot werden würde. Und da sie praktisch veranlagt war, hatte sie, noch bevor sie sich unangemeldet in Julius' Anwaltskanzlei begab, bei den Vietnamesen für ein reichhaltiges kaltes Abendessen eingekauft.

Nun, nachdem sie die übertriebenen Dankesäußerungen des Fremden gestoppt hatte, bereitete sie eine kalte Platte vor und deckte den Tisch oben im Salon, wo sie oft zusammen mit dem Vater und zwei-, dreimal im Jahr mit Professor Hedvábný gegessen hatte; da sie sich über technische Angelegenheiten ihres Zusammenlebens unterhielten, nannte sie diese Abendessen Hausversammlung. Wie es bei ihrem Vater Brauch gewesen war, bat sie den Fremden, in aller Ruhe aufzuessen, und erst als er auf eigene Bitte das Geschirr nach unten in die Küche getragen hatte und sie beide nun beim Wein zusammensaßen, schnitt sie das Problem an.

»Ich habe mich zu diesem Schritt entschlossen, weil ich die Mails gelesen habe, die Sie erhalten haben, und ich habe festgestellt, dass ich Ihnen nicht mit reinem Gewissen hätte raten können. Ein oder zwei Angebote versprachen eine gewisse Chance, doch es drohte auch, in einen dummen Scherz oder einen feigen Betrug zu münden. Ich habe Sie als Ehrenmann erlebt und will deshalb, wie man bei uns sagt, geradeheraus sprechen. Ich bin mir sicher, dass man eine Scheinehe auf der behördlichen Seite recht schnell abwickeln kann, aber ich gebe zu, ich weiß noch nicht, wie sie auf menschlicher Ebene funktionieren soll. Es scheint mir, wahrscheinlich so, wie unsere bisherige Beziehung verlaufen ist …«

»Wir werden uns also weiter siezen?«, fragte er recht logisch, doch für sie zu schnell.

»Ich denke«, antwortete sie kategorischer, als sie es wollte, »dass alles so bleiben sollte, wie es bisher war, freilich bis auf das getrennte Speisen. Um Frühstück und Abendessen kümmere ich mich, längst haben Sie das für Ihre Hilfe verdient. Und was die Miete betrifft, schicken Sie das Geld Ihrer Familie, ich habe es angenommen, damit der Mieter weiß, dass ihm aus dieser Pflicht heraus auch Rechte erwachsen. Mein Mann und mein Vater waren nicht gerade arm, und ich kann mein Geld nicht mit ins Grab nehmen.«

Valtr ging ihr langsam auf die Nerven, weil er sich auf den Tisch zwischen sie gesetzt hatte und wieder pfiff wie ein unzufriedener Kiebitz. Da kam ihr noch etwas in den Sinn.

»Eigentlich müssten Sie überhaupt nicht arbeiten und könnten stattdessen lernen.«

»Aber ich muss doch heiraten«, wendete er ein, »damit ich hier arbeiten darf!«

»Ich verstehe, dass Sie Ihre Familie selbst ernähren wollen, und wenn es Ihnen Spaß macht, dann bleiben Sie Ihrem Chef treu, damit er mir nicht vorwirft, ich hätte Sie ihm weggenommen.«

Sie erhob das Glas, um mit ihm anzustoßen. Doch er hatte noch etwas auf dem Herzen.

»Frau Rosana, ich will und werde Sie nicht anlügen, Sie haben das Recht zu wissen, was auch der Herr Ingenieur weiß. Ich kann das Geld nicht meiner Familie schicken, weil ich keine habe.«

»Na warten Sie mal … Sie haben doch gesagt, dass Sie sie auf der Beerdigung Ihrer Frau gesehen haben.«

»Die Beerdigung meiner Frau war auch die Beerdigung aller meiner Nächsten. Wenn unsere Familien einen Mann zur Arbeit ins Ausland schicken, dann leben sie auf einem Haufen … oder in einem Haufen? einfach zusammen, damit alle etwas von der Hilfe haben. Unglücklicherweise hat mein Bruder meine Familie in ein Dorf geholt, das von dem Regime, das Kurden nicht mag, eines Tages mit Giftgasgranaten beschossen wurde, und so wurden alle vergiftet. Fünftausend Frauen, Kinder und Alte. Wir Verbliebenen sind ihnen an einem Massengrab wiederbegegnet.«

Sie hatte keine Worte, und da Valtrs Pfeifen schon unerträglich geworden war, holte sie das Glöckchen hervor, das ihn immer aus seinem Versteck hervorlockte, und als sie damit klingelte und er, aufgeplustert vor Stolz, endlich ihre Aufmerksamkeit erheischt zu haben, auf ihrer Hand landete, tat sie etwas, das sie vorher noch nie getan hatte: sie trug ihn auf dem Finger in seinen Käfig, setzte ihn auf die Stange, doch statt mit ihm zu spielen, schloss sie das Türchen und bedeckte den Käfig mit dem Überwurf. Er war darüber so baff, dass er nicht einmal mehr piepste.

»Mein Gott«, sagte sie, als sie zum Tisch zurückgekehrt war, »warum haben Sie mir das nicht gleich gesagt?«

»Damals wusste das die ganze Welt, denn das Fernsehen hat es übertragen, aber das Regime hat behauptet, das war Betrug, und so sind Zeugen, die sie nicht gebrochen oder getötet haben, lieber in die Welt hinausgegangen. Doch auch dort war das Regime schon vor ihnen da, und ich musste bei Ihnen unterschreiben, dass ich nichts sage, was ich nicht beweisen kann, sonst nehmen sie mir mein Asyl wieder weg, damit ich nicht diplomatische und geschäftliche Bezüge störe. So sage ich nichts und bringe die Hälfte meines Geldes auf ein Sparbuch und hoffe dabei eigentlich, dass ich irgendwann irgendwo noch irgendjemanden treffe und nicht allein auf der Welt bin.«

»Das tut mir sehr leid«, sagte sie schließlich, »dass ich Ihnen hierbei nicht helfen kann.«

»Ach, Regime sind einfach so, gut und schlecht, sie lösen, sage ich das richtig? nur große Sachen. Aber um die kleinen kümmern sich liebe Menschen wie der Herr Ingenieur und jetzt vor allem Sie, weil er mir als Erster glaubte und Sie mir nun das Leben retten, also dürfen Sie nicht wundern, dass ich Ihnen dort unten in der Küche mehr angemessen gedankt habe.«

Sie befürchtete, dass sie nun melancholisch werden könnte, und so stieß sie mit ihm an.

»Jetzt wird es etwas Geduld brauchen. Ich gehe davon aus, dass Ihre Papiere in Ordnung sind, somit bin ich an der Reihe, ich habe wirklich nicht mehr mit einer Hochzeit gerechnet. Aber ich hole alles schnell nach, also halten Sie, wie man hier sagt, Ihre Zunge zurück und seien Sie geduldig!«

»Sicher, Frau Rosana, ich werde, wie Sie hier sagen, ein Grab sein, und darf ich mir auch etwas wünschen?«

»Natürlich …«, sie war wirklich neugierig, was er sich ausbedingen würde.

»Können Sie Valtr wieder rauslassen, damit heute niemand traurig ist?«

»Mit Vergnügen«, sagte sie und war ihm für diesen Wunsch dankbar.

Ihr Liebling flog wie ein Greifvogel aus dem Käfig und landete auf der Schulter des Fremden, so als wisse er nur allzu gut, wem er seine Befreiung zu verdanken hatte. Der Fremde und die Schöne Frau lachten vergnügt darüber, und dieses gegenseitige Behagen war offensichtlich der Vater seiner nächsten Frage, die sie noch weniger erwartet hatte.

»Und könnte ich nicht ausnahmsweise Alibaba holen, damit wir uns alle freuen?«

Augenblicklich merkte sie auf und ließ nicht von ihren Grundsätzen ab.

»Ich glaube, wir sollten uns daran halten, was vereinbart war. Alles wie früher und keine Ausnahmen, damit kein Chaos entsteht!«

Er nickte artig, doch es konnte ihr nicht entgehen, dass er enttäuscht war.

34

Erst am Morgen darauf machte sich die Schöne Frau bewusst, auf welches Abenteuer sie sich eingelassen hatte. Ihre Geburtsurkunde und die Sterbeurkunde ihres Mannes fand sie sofort im Sekretär, doch dann wusste sie plötzlich nicht, was sie zuerst und was sie später tun sollte. Aus ihrer schweren Verwirrung riss sie das Telefon.

»Hier ist Jan«, sagte eine Stimme, die sie selbst nicht mehr erkannt hätte, »Jan Schnellreich. Jetzt weiß ich nicht, ob ich nach all den Jahren du oder Sie sagen soll …«

»Auf jeden Fall du!«, meinte sie spontan, »wir haben doch einen gemeinsamen Schützling.«

»Ich dachte, er wäre dein Bräutigam …«, wandte der Ingenieur ein.

»Ich dachte, du wüsstest, weshalb und warum du dir das ausgedacht hast!«, verwahrte sich die Schöne Frau.

»Verzeih«, entschuldigte er sich, »du hast recht, ich wollte meinen besten Polier nicht verlieren.«

»Und ich wiederum nicht den besten Untermieter, den ich kriegen konnte. Also wissen wir beide nur allzu gut, worum es sich handelt, und ziehen an einem Strang.«

»Einverstanden!«, sagte der Ingenieur, »deshalb rufe ich dich auch an. Sicher irre ich mich nicht, wenn ich annehme, dass du keine Hochzeit in Weiß und mit Kranzjungfern im hiesigen Rathaus willst.«

»Da irrst du dich nicht, ich denke gerade darüber nach, wie ich der Aufmerksamkeit entrinnen kann.«

»Ganz einfach. Wenn ihr eine Delegation beantragt, könnt ihr heiraten, wo ihr wollt.«

»Eine Delegation?«, fragte sie beunruhigt, »uns soll jemand begleiten?«

»Delegation nennt man die Genehmigung des hiesigen Standesamtes, dass man euch anderswo trauen darf. Meine Schwägerin arbeitet dort, und ihr Bruder wiederum ist auf dem Prager Magistrat, der kann nachfragen, in welchem Zeremoniensaal ihr die geringste Aufmerksamkeit erregt. Den Rest kann man per Internet erledigen.«

»Das klingt gut, und ich bin dir sehr dankbar für deinen Rat und deine Hilfe.«

»Und ich bin dir dankbar«, sagte Ingenieur Schnellreich, »du hast nicht vergessen, dass ich einst Krausköpfchen war, und bleibst auch das Rosinchen! Also dann tschüss!!«

Am Freitag ging sie wie üblich auf den Friedhof, um dort die ungewöhnliche Mitteilung loszuwerden.

»Grüß dich, Papa«, begann sie diesmal oben, ohne dass ihr einfiel, das Grab zu säubern, »ich denke, ich gehe einen recht halsbrecherischen Schritt, aber ich bin mir sicher, dass gerade du ihn billigen würdest, ich gebe zu, ich würde mich nicht wie ein extremer Menschenfreund verhalten, wenn dieser Mann nicht so anständig, so ordentlich, so nützlich wäre und, Jaromír werde ich das nicht sagen, aber dir schon! so faszinierend, was nicht, aber überhaupt nicht! bedeutet, dass ich ihn mir anschaffe, um was mit ihm zu haben, das hätte ich schon mit zwei-drei Kerlen von hier haben können, die auch nicht schlecht gewesen wären, aber wenn er mir jemanden ersetzen soll, dann bist du das, auch wenn er nicht sehr viel älter ist als ich, so hatte ich seit der ersten Begegnung das Gefühl, dass ich seine Enkelin sein könnte, so viel Leben ist in ihm und auch Tod, wie ich jetzt weiß, ich habe keine Ahnung, wie er denkt und fühlt, ich bin nur auf seine Worte angewiesen, doch gerade sein Geheimnis scheint meinem Dasein eine neue Dimension zu geben, reißt mich aus meiner Alltäglichkeit, die mich schon lange lähmt und mich mit der Zeit sicher ausfüllen würde wie Stickstoff, ja, Papa, er ist Sauerstoff, und ich hoffe nur, dass ich mit ihm werde umgehen können, damit er mir nicht die Lungen zerreißt.«

Auch unten hielt sie sich nicht mit der Grabpflege auf und kam ohne Umschweife zur Sache.

»Jaromír, wenn du kein Miststück geworden wärest, hätte ich dich nie verlassen, wenn ich dich nicht verlassen hätte, hättest du dich sicher nicht zu Tode getrunken, und wenn du dich nicht zu Tode getrunken hättest, dann würde ich nun keinen Menschen heiraten, den ich überhaupt nicht kenne, doch ich glaubte, dich wie mich selbst zu kennen, und auf einmal warst du mir fremder als er, auch jetzt werde ich nicht aufhören, dich in der Gestalt zu lieben, die ich verstanden habe, aber ich werde aufrichtig versuchen, auch den Unbekannten zu verstehen, denn nicht einmal eine Scheinehe sollte ein Spiel sein, bei dem der Zweck die Mittel heiligt, sondern der Versuch eines würdigen Zusammenlebens zweier menschlicher Wesen, deshalb bitte ich dich, Jaromír, zu verstehen, dass ich das Symbol unseres misslungenen Bundes, das du mir bei unserem ersten Streit zu Füßen geworfen hast, erneut verwende mit dem Wunsch, dass der zweite besser gelingt, also tschüss!«

Ingenieur Schnellreich hielt Wort. Schon eine Woche später rief er wieder an, die Delegation sei nach Informationen seiner Schwägerin jeden Tag zu erwarten, und ihr Bruder empfehle den Zeremoniensaal in der Prager Vorstadt Nové Butovice, wo vor einiger Zeit fast zeitgleich über einhunderttausend Menschen hingezogen seien, somit würde dort keiner keinen kennen. Sich um die notwendigen behördlichen Schritte zu kümmern, versprach der ehemalige Kader Quader, der sich offensichtlich mit dem ehemaligen Krausköpfchen zusammengetan hatte, was die Schöne Frau rührte: ihre Hochzeit mit dem Fremden würden für sie als Brautwerber zwei erfolglose Anwärter gemeinsam ausrichten!

Im Haus auf dem kleinen Platz änderte sich nichts. Der künftige Bräutigam hatte seine zukünftige Braut überredet, die versprochenen Frühstücke zu vergessen, da er doch eine Kantine auf der Baustelle habe, wo er essen könne. Sie kam dem gern nach, denn so musste sie nicht vor sechs Uhr aufstehen. Auf dem Abendessen aber bestand sie mit dem Nebengedanken, dass er vielleicht aus Hunger sinnlos Geld bei einer gewissen Serbin im Bistro Beograd ausgeben könnte. Sie aßen in der Küche, zumeist unter Assistenz von Valtr, und sie sprachen von allem Möglichen, nur nicht von der Hochzeit und der Familie des Fremden.

Einmal zwang sie das schlechte Gewissen, ihm zu sagen, dass sie gern seinen Alibaba sehen würde. Listig ging sie mit Valtr nach oben in den Salon, und als er in sein Bad flog, um etwas zu trinken, schlüpfte sie schnell wieder hinaus. In der Wohnung des Fremden sah sie dann endlich, was er in dem Paket getragen hatte, als sie ihn das erste Mal zum Abendessen einlud. Von der Decke bis zum Fußboden führte eine Teleskopstange, an der auf verschiedenen Ebenen vier gepolsterte Flächen befestigt waren. Auf der höchsten ruhte der mächtige Kater und musterte sie von oben sehr genau. Erneut bemächtigte sich ihrer Angst, und so beschleunigte sie, was sie bis jetzt aufgeschoben hatte.

Sie griff in die Tasche und bat den Fremden, die linke Hand auszustrecken.

»Ich weiß nicht, wie das bei Ihnen ist, aber bei uns müssen Verlobte Ringe tauschen. Mein Mann hat später aufgehört, ihn zu tragen, ich deshalb auch. Außerdem haben wir kein Datum und auch keine Namen eingravieren lassen, somit wäre es absoluter Unsinn, neue zu kaufen. Falls er Ihnen passt!«

Er passte wie angegossen.

35

Was kann sich ein Autor Besseres und Schöneres wünschen, als dass seine Geschichte etwa in der Mitte auf eine Hochzeit zusteuert? Dem gemeinsamen Bemühen der beiden verschmähten, jedoch für immer von der Schönen Frau faszinierten Verehrer Julius und Jan war es zu verdanken, dass die Anträge und die entsprechenden Papiere innerhalb von vierzehn Tagen bearbeitet und zugesandt wurden. Sie und der Fremde stellten den Wecker auf fünf Uhr, und Jaromírs Garderobe, wenn schon, denn schon! gab einen weiteren Anzug her, den er sich »für Pferderennen« hatte nähen lassen, auch wenn damals keine stattfanden.

Mit dem ersten Bus fuhren Studenten und andere junge Leute, die im Unterschied zu ihren Eltern nicht warteten, bis die Arbeit zu ihnen kam, und die in schwerer Zeit lieber ihr hinterherreisten. Die Schöne Frau durfte sich beruhigen: kaum jemand konnte sie kennen. Die Straße folgte flussaufwärts den Mäandern des F., und die Landschaft setzte ihr reizvollstes Gesicht auf, um den bevorstehenden Sommer zu begrüßen. Um acht Uhr waren sie in der Hauptstadt und hatten noch genügend Zeit, sie aber orderte ein Taxi, um ihren opulenten Geheimplan einzuhalten.

An der ersten Haltestelle am Mathias-Tor führte sie den Fremden auf die Burgrampe. Der schuldbeladene Jaromír hatte im Himmel herrliches Wetter bestellt, wie es Prag zu einem Traum machen kann. Wie auf den Bildern der Realisten zitterte die Stadt in einem leichten Schleier, geschmückt vom glänzenden Band der Moldau. Die Schöne Frau konnte hier immer nur schwer die Tränen unterdrücken, doch heute beobachtete sie unauffällig den Fremden. Er stand regungslos da und sagte kein Wort. Sie fuhr mit ihm also zu einem anderen Panorama.

Das nicht sonderlich hohe kreisförmige Gebäude hatte sie schon einmal mit ihrer Klasse besucht, als die Familie während des Krieges in Prag lebte, doch bis heute hatte sie das Erlebnis nicht vergessen, und nun faszinierte es sie erneut. Rings umher vor dem Hintergrund des brennenden Dorfes Lipany hatten die zwei verfeindeten Flügel der Hussiten gegeneinander gekämpft, Fußsoldaten und Reiter, wobei das

Gemälde in beeindruckender Weise in einen plastischen Vordergrund des Schlachtfeldes überging, wo die Trümmer der Wagenburg, Fetzen von Bannern und weggeworfene Lanzen und Schwerter herumlagen.

»Europäische Völker«, erklärte sie dem Fremden, »bauen sich solche Denkmale für siegreiche Schlachten, die sie stärker machten. Dass sich hier das tschechische Volk ein Pantheon einer Schlacht errichtet hat, in der es sich selbst besiegte, um dann auf immer und ewig zu den Schwachen zu gehören, ist bezeichnend, und wenn Sie hier leben wollen, Kemal, dann sollten Sie verstehen: die Tschechen stellen ihre Niederlagen zur Schau, somit können sie nie mehr zu den Siegern zählen. Sie haben mit der Zeit gelernt, ihre Herren gekonnt zu täuschen, aber gerade darum haben sie es verlernt selbst Herren zu sein.«

Der Fremde schritt langsam das runde Podium ab und betrachtete aufmerksam das Bild und den genau nachgebildeten steinernen Hohlweg, der die hölzerne Beobachtungsplattform umgab. Dabei zuckte er mit keiner Wimper und sprach auch hier kein Wort. Danach fuhr sie ihn also direkt zum Vyšehrad. Den Spaziergang über die Wälle, von denen aus man den ganzen Hradschin sehen konnte, ließ sie lieber aus, doch sie machte ihn auf das größte Objekt auf dem Friedhof aufmerksam, das mit Marmorplatten und goldenen Namen beschlagen war.

»Das ist der Ehrenhain Slavín, wie ihn unsere Vorfahren benannt haben, die hier im vorletzten Jahrhundert ihre größten schöpferischen Geister beerdigten. Wenngleich ich recht belesen und kunstliebend bin, kenne ich eine gute Hälfte von ihnen nicht mehr. Das lehrt mich stets Demut, wenn ich bedenke, dass ich eine viel geringere Spur in dieser Welt hinterlassen werde.«

Der Fremde schaute und schwieg. Deshalb verriet sie ihm dann lieber auch nicht, dass sie am Ziel waren, dort, wo sie von Anfang an hinwollte. Unter einer Bronzeskulptur eines sterbenden Vogels, der sich den Schnabel mit dem Flügel verdeckte, was sie bei jedem Besuch berührte, genau wie Valtr! waren auf zwei auf dem einfachen Grabhügel liegenden Tafeln mehrere Vornamen mit dem identischen Familiennamen Karlík eingraviert. Nur einer tanzte aus der Reihe: Ludvíka Schönová.

»Grüß dich, Mama«, sprach die Schöne Frau, ohne die Lippen zu bewegen, wie sie es tat, wenn sie auf dem Friedhof in S. mit ihrem Vater und ihrem Mann sprach, »ich bin nun zum zweiten Male gekommen, um dir meinen Bräutigam vorzustellen; Jaromír, den ich geliebt habe und zu kennen glaubte, hat uns beide enttäuscht, dem hier helfe ich nur, und er ist ein Fremder, also erwarte ich nicht viel von ihm, deshalb kann er mich nicht so sehr enttäuschen, ich wollte aber, dass du ihn siehst und uns beiden die Daumen hältst, tschüss!«

Dann tat sie so, als wolle sie sich ein vierblättriges Kleeblatt abpflücken, um mit den Spitzen ihrer Finger die Erde zu berühren. Darauf brachte sie der Taxifahrer nach Nové Butovice. Diese Prager Vorstadt, eine der jüngsten, hatte viel mehr Einwohner als S. und war teils noch im Stil des sozialistischen Realismus, teils unter dem Banner der Postmoderne gebaut worden, zumeist von denselben Architekten. Beide Richtungen unterschieden sich darin, dass die ältere die Langeweile einer Plattenbausiedlung verbreitete und die jüngere alle Baustile vermischte, so wie – versuchte die Schöne Frau dem Fremden kurz das Čapek'sche Märchen wiederzugeben – das Kätzchen und das Hündchen zusammen aus unzähligen Zutaten eine ungenießbare Torte gebacken hatten. Der Fremde nickte stumm.

Vor dem Sitz der Stadtbezirksverwaltung war es menschenleer, nur ein Polizist und eine Polizistin schrieben Strafmandate für die Falschparker. Im Trauungssaal waren aus alten Zeiten bunte Fenster mit volkstümlichen Ornamenten erhalten geblieben, von denen eine Tafel berichtete, sie seien denkmalgeschützt. Die Moderne war durch einen hohen, dicken Zylinder vertreten, der im unteren Drittel durch eine seltsame Stange mit einem ebensolchen niedrigeren, dünnen verbunden war. Das Thema wurde für die Unbedarften mit dem Titel EHE erklärt.

Die Beamtin war anscheinend entsprechend instruiert worden, denn sie empfing sie mit bemerkenswertem Zuvorkommen, wobei sie unaufdringlich betonte, sie und der Herr Standesbeamte wären durch ihre Eheschließung um einen Teil ihrer Mittagspause gebracht worden. Die Schöne Frau wusste dies schon vom Krausköpfchen. Auf seinen Rat hin legte sie auf die Matrikel elegant einen Umschlag mit zwei Fünfhundertkronenscheinen, dafür durfte sie sich aussuchen, welche CD die dankbare Dame dann auflegen würde. Wennschon, dennschon!, sagte sie wieder zu sich und wählte, wie einst im Scherz Jaromír, den Evergreen aus Smetanas *Verkaufter Braut* »Wollen miteinand' durchs Leben wie ein Schwalbenpärchen schweben«. Der Fremde erfuhr von ihr gerade, dass sie vor einer Weile auf dem Friedhof am Grab des Komponisten vorbeigegangen seien, als die Standesbeamtin fragte, wann denn die Zeugen kämen. Dem Vorschlag der Schönen Frau, die Zeremonie ohne diese abzuhalten, konnte sie nicht entsprechen.

»Das Gesetz verlangt zwei glaubwürdige Personen …«, entschuldigte sie sich verwirrt.

»Moment!«, rief die Schöne Frau aus, »warten Sie!«

Und weg war sie. Die folgenden zwei Minuten waren für

die Würdenträgerin und den Fremden kaum zu ertragen. Sie wussten sich beide keinen Rat, als die Tür aufflog. Die Braut tauchte zusammen mit der Frau und dem Mann in den Uniformen der Stadtpolizei auf, die draußen Strafzettel verteilt hatten.

»Ich habe das mal in einem Film gesehen!«

36

Der Fremde, der vor einer Weile ihr Mann geworden war, schwieg auch in der U-Bahn, wenngleich er sich gerade darauf noch früh im Bus gefreut hatte, weil er noch nie damit gefahren war. Sie nahm ihm diese Wortkargheit nicht übel, denn auch sie selbst hatte mit gemischten Gefühlen zu kämpfen. Ab dem Moment, wo sie sich über den Angeboten der sieben Interessentinnen entschlossen hatte, dass er es verdiente, ihm diesen ungewöhnlichen Dienst in einer extremen Notlage zu erweisen, hatte sie genügend Zeit gehabt, sich alles noch einmal zu überlegen. Und ihre Überzeugung, richtig gehandelt zu haben, verfestigte sich.

Sie war schön nur noch in der Erinnerung ihrer Altersgenossen, deren Anzahl sank, sie war zu einer Gefangenen ihres Hauses geworden, das selbst von einem fremden Element umzingelt war. Was würde sie allein dort morgen, in einer Woche, in einem Monat, in einem Jahr erwarten? Die beiden Männer, Julius und Jan, die ihr immer und immer wieder unvergängliche Bewunderung zollten, waren verheiratet und auch schon längst Gefangene ihres Schicksals. Der größte Vorzug des Fremden bestand darin, dass ihm Untugenden fehlten, die sie an ihren Landsleuten überhaupt nicht ertrug. Sie war allerdings weise genug, um zu wissen, dass sie seine

Untugenden nicht kannte. Sie schien jedoch umso zuverlässiger durch eine Vereinbarung geschützt zu sein, die nicht von einem Juristen erdacht worden war, sondern zwischen zwei anständigen Menschen ausgemacht, die einander entgegenkommen wollten.

Sie bewunderte das Gefühl des Fremden für den tatsächlichen Stand der Dinge, als er sie nach dem Ringtausch nur auf beide Wangen küsste, sie selbst hatte ihn dann leicht auf die Lippen geküsst, um keinen Verdacht bei den Amtspersonen zu erregen, dass vielleicht an der Hochzeit etwas nicht in Ordnung sein könnte. So erklärte sie diesen Kuss sicherheitshalber dem Fremden, als sie auf die Straße traten und den Zeugen dankten, die sich erneut daranmachten, Zettel hinter die Scheibenwischer der Autos zu stecken. Er nickte, dass er verstanden hatte.

Zum zweiten Mal überraschte er sie sehr, als er am Eingang zur Metro zum Blumenverkäufer abbog und ihr die teuerste vielblütige Orchidee kaufte. Dann schwieg er wieder und zog sie nur leicht an sich, als sie am Bahnhof Smíchov von einer Welle Reisender, die den Zügen entstiegen, fortgerissen zu werden drohte. Viele unterhielten sich in fremden Sprachen, und die Schöne Frau wurde plötzlich vom wärmenden Wissen beherrscht, dass einer von ihnen sie beschützte, in dessen Brusttasche die Heiratsurkunde mit seinem und ihrem Namen steckte.

Vom Karlsplatz führte sie ihn durch eine Straße nach unten, über die sich auf je zwei Spuren qualmende Aquarien auf Rädern stockend entgegenbewegten, in denen saure Gesichter reglos vor sich hin starrten. Noch einmal versuchte sie, dem Fremden die Vergangenheit dieses Landes näherzubringen, als sie ihm den Sinn der vielen verwelkten Blumen und Kränze an der Mauer der orthodoxen Kirche erklärte. Fünf

Tage zuvor hatte hier eine Trauerfeier für die tschechoslowakischen Fallschirmjäger aus London stattgefunden, die in Prag Hitlers Henker Heydrich getötet hatten und in der hiesigen Krypta im Kampf gegen die deutsche Übermacht gefallen waren. Der Fremde nahm dies zur Kenntnis.

Das Restaurant Mánes war am frühen Nachmittag leer. Die Schöne Frau führte den Fremden, nun ihren Gatten, zum Tisch an der großen Glaswand, unter der das aufschäumende Moldauwasser, in Granitwände eingeschlossen, durch den ehemaligen Mühlgraben zum Gebäude des Nationaltheaters hin strömte, die leuchtende Krone, verriet sie ihm, hatte dem Haus die Bezeichnung Goldene Kapelle eingebracht. Sie hatte sich damit ausgesöhnt, dass ihn dies wieder nicht interessieren würde, und war angenehm überrascht, als er offensichtlich erfreut den Vorschlag annahm, hier zu Mittag zu essen, allerdings unter der Bedingung, dass er sie einlud. Auf ihren Wunsch bestellte er Sekt, und sie empfahl ihm aus der Speisekarte Svícková, den Lendenbraten. Dabei kam sie sich vor wie eine Betrügerin: sie hatte ihn hier gut dreißig Jahre lang nicht gegessen! Die zierliche Serviererin ging los, um zu fragen, und kam mit der Antwort zurück, dem Koch selbst würde sein Lendenbraten schmecken. Dann schwiegen beide.

Die Schöne Frau unterließ weitere Versuche, ihn für irgendetwas einnehmen zu wollen, sie schwelgte in Erinnerungen und hatte viel, worüber sie nachdenken konnte. Das Lokal war die verlängerte Wohnung ihrer Großeltern gewesen, die gleich gegenüber am Kai wohnten. Hier hatte sie auch das letzte Mal mit ihrer Mutter gegessen, ehe man sie ins Krankenhaus brachte, aus dem sie nicht zurückkehrte. Hierher kam sie mit Großmutter und Großvater, wenn sie von ihrem Vater ausgeschickt wurde, Prager Luft zu atmen. Später war sie bei ihren Besuchen in Prag regelmäßig mit Jaromír hergekommen, nachdem er sich von ihr hatte überzeugen lassen, dass sein geliebtes Café Slavia, das sich nur dreihundert Meter weiter befand, eine Bastion von Snobs war, die er als Freigeist so verachtete.

Sie selbst hatte hier den bewegendsten Tag nach ihrer Fehlgeburt erlebt. Auf dem Weg von einer speziellen Untersuchung in der Klinik in Podolí kam sie Anfang November 1968 zum Mittagessen her, doch das Restaurant platzte aus allen Nähten. Zu ihrer Verwunderung sah sie viele Gesichter, die sie seit Januar begeistert im Fernsehen verfolgt hatte, ehe sie nach dem August auf Geheiß der Okkupanten von den Bildschirmen entfernt wurden. Der Geist der Freiheit herrschte noch so, dass sie niemand des Saales voller bekannter Künstler verwies, die unter dem Vorsitz ihres Lieblingsdichters Jaroslav Seifert eine Erklärung unterschrieben, in dem sie sich Solidarität im Widerstand gegen die fremden Interventen und einheimischen Verräter schworen. Sie wollte auch unterschreiben, traute es sich dann aber nicht. Als sie Jaromír ihre Gefühle schilderte, der sie zu Hause vom Bus abholte, bereitete er ihr eine große Freude: einen ähnlichen Schwur hatte er zusammen mit Genossen unterzeichnet, die wie er den Reformprozess in S. leiteten.

Zwei Jahre später schliefen sie das letzte Mal bei der Großmutter, bevor auch sie starb. Sie kamen, weil man Jaromír ins Zentralsekretariat der Partei zitiert hatte. Schon längst hatte er von sich aus alle Ämter niedergelegt, wenn er schon nicht in der Lage gewesen war, die Rückkehr der »Konserven«, wie er sie bezeichnete, zu verhindern, die seiner Ansicht nach das Ende der Hoffnungen des politischen Frühlings verschuldet hatten. Sie und auch er nahmen an, diesmal würde man auch ihn aus der Partei ausschließen, und hatten sich damit abgefunden, dass er nicht weiter als Gynäkologe würde praktizieren können, weil man ihn wie andere beispielsweise von einem Wohnwagen aus Wasserstände auf entfernten Flüssen würde messen lassen. Sie versprach, mit ihm nach überall zu gehen.

Sie wartete im Speisesaal des Mánes auf ihn, wo man sie noch sitzen ließ, als man bereits die Tageseinnahmen zählte. Jaromír kam betrunken an und ließ sich noch einen doppelten Wodka bringen. Verwirrt berichtete er seiner Frau, er habe den Scheißkerlen ins Gesicht geschrien, was er auf dem Herzen hatte, und sie hätten ihn nicht nur nicht ausgeschlossen, sondern davon überzeugt, dass es notwendig sei, die noch gebliebenen Positionen zu halten, damit diese nicht von Kadern aus Moskau besetzt wurden, und dass man ihn zum Schluss auch dazu überredet hätte … sie brauchte lange, um aus ihm herauszupressen, wozu, ehe er hervorstotterte, er kehre in den Stadtausschuss der Partei in S. zurück, um dort um den Preis formaler Selbstkritik zu retten, was zu retten war.

Als er sich bereits vor dem Mánes bei ihr zu entschuldigen versuchte, dass man ihn erpresst habe, nannte sie ihn einen Feigling. Er regte sich so auf, dass er wütend seinen Ehering nach ihr warf und dann floh. Nach dem goldenen Ring suchte sie über Mitternacht allein und fand ihn dann unter Laub dicht am Straßenkanal. Nun trug ihn der Fremde am Finger.

37

Das Wasser trug sie aus der Stille der Tiefe empor zur Oberfläche, wo sie das Rauschen des Meeres hörte. Sie liebte es umso mehr, als sich ein einziger Aufenthalt dort ihr für immer ins Gedächtnis gegraben hatte, wie sie über die unendlich ruhige Wasseroberfläche unter einem unendlich blauen

Himmel auf dem Rücken ihrer Mutter getragen wurde. Wenig später ereilten die Familie drei Schicksalsschläge. Zuerst der Krieg, dann der Tod und schließlich die Kommunisten. Sie war froh, am heutigen Tage wieder hier sein zu können, da sich Jaromír entschlossen hatte, ihr den Aufenthalt am Meer zu schenken, den er ihr im Sommer 1968 versprochen und dann abgesagt hatte. Damals hatte er das darauf geschoben, dass sie hochschwanger war, doch der wahre Grund bestand darin, dass er als Tribun der Erneuerung der kommunistischen Partei, zu dem er für S. geworden war, wie er sagte, das »Schlachtfeld nicht verlassen« wollte. Auch mit geschlossenen Augen war sie sich sicher, dass sie nun seine Hand stützte, denn auch unter Wasser spürte sie intensiv das Eau de cologne Aramis, das sie ihm für Valuta besorgte, die ihr Dr. Julius Mádr verkaufte.

Sie tauchte jedoch nicht in die Sonne, sondern in die Dunkelheit. Der Motor des Busses summte, und unter dem Kopf fühlte sie die Hand des Fremden, dem sie, wennschon, dennschon! einen ungebrauchten Flakon Aramis gewidmet hatte, unter Jaromírs Wäsche gefunden. Sie bewegte sich nicht. Wenn er schlief, würde sie ihn nicht wecken, wenn er wachte, würde sie ihm und ihr selbst die Unsicherheit ersparen, ob sie sich aus der Umarmung befreien sollte oder nicht. Mit zugekniffenen Augen sah sie Sterne, doch kaum hatte sie deren erhabene Unbeweglichkeit über dem schnell fahrenden Bus bewundert, begannen sie, wild zu tanzen. So erkannte sie die Serpentinen, die die Vorstadt von S. ankündigten.

Der Nachtbus des Stadtverkehrs sollte erst in zwanzig Minuten fahren, und die Schöne Frau schlug daher dem Fremden vor, nach Hause zu laufen, doch er weckte ohne zu zögern einen Taxifahrer, der vor dem Busbahnhof stand, ließ ihr den Vorrang und stieg dann selbst von der anderen Seite ein.

Nachdem er großzügig bezahlt und die Haustür aufgeschlossen hatte, begann er nach langer Zeit zu sprechen.

»Darf ich Sie, Frau Rosana, noch zu mir auf eine gute Flasche einladen? Ich habe in einer Vinothek eine levantinische Rebe gesucht und auch gefunden, die der unseren ähneln soll.«

Das Problem, über das sie sich im Taxi den Kopf zerbrochen hatte, wie sie diesen Tag ausklingen lassen sollte, wurde damit nur hinausgeschoben, doch sie entschloss sich, es vielleicht etwas zu energisch, aber sofort zu lösen.

»Ich bin müde und Valtr hat sicher Angst, verschieben wir das auf morgen …«

»Ich wollte Ihnen doch nur erklären, worüber ich heute den ganzen Tag geschwiegen habe.«

Das konnte sie nicht ablehnen. Nach oben ging sie lieber nicht, sie legte in der Küche den Mantel ab, versorgte die Orchidee und betrat erst zum dritten Mal das Reich des Katers und des Gerippes. Der Fremde, der schon zehn Stunden lang ihr Mann war, bat sie in den Lehnsessel mit dem Rücken zu seiner Eva, und als er zwei Kelche und eine offene Flasche aus der Küche herbeibrachte, hatte er Alibaba wie eine große Boa aus Wildkatze um seinen Hals hängen. Die normalerweise lauernden Augen waren diesmal verschlafen nett und schlossen sich bald. Sein Herrchen kostete den Wein, goss ihr und sich ein und trank der Schönen Frau noch immer wortlos zu. Er wartete auf ihre Reaktion, und als sie nickte, begann er zu sprechen.

»Ich denke, Sie werden mich verstehen, denn ich bin gemerkt, also ich habe für mich gemerkt! ich mache, wie Sie sicher schon wissen, die meisten Fehler, wenn ich aufgeregt bin, nun, ich habe also gerade heute gemerkt, dass auch Sie schweigend sprechen können, wie mir beim Blick von der

Burg Ihrer Könige der Gedanke auf dem Herzen drückt, dass Kurden wohl nie ihre Hauptstadt werden sehen, und schon gar nicht so eine, wie Sie gebaut haben, die schon bei einem Blick allein ein Zeugnis von Kraft und Verstand all ihrer Generationen ablegt …«,

der Fremde trank einen Schluck und fuhr fort,

»… als ich dann die Schicksalsschlacht der Tschechen gegen die Tschechen betrachtete, die dann trotzdem worden, wurden!, was sie heute sind, ein stolzes Volk mit Geschichte und Zukunft, ich habe im Geiste mit endlosen Brudermordkriegen der Kurden gegen Kurden gehadert, die gezwungen sind, einander zu töten in Uniformen von Iranern, Irakern, Syrern und Türken, und ich dachte, wir müssten mindestens vier Denkmale in jeder Generation errichten, nur haben wir dafür keinen Ort …«,

der Fremde befeuchtete seine Lippen und fuhr dann fort,

»… als wir über diesen wunderschönen Friedhof gingen, wo ich bemerkte, dass Sie wie ich in Gedanken sprechen, als Sie dort unter dem Denkmal des sterblichen Vogels so zärtlich das Gras berührten, als wollten Sie jemanden Teuren dort unten streicheln, habe ich vor Traurigkeit geschrien, weil bei Ihnen jeder Tote seinen Platz hat, wo er würdig zu Staub werde, und sah wieder den nur eilig mit Erde zugefüllten Krater vor mir, wo das Erdreich so wackelte wie ein Sumpf, wie darin fünftausend Körper verschmolzen, auch meine Mutter, meine Frau, mein Bruder, meine Schwester, unsere Kinder und unsere Enkel, und ich wusste, dass an dem Ort Steine aufgeschüttet werden, damit man keinen wieder ausgraben kann, und wenn die Erde zur Ruhe kommt, wird man auf diesen Körpern ein weiteres Dorf bauen, das man später wieder vernichten wird …«,

der Fremde trank ein wenig und sprach dann weiter,

»… und als Sie mir die Stelle an der Straße zeigten, wo Sie noch halbes Jahrhundert später ihre Soldaten dafür ehren, dass sie den Hauptokkupanten getötet haben, musste ich in meinem Inneren vor Neid schreien, dass man keine kurdische Exilregierung hat, damit sie auch mir eine Waffe gibt und mich nach Bagdad sendet, wo ich, Auge um Auge, Zahn um Zahn! das sagen Koran wie Bibel, den Hauptmörder der Kurden töten kann, der in allen freien Ländern der Welt Botschafter haben darf und mir deshalb auch hier bei Ihnen den Mund verschließt, so dass ich auch über den Gasmord schweigen muss, den er angeordnet hat …«,

der Fremde tat einen langen Zug und fuhr fort,

»doch am lautesten habe ich in dem Restaurant geschwiegen, wo Sie in sich zusammengerutscht sind und wohl an etwas Schlimmes dachten, und ich schaute also, um nicht Sie stören, auf das Theater mit der goldenen Krone, aber nahm nur Sie wahr, denn ich bewunderte, wie Sie für mich, wie man bei Ihnen sagt, über Ihren Schatten gesprungen sind, und so habe ich Ihnen dafür kurdische Hochzeitslieder gesungen, und meine Familie ist aus dem Sumpf erstanden und hat um Sie herum getanzt, und jeder von ihnen hat Ihnen die Hand geküsst, von Urenkelinnen bis zu meiner Frau.«

Der Fremde setzte den leeren Kelch ab, zog sich Jaromírs Ehering vom Finger und legte ihn vor die Schöne Frau auf den Tisch.

»Tragen Sie ihn lieber noch eine Weile«, sagte sie beim Aufstehen, als Sie nach seinen Schilderungen wieder zu sich gekommen war, »damit Ihr Antrag auf Erteilung unserer Staatsangehörigkeit glaubwürdiger erscheint …«

38

Wie soll man mit einer Geschichte umgehen, die auch nach siebenunddreißig Fortsetzungen weder dem Autor und noch weniger dem Leser andeutet, ob sie auf ein Happyend oder auf eine Katastrophe zusteuert? Bis jetzt hat es für mich den Anschein, dass sie beides anpeilt. Alles, was bisher geschehen sollte, ist geschehen, doch der Faden der tatsächlichen Handlung scheint sich erst jetzt zu entwirren. Soll er nicht aus einem der Computer gesponnen sein, die TV-Serien nach dem Durchschnittsgeschmack der Zuschauer produzieren, sondern zu einem glaubwürdigen Kampfplatz zweier menschlicher Schicksale werden, bleibt nichts anderes übrig, als weiter geduldig im Inneren der Schönen Frau zu forschen, dem Fremden von den Lippen abzulesen und beiden zu wünschen, dass ihnen die Sterne wohlgesonnen seien mögen.

Der Tag nach der Hochzeit war ein Freitag. Der Bräutigam erhielt von seinem ehemaligen Konkurrenten zwei Tage frei und hatte es der Braut schon am Mittwoch mitgeteilt; da er jedoch keinen Kommentar erhalten hatte, ging er heute normal zur Arbeit. Die Schöne Frau begrüßte dies als Rücksicht, wie sie sie auch von Dr. Mádr und Ing. Schnellreich erfuhr, die sich Gratulationen oder gar Blumen verkniffen hatten. Eine Hochzeit dieser Art konnte schlecht Flitterwochen auf dem Programm haben! Zum Lohn wollte sie dem Fremden ein gutes Abendessen bereiten, und weil sie es immer noch nicht geschafft hatte zu fragen, wie es bei Moslems mit dem Freitag aussah, kaufte sie Fisch.

Auf dem Weg ins Zentrum kämpfte sie immer wieder mit dem Gedanken, zum Friedhof zu gehen. Zwar hatte sie nicht das Gefühl, sich entschuldigen zu müssen, doch sie konnte auch auf nichts stolz sein. Doch plötzlich war ihr die ständige

Beichte zuwider, warum sie etwas tat und wie es die beiden werteten; ihr Vater hatte ihr sowieso nie geraten, und Jaromír müsste ihr nicht auch noch auf dem Friedhof die Leviten lesen!

Sie erinnerte sich, dass sie ähnlich über sich hinausgewachsen war, damals, als sie echt geheiratet hatte, so als habe dieser Akt von einer bloßen Viertelstunde die langjährige, fast krankhafte Abhängigkeit von ihrem Vater zerschlagen, den sie doch wirklich liebte, weil er sein Privatleben geopfert hatte, um ihr die Mutter zu ersetzen. Damals hatte sie für lange Zeit bereitwillig seine Sicht der Welt für die Jaromírs eingetauscht, und trotzdem fühlte sie sich absolut unabhängig. Diesmal schien sie sich plötzlich aus der seltsamen Fessel befreit zu haben, die sie zwang, zwischen dem guten und dem bösen Jaromír zu unterscheiden, und so war sie nicht in der Lage, den einzigen loszuwerden, der durch eigenes Verschulden so schlecht geworden war.

So als habe sie gerade diese Pseudohochzeit gebraucht, um einen dicken Schlussstrich unter etwas zu ziehen, was sie einst nicht nur schwer beschädigt hatte, sondern das auch noch so fest an ihr haftete, dass sie sich mit der Zeit mitschuldig fühlte. Wie anders konnte sie sich sonst erklären, warum sie in den besten Jahren einer Frau allein geblieben war, wenngleich es genügend Verehrer gab, die sie auch aufrichtig achtete? Hatte ihr Jaromírs Verrat die Kraft gegeben, ihn zu verlassen, hatte ihr sein Tod wiederum Selbstbewusstsein, Willen und damit auch Kraft genommen, die sie für einen Neubeginn gebraucht hätte. Jetzt schien alles Verlorene zurückzukehren.

Als sie vom Einkaufen heimkam und das Abendessen zubereitete, erneuerte sie auch ihre vertrauensvolle Beziehung zu ihrem Liebling Valtr, den sie in letzter Zeit, wie sie sich eingestand, gefühlsmäßig vernachlässigt hatte, warum eigentlich?

wunderte sie sich, wenn sie dieses Gefühl für niemanden anderen brauchte. Sie hatte einfach keine Zeit, an ihn zu denken! erklärte sie sich, der geplante Schritt in eine Vernunftehe hatte sie mehr beschäftigt, als sie sich vergegenwärtigte. Er saß ihr dann auch beim Abendessen auf der Schulter, flog nicht zu dem Fremden, so als könnte er nicht genug von mir bekommen! dachte sie ergriffen, doch gleich bremste sie sich wieder, oder hat er vielleicht Angst um mich?

Der Abend verlief normal, der Fremde erzählte ihr ausführlich von der Baustelle und fragte nach tschechischen Redensarten, die er nicht verstand und die Ingenieur Zollstock immer über den Plänen der Architekten vor sich hin brabbelte, wie »Aus Scheiße kann man keine Peitsche flechten!«. Valtr schlief auf ihrer Schulter ein, und sie entschuldigte sich um zehn Uhr, nun auch schlafen zu gehen. Um das erste und wahrscheinlich peinliche gemeinsame Wochenende zu überbrücken, erklärte sie, die nächsten zwei Tage bleibe sie oben, um die Post und anderes Liegengebliebenes zu erledigen, doch sie habe für ihn den Kühlschrank zur freien Verfügung gefüllt. Es war nicht das erste Mal, dass sie samstags oder sonntags nicht nach unten kam, deshalb glaubte sie, ihn nicht zu verletzen, sondern ihm beizubringen, dass auch weiterhin jeder von ihnen sein Leben führen würde.

»Und gewöhnen Sie sich daran, dass Sie hier zu Hause sind!«, wünschte sie ihm dann beim Gutenachtsagen.

Die beiden Tage schaltete sie kein Radio an und spielte auch keine ihrer Lieblingsplatten oder die ihres Vaters ab, da sie immer horchte, ob er das Haus verließ. Und als sie in der ganzen Zeit nur einige Male die Tür zur Küche und zu seiner Wohnung hörte, musste sie zugeben, dass sie das freute. Auch wenn er nur zum Schein mit ihr verheiratet war, nahm er so viel Rücksicht, dass er nicht sofort ausschwirrte.

Fast genauso verliefen die gesamte nächste Woche und das Wochenende. Neu war, dass er sie am Freitag beim Abendessen fragte, ob sie ihn nicht am Sonntagabend zu den Knochen abfragen könne. Er sei entschlossen, meinte er, sich in Prag für die Medizinprüfungen anzumelden, doch er wolle sich nicht zum Narren machen und allen Kurden grenzenlose Schande bereiten. Sie wandte ein, sie habe von Knochen nicht die geringste Ahnung, doch als sie Valtr nach oben brachte, bat er sie noch einmal und drückte ihr das Buch in die Hand, das sie im Krankenhaus gesehen hatte. Also zeigte sie mit seinem Lineal wie eine Lehrerin auf das Skelett und musste bestätigen, dass ihr Schüler fleißig gelernt hatte. Alibaba rührte sich nicht aus seiner obersten Loge hervor.

Hat es einen Sinn, die nächste, fast gleiche Woche und das Wochenende zu schildern, ohne dass sich der Autor peinlich wiederholt und den Leser langweilt? Ist es moralisch vertretbar, die zarte Handlung mit Nebenepisoden aufzublähen, den Papierspender Wald um einen weiteren Baum zu bringen und völlig unsinnig den Buchpreis hochzutreiben? Das sei ferne! Licentia poetica nennt man die Freiheit der Dichter, beim Erzählen jegliche gewählte Ordnung zugunsten des Wirkungsvolleren zu stören. Verlassen wir also die nicht enden wollende Exposition und suchen wir endlich nach einer heftigen Kollision!

An einem Vorabend im Sommer, der auf ähnlich vorherige Wochen folgte und ähnlich weiteren Wochen vorausging, stieg die Schöne Frau aus dem Stadtbus, erwiderte die Grüße der alten Vietnamesen, der jungen Türken, des Bosniers und sogar auch einiger Nichtanpassungswilliger, was ihnen in liebevoller Fürsprache der Fremde beigebracht hatte, nachdem sie seine Frau geworden war, sie betrat das Haus und wollte den Einkauf in den Kühlschrank stellen, ehe sie Valtr holte.

Sie schaute auf und erstarrte. Auf der Dunstabzugshaube saß der seltsam gesträubte Alibaba und durchbohrte sie mit den Augen. Dann fauchte er und sprang sie an.

39

Da war er wieder, der Kater gewordene Teufel, derselbe, der sie im Wagen unter den Kastanien bei den Malešíks angesprungen hatte, und wenn ihre Mutter nicht gewesen wäre, hätte er sie sicher in die Hölle verschleppt, wie sie noch lange glaubte; auch wenn sie später darüber lachte, wich sie Katzen trotzdem lieber aus und hätte nie eine über ihre Schwelle gelassen, wenn nicht dieser unglückselige Sturz von der Treppe gewesen wäre, der schon so viele Folgen nach sich gezogen hatte!

Als sie diese schreckliche Szene später in Ruhe vor sich ablaufen ließ, musste sie zugeben, dass diese nur wenige Sekunden gedauert hatte. Ihr aber kam sie unendlich lang vor, da sie mit vielen Bewegungen und noch mehr Gefühlen verbunden war. Zuerst versuchte sie, das Tier, das sie von hinten mit seinen Pfoten am Hals festhielt, mit wilden Gesten abzuschütteln, doch als das Gewicht auf dem Rücken nicht abnahm, griff sie in das ehemalige Schmalzfass ihrer Mutter, in dem schon immer Kochlöffel, Quirle und anderes Küchengerät steckten, und zog blindlings das erste hervor, das ihr in die Finger kam. Es war eine massive Schöpfkelle, mit der sie versuchte, den Angreifer von ihrem Rücken abzuschütteln. Für einen Moment gelang es ihr, allerdings um den Preis, dass der Kater beim Fallen das Schmalzfass zu Boden riss.

Die Tonscherben waren noch nicht überall verstreut, als der Kater sie diesmal von vorn angriff. Sie konnte mit der linken Hand die Augen bedecken und mit der rechten erneut den Angriff abwehren, wahrscheinlich hatte sie ihn auch getroffen, denn er schrie auf und floh aus der Küche, bog jedoch nicht in die Nachbarwohnung ab, sondern rannte mit großen Sätzen die Treppe hinauf in Richtung Salon. Die Schöne Frau war entsetzt, denn sie war sich nicht sicher, ob sie nach dem Verlassen oben die Tür abgeschlossen hatte. Valtr!! Sie jagte dem Raubtier nach die Treppen hinauf und holte es atemlos ein, als es nach der Klinke sprang, sicher hätte es die Tür geöffnet, wenn es sich daran geklammert hätte! Wieder traf sie mit der Schöpfkelle, der Kater schrie von neuem laut auf, und wie er in Panik die Treppen hinab ins Erdgeschoss floh, hätte er sie fast umgerissen.

Mit zitternden Fingern öffnete sie die Tür zum Salon, zog den Schlüssel aus dem Schloss und sperrte von außen ab, falls dieser Bösewicht einen neuen Versuch unternehmen sollte. Dann lief sie nach unten, welch Wunder, dass sie nicht wieder stürzte. In der Küche und im Gang konnte sie das Tier nicht erblicken, dafür sagte ihr die halboffene Tür zum Zimmer des Fremden, dass es von da gekommen und auch dahin verschwunden sein musste. Sie setzte sich auf die zweite Treppenstufe und zitterte wie bei einer schweren Grippe. Sie hörte nicht auf zu zittern und konnte auch nicht aufstehen. Und so, immer noch mit der Schöpfkelle in der Hand, fand sie der Fremde.

Selbst bei ihrer momentanen Unzurechnungsfähigkeit musste sie mitbekommen, dass auch er erschrocken und verwirrt war, wie sie ihn noch nie gesehen hatte. Zuerst hatte er beim Anblick der Küche angenommen, sie sei von jemandem der Nichtanpassungswilligen überfallen worden, weil sie sich hatte überlisten lassen und die Tür geöffnet habe, er wollte sofort in die ehemaligen Häuser der Väter am

Ende der Straße laufen, um das zu klären und die vermeintlichen Täter an Ort und Stelle auch ohne Polizei ihrer gerechten Strafe zuzuführen. Als sie ihm endlich zu verstehen geben konnte, dass sein Alibaba der Angreifer gewesen war, zitterten auch seine Hände.

»Das ist nicht …«, er hielt rechtzeitig inne, bevor er sie zu allem Überfluss der Lüge bezichtigt hätte, »das ist auf meine Seele das erste Mal, das er jemanden angreift, ich verstehe überhaupt das nicht …«

»Wahrscheinlich wollte er sich an mir rächen«, sprach sie verspätet eine Vermutung aus, die sie längst hatte.

»Wofür denn? Sie haben ihm nie etwas angetan!«

»Aber er hat verstanden, dass ich ihn nicht mag. Er hat erkannt, dass ich es bin, die ihm nicht erlaubt, sich frei im Haus zu bewegen!«

»Ich verstehe aber nicht … ich verstehe überhaupt nicht, wie er das Zimmer verlassen konnte …«

»Ich verstehe das schon. Ich habe gesehen, wie er auf die Klinke der Tür zum Salon gesprungen ist, es hat wenig gefehlt, und er hätte die Tür mit seinem Gewicht geöffnet, so wie er es wahrscheinlich bei Ihnen gemacht hat.«

»Ein Glück, dass es ihm nicht gelungen ist«, sagte der Fremde, »aber Sie müssen sie künftig abschließen.«

Einen Augenblick lang hatte sie den Eindruck, sich verhört zu haben, und als sie sich vergegenwärtigte, dass er das wirklich gesagt hatte, konnte sie sich nicht mehr beherrschen.

»Schließen Sie Ihre Türe zu«, schrie sie heraus, was sie auf dem Herzen hatte, »ich bin hier zu Hause!«

Sofort wusste sie, dass sie stark übertrieben hatte, und er bestätigte es ihr auch sofort.

»Entschuldigen Sie, Frau Rosana«, er häufte Fehler auf Fehler wie immer, wenn er die Fassung verlor, »aber vor nicht lang haben Sie mir gesagt, ich auch. Deshalb habe ich lange nicht geschlossen, damit sehen Sie, wie ich zu Hause hier fühle. Jetzt werde ich auf Sicherheit abschließen, aber Schlüssel werde auf die Schwelle liegen, wenn etwas geschehen und Sie oder irgendjemand hineinwollen.«

Dies war freilich von einer beeindruckenden Logik, und sie spürte, dass sie ihre übertriebene Härte herunterspielen musste, um sich nicht entschuldigen zu müssen.

»Mein Gott, so viel ist ja nicht passiert«, sagte sie also entgegenkommend, »und Tiere haben ja auch Gefühle, vielleicht hat es Alibaba durcheinandergebracht, dass die Tür unerwarteterweise aufging und er auf einmal nicht mehr wusste, was er tun sollte!«

Sie bemerkte, wie dankbar er für diese Wende des Gesprächs war, und wollte die unselige Episode vollkommen ungeschehen machen. Sie stand auf und ging zur Küche.

»Kommen Sie, Kemal, ich habe etwas als Erste Hilfe hier unten in der Kredenz, wir trinken den Schreck runter und passen das nächste Mal beide besser auf.«

»Ja, sehr gern«, sagte er, wirkte aber immer noch verschreckt.

Sie beobachtete seinen Blick, den er zur Tür der unteren Wohnung schickte, und forderte ihn selbst auf:

»Schauen Sie doch nach, ob er in Ordnung ist, ich habe Angst, dass ich ihn etwas zu heftig erwischt habe, zwar nur mit der Schöpfkelle, aber ein bisschen weh getan hat es sicher.«

Er gehorchte sofort, und sie schloss inzwischen endlich den Kühlschrank, sammelte die auf dem Fußboden verstreuten Küchengeräte aus dem kaputten Schmalzfass auf, steckte sie Stück für Stück in den lange nicht mehr benutzten Mörser und fegte flink die Scherben zusammen, damit nichts an den unglücklichen Zwischenfall erinnerte. Er kehrte eine Weile später zurück und versuchte auch, es lockerer zu nehmen.

»Alibaba entschuldigt ihm sehr! Als im Spiel die Tür aufging und er sich in die Küche verirrte, wo er nie vorher gewesen, ist er sehr erschrocken und hat den Kopf verloren. Die paar Stöße hat er verdient und verspricht, dass es nicht mehr vorkommt!«

Sie war jetzt nicht in Stimmung, um seine vielen Fehler zu korrigieren.

»Trinken wir also drauf«, schlug sie versöhnlich vor, »und vergessen wir das.«

»Lieber nicht«, sagte er, »damit es nicht wiederholt. Und Sie, Frau Rosana, würde ich gern morgen Abend zu einem Abendessen ausführen für alle, mit denen Sie uns bewirtet haben.«

40

Wieder ging sie nicht auf den Friedhof, und es freute sie, dass sie kein schlechtes Gewissen mehr hatte. Sie war dem Fremden für die Befreiung aus der Abhängigkeit von den Toten so dankbar, dass sie die Begegnung mit seinem Kater schnell verdrängte: wie sie sein Herrchen kannte, würde er eine Wiederholung nicht zulassen. Sie fragte ihn nicht, wohin er sie einladen wolle, doch sie dachte, sie würden nur über die Straße ins Istanbul gehen, früher Zum Malešík. Der Fremde kam am Freitag früher als gewöhnlich, und dann hörte sie ungewöhnlich lang Wasser laufen. Auch das kam ihr noch nicht seltsam vor, und so war sie, als er im Anzug erschien, den er auf der Hochzeit getragen hatte, überrascht. Und da draußen schon das Taxi hupte, das er noch von der Baustelle aus bestellt hatte, wollte sie nicht durch Umkleiden aufhalten.

Dann bedauerte sie dies umso mehr, als sie vor dem Grandhotel hielten. Schon lange glänzte es für sie nicht mehr so in der kindlichen Erinnerung aus der Zeit der ersten Republik, als sie den Eltern geglaubt hatte, der Weihnachtsbaum mit allen bunten Lichtern, den Goldkugeln und den Silberketten wachse wirklich in der Eingangshalle, aber es roch auch nicht mehr nach Schimmel und Chloroform wie in den Achtzigern, bevor es wegen notwendiger Sanierungsarbeiten geschlossen werden musste. Auch diese liefen dann nach den Vermögensrückgaben in drei Phasen, als die Enkel der ehemaligen Eigentümer miteinander im Streit lagen, ehe der jetzige gekommen war, der nicht genannt werden wollte, doch er gab dem Gebäude seinen ursprünglichen Glanz zurück. Man munkelte, es sei ein Russe, der im August 1968 als frisch eingerückter Okkupant in S. war und dann zu Hause unter Jelzins Privatisierung Petrodollarmilliardär geworden sei.

Sie war dann einige Male mit Dr. Mádr junior zum Abendessen hier gewesen, als er sie, wenngleich verheiratet, ernsthaft zum zweiten Mal umwarb, deshalb wusste sie auch, dass das Etablissement zwar nicht in der Qualität der Bedienung und im Angebot mit ähnlichen Etablissements in der Hauptstadt Schritt hielt, wohl aber preislich. Nun überlegte sie, ob sie ihren unerfahrenen Gastgeber nicht lieber warnen sollte, dass er stärker zur Ader gelassen werde, als er ahne, dann aber entschloss sie sich, ihn nicht in seinem Anflug männlichen Stolzes zu stören und erst im Notfall zu handeln. Schlimmstenfalls könnte sie ja immer noch mit ihrer Kreditkarte Hilfe anbieten!

Längst hatte sie sich daran gewöhnt, dass die meisten in S. sie nicht mehr kannten, was ihr sogar angenehm war. Die

Aura der Schönen Frau störte sie immer mehr, als die hinzukommenden Jahre den schmeichelnden Beinamen aus ihrer Jugendzeit für sie selbst anzweifelten. Seit ihrem letzten Besuch hatte hier das Personal gewechselt, und sie war überrascht, wie ehrerbietig sich der Kellner im Frack dem Fremden gegenüber verhielt. Allerdings hatten sicherlich Jaromírs gut geschneiderte Sachen ihren Anteil daran, doch sie musste zugeben, dass die Hauptrolle sein Aussehen und sein Verhalten spielten, er sah eher aus wie ein konservativer Diplomat, ein erfolgreicher Händler aus den Emiraten oder ein exotischer Professor der Bohemistik, ganz und gar nicht wie ein einfacher Polier. Diesen Eindruck schwächten seltsamerweise sein Tschechisch, das zu den ersten beiden Typen überhaupt nicht passte, und bald auch die Unkenntnis des Parketts ab, das er sich für seinen kulinarischen Tanz auserwählt hatte. Noch bevor man ihnen die in Leder gebundenen und auf Kreidepapier gedruckten Speisekarten brachte, konnte sie einen Vorwurf nicht unterdrücken.

»Hätten Sie mir gesagt, dass Sie heute ein Monatsgehalt durchbringen wollen, hätte ich mir die entsprechende Robe besorgt. Übrigens habe ich das leider schon, wie man bei uns sagt, bei unserer Hochzeit verpennt.«

»Darüber wundere ich mich nicht«, wollte er sie trösten, »für mich war sie viel wichtiger als für Sie. Sie haben nur unter die Augen geheiratet, wie man das bei Ihnen sagt, um mir zu helfen.«

»So habe ich das überhaupt nicht gemeint«, stockte sie, doch glücklicherweise musste sie ihre Entschuldigung nicht ausweiten.

Wieder kam der erhabene Kellner und sprach sie beide immer noch respektvoll an.

»Darf ich den Herrschaften mit einem Aperitif dienen?«

»Nein, nein!«, wehrte der Fremde ab, »bringen Sie uns gleich eine ganze Flasche!«

»Zu Diensten. Und was für eine darf es sein, mein Herr?«

»Nun, selbstverständlich das Beste, was Sie hier haben.«

»Zu Diensten«, wiederholte der Kellner und versicherte sich noch einmal, »also einen Jahrgangschampagner?«

Die Schöne Frau verstand, dass er den Fremden durchschaut hatte und ihn zum teuersten Getränk drängte, und entschloss sich, die unsinnige Ausgabe zu verhindern. Schnell schlug sie die entsprechende Seite in der Karte auf und wandte sich mit einem bezaubernden Lächeln an beide Männer.

»Wenn ich mir etwas aussuchen dürfte, dann meinen geliebten Pommery!«

»Zu Diensten«, sagte der Kellner zum dritten Mal, allerdings schon leicht respektlos, und schritt von dannen.

Der Fremde durchschaute ihr Spiel und verbarg nicht, dass sie an seine Ehre gerührt hatte.

»Das ist sicher das Billigste, nicht wahr? Aber ich bin nicht gekommen, um an Ihnen sparen.«

»Kemal, ich wollte Ihnen nicht zu nahe treten, aber das andere ist nur teurer, geschmacklich kann das vom ersten nur ein absoluter Kenner unterscheiden, glauben Sie mir! Und was meine Scheinheirat betrifft, wie wir hier sagen, denn unter die Augen dürfen wir uns nur kommen oder auch nicht, wenn wir einander mögen oder eben nicht, seien Sie nicht sinnlos bescheiden! Sie helfen doch auch mir sehr viel. Sagen wir lieber Vernunftehe dazu, ja?«

»Und wie wird das eigentlich, wenn ich die Aufenthaltsgenehmigung bekomme?«, fragte er.

»Dann wird Julius für Sie sofort die Zuerkennung unserer Staatsangehörigkeit beantragen.«

»Ich meinte, wie das dann mit uns beiden wird …«

Es überraschte sie sehr, dass er ihr eine Frage stellte, die sie sich logischerweise schon längst hätte stellen sollen. Nun hatte sie keine Antwort darauf, und so war sie wieder dankbar für die kleine Pause, die ihr die Rückkehr des Hilfskellners mit einem Piccolo und einem Eisbehälter bescherte. Als er ihnen eingegossen hatte, konnte sie die ausweichende Antwort schon mit einem aufrichtigen Trinkspruch verbinden.

»Solange wir beide uns brauchen, zerbrechen wir uns darüber nicht den Kopf, das Leben wird es selbst am besten wissen. Nun danke ich Ihnen, dass Sie unsere Hochzeit von der Ebene Sekt auf die Ebene Champagner gehoben haben. Ich weiß das sehr zu schätzen und trinke darauf.«

»Und könnten wir uns nicht noch mehr brauchen?«

Nun hatte er sie so überrascht, dass sie den Kelch nicht bis zu den Lippen führte. Er hatte ihn noch nicht einmal angehoben.

»Wie mehr …?«

»So. Wie Frau und Mann. Wir sind beide verwitwet. Und beide allein.«

»Und beide raus aus der Saison!«, sagte sie hart, »ich als Frau ganz sicher mehr als Sie!«

»Aber immer noch schön«, trank er ihr endlich zu, »und ganz voller Leben!«

41

Weitere Peinlichkeiten konnte die Schöne Frau unauffällig verhindern, und so hielt das Personal des Grandhotels ihn wohl für einen Emigranten, der irgendwo auf eine Goldader gestoßen war, und in Erwartung eines entsprechenden Trinkgeldes versuchte man, ihm die gebührende Achtung angedeihen zu lassen. Der Ober hatte wahrscheinlich Erfahrung darin, dass gerade Millionäre zu den sparsamsten Gästen zählten, und so zuckte er mit keiner Wimper, als die Schöne Frau zum Champagner schwarzen Kaviar Malossol ablehnte und stattdessen den viel preiswerteren roten Keta wählte. Dann übersetzte er ihnen sogar noch dienstbeflissen die Namen der Speisen, die sie selbst im Tschechischen nicht verstanden, so entdeckten sie unter der Tabatiere Admiral Nelson und Mozart-Becken ein normales englisches Beefsteak und ein Wiener Schnitzel. Als auch der Sommelier verstanden hatte, dass sich die Dame mit Wein auskannte, versuchte er gar nicht erst, den Baron Rothschild oder den Marquis de Pontiac anzubieten, er zwang ihnen auch keine schweren Archivweine aus Südmähren auf, sondern riet ihnen zu der sehr gut trinkbaren Marke Ludmila von den nahe gelegenen Weinbergen der Herren Lobkowicz in Melnik am Zusammenfluss von Moldau und Elbe.

Ihr war es auch zu verdanken, dass sie nicht mehr auf das heiße Thema zurückkamen, als sie ihn bat, ihr endlich mehr darüber zu erzählen, wo und wie das Schicksal eines Sohnes zweier Ärzte, der der erste kurdische Chirurg im Irak hatte werden wollen und dann der erste kurdische Polier in Böhmen wurde, zu Bruch ging. Da er jetzt nicht unter Druck stand, schilderte er konzentriert, frei und fast fehlerfrei die Geschichte, die in einigen Dingen denen ähnelte, die sie aus ihrer zweimal okkupierten Heimat kannte, wobei diese jedoch einen unverhältnismäßig milderen Verlauf nahmen. Der Fremde lief Zickzack zwischen Galgen und Massengräbern bis hin zu dem größten, das zu einem Sumpf voller Körper seiner Familie geworden war. Doch darüber sprach er nicht noch einmal und bat sie um Verzeihung, dass er überhaupt auf ihren Wunsch einging und so das gute Abendessen verdarb.

Es stimmte, dass sie nicht wahrnahm, was sie aß, weil sie an seinen Lippen hing und seine Schilderung sie in ihren Bann zog wie in eine andere Art Moor, doch gegen seine Entschuldigung verwehrte sie sich, erst nun wisse sie, sagte sie ergriffen, wie gut sie gehandelt habe, als sie durch diese Extremlösung seine Ausweisung in Gebiete verhindert hatte, wo ihn entweder eine abstumpfende Knechtschaft oder ein gewaltsamer Tod erwartete. Dann sagte sie einen Satz, den sie plötzlich nicht mehr unterdrücken konnte.

»Ich wäre wirklich sehr froh, lieber Kemal, wenn Sie aufhören könnten, sich als mein Untermieter zu betrachten.«

Ganz entgegen ihren Gewohnheiten verschmähte sie auch das Dessert nicht, und wenngleich sie den Champagner und den Wein fast allein ausgetrunken hatte, bat sie sogar noch um einen Digestif, was sie sofort vereinfacht als Cognac übersetzte. Es freute sie, dass man nicht mehr versuchte, ihnen den dreißig Jahre alten Armagnac aufzuschwatzen und gleich den normalen Hennessy anbot. Der Gastgeber schloss mit einer Orangenlimonade und ließ sich wohlerzogen nicht in die Rechnung blicken, doch der außerordentliche Dank des Obers zeugte davon, dass er wohl seine Erwartungen übertroffen hatte.

Reichlich Trinkgeld erhielt auch der Taxifahrer, und der Fremde bat sie zu Hause, noch ein Glas Arrak mit ihm zu trinken, zur Versöhnung mit Alibaba. Das konnte sie ihm nur schwer abschlagen, doch wieder setzte sie sich mit dem Rücken zum Skelett – wie sagt man das eigentlich in weiblicher Form, überlegte sie, die Skelettin? – und wurde gleich darauf unsicher, als sie bemerkte, dass der Kater in der untersten

Loge dicht über ihrem Kopf schlief. Sofort drehte er sich jedoch auf den Rücken, als wolle er durch den bloß liegenden Bauch seine Friedfertigkeit bekunden, fast zu auffällig! schien es ihr, spielte er nicht eine Komödie auch mit seinem Herrchen, um zu verdecken, wie sehr er sie hasste? Das schlechte Gefühl bewirkte, dass sie sich bald verabschiedete, und das Glas, das er ihr frisch eingegossen hatte, zu ihm hinüberschob.

Sie absolvierte das normale Ritual mit dem wach gewordenen Valtr, der auch um Mitternacht ihre Bekräftigung einforderte, er sei herrrlich, teuerrr und Grrraf, und ehe sie ihn für die Nacht zudeckte, setzte sie sich an den Käfig, um ihm ihr heutiges Problem anzuvertrauen.

»Dass er absolut verschwenderisch lebt, ist seine Sache, er hat niemanden, dem er Geld schicken könnte, und ich glaube nicht, dass er mit unserem rechnet, wie Julius denkt und vielleicht auch du, oder?«

Valtr durchschnäbelte gründlich sein Gefieder, als würden ihn die Befürchtungen nicht betreffen.

»Doch wie hat er das gedacht, ob wir uns nicht mehr brauchen könnten als bisher?«

Valtr ließ sie weiter schmoren. Mit dem bereitliegenden Überwurf machte sie ihm Vorhaltungen:

»Geschickt hat ihn Jaromír, aber du warst sofort einverstanden, als du dich ihm auf die Schulter gesetzt hast, also schau jetzt nicht so, als wärst du unschuldig, und gewöhn dich daran, dass ich immer noch nicht so alt bin, dass mich ein geschwätziger Vogel mehr als ein echter Mann interessiert!«

Dann deckte sie ihn ab und ging durch das Schlafzimmer ins Bad, wo sie versuchte, an nichts anderes als an die Toilette zu denken, was ihr nicht gelang. Wie in der Nacht nach der

Hochzeit schwankte nun auch jetzt in ihrer Vorstellung dieser schreckliche menschliche Sumpf … Sie nahm eine halbe Schlaftablette und erinnerte sich daran, dass sie die erste Hälfte nach vielen Monaten genommen hatte, nachdem sie die Angebote der sieben Bräute des Fremden gelesen und sich entschlossen hatte, selbst die Richtige zu sein. Aus dem Halbschlaf weckte sie ein Klopfen. An welcher Tür? riet sie verschlafen in der Dunkelheit, aus dem Schlafzimmer führte eine ins Bad, die zweite in den Salon und eine dritte auf den Flur. Das erneute Klopfen kam aus dieser Richtung.

Sie knipste die Leselampe auf dem Nachttisch an. Wahr nahm sie nur die nächtliche Stille.

»Ist jemand da?«, fragte sie immer noch ohne Angst, sicher, sie hätte nur geträumt.

»Ich«, vernahm sie endlich zu ihrer Überraschung, »ich, Kemal …«

Nun setzte sie sich beunruhigt auf und richtete sich mechanisch die Haare.

»Was ist los, Kemal? Ist etwas passiert?«

Dann war die Klinke zu hören, die sich gleichzeitig bewegte, einmal, zweimal, dreimal.

»Es ist abgeschlossen!«, drängte Kemal mit von der Tür gedämpfter Stimme.

»Ja«, bestätigte sie, stand aber auf, »Sie sagten doch, ich solle abschließen, brauchen Sie etwas?«

»Ja«, sagte auch er, »ich muss in diesem Moment mit Ihnen reden!«

Sie zog ihren Morgenmantel über und konnte sich, leicht benommen von Alkohol und Tablette, nur wundern.

»Wir haben den ganzen Abend miteinander geredet …«

»Bitte«, sagte er flehend, »öffnen Sie mir, ist sehr, sehr wichtig!«

»Ja, gleich …«, sie schaute nicht mehr in den Spiegel und drehte den Schlüssel um.

Die Tür brauchte sie nicht mehr zu öffnen, ins Schlafzimmer zurück drängte sie ein nackter Kerl, der sie rechtzeitig im Fallen auffing, in eine mächtige Umarmung einschloss und sie so wild zu küssen begann, wie sie es noch nie erlebt hatte, dabei hob er sie, gelähmt und verstummt, leicht an, trug sie zum Bett und stieß dabei ähnliche Laute aus wie ihr Liebling.

»Rosa, Rosa, Rosa, Rosa, Rosa!!!«

42

Die Schöne Frau hatte nach Jahren einen schwer erotischen Traum. Dann wurde sie wach und erkannte, dass sie nicht geträumt hatte. Im Bett, gekauft nach dem Krieg, wo bis zu seinem Tod ihr Vater und in den nächsten Jahren nur sie selbst schlief, nachdem sie aus dem Salon hierher gezogen war, als sie sich von Jaromír aus der unteren Wohnung abgesetzt hatte, lag ein nackter Mann, der nicht einmal zugedeckt war. Er war ihr nun durch seine Herkunft, seine Tat und seine unverschämte Nacktheit fremd.

Durch die Rollos drang der frühe Morgen, und sie war erschrocken und verwirrt. Es wurde schon hell, als sie der Schlaf übermannte, und so hatte sie keinen Zweifel daran, dass sie sich mehrere Stunden mit dem Fremden geliebt haben musste. Trotzdem war sie sich sicher, dass es nicht freiwillig geschehen war. Sie spürte ihm gegenüber eine solche Abscheu, dass sie jegliche Eigenbeteiligung ausschloss. Er musste sie zuerst willenlos gemacht haben, mit diesem Glas Arrak? Oder mit einer Droge? Vielleicht mit beidem gleichzeitig? Dass sie überhaupt nicht um Hilfe gerufen hatte, dass sie sich nicht hartnäckig gewehrt hatte und nun nicht einen blauen Fleck an ihrem Körper fand … Eilig und vor allem leise, damit er nicht aufwachte und sie noch einmal überfiel, zog sie ihr Nachthemd an, das ebenso wie ihr Morgenmantel vor dem Bett hingeworfen war.

Sollte sie das Rollo hoch- und das Fenster aufreißen und zumindest jetzt, als ihre Handlungsfähigkeit zurückgekehrt war, auf den kleinen Platz hinausschreien? Sollte sie ihn wachrütteln, er solle seinen Kater und das Skelett packen und sehen, dass er verschwinde? Sollte sie nach unten zum Telefon laufen und die Polizei rufen? Sollte sie Julius wecken, damit dieser sofort die Scheidung einleitete und auch den Antrag auf Aufenthaltsverlängerung zurückzog, oder Jan, damit er ihm innerhalb einer Stunde kündigte, oder alle beide? Sie hatte nicht die leiseste Ahnung!

Ganz sicher wusste sie nur, dass sie mit diesem ihr dreimal fremden Mann nicht eine Minute länger in den vier Wänden bleiben konnte. Erst im Erdgeschoss erschien es ihr absurd, dass sie sich auf Zehenspitzen aus dem eigenen Schlafzimmer gestohlen und versucht hatte, über die Holztreppe nach unten zu gelangen, ohne dass sie knarrte; sie war sich in ihrer nicht abklingenden Ohnmacht selbst widerwärtig. Sie hatte nicht die Kraft, sich einen Kaffee zu kochen, sie war auch nicht in der Lage, sich in der Küche einzuschließen, bei geöffneter Tür zum Flur saß sie am Esstisch und schaute stumpfsinnig aus dem Fenster auf den Kirchturm, über den mit einer nie da gewesenen Geschwindigkeit der Schatten der Sonnenuhr hinflog, bis eine männliche Hand auf ihrer Schulter ruhte.

»Einen guten Morgen wünsche ich, Rosana«, hörte sie die Stimme des Fremden, »wie geht es dir?«

Die Starre löste sich augenblicklich. Sie stand auf und

drehte sich kampfeslustig zu ihm um. Er trug um Schulter und Lenden ihr Handtuch aus dem Bad, und das versetzte sie noch mehr in Rage.

»Sie haben wirklich nicht genügend Phantasie, um sich das vorstellen zu können?«

»Wir werden weiter siezen …?«, er schien aufrichtig überrascht zu sein.

»Und was haben Sie gedacht?«, griff sie ihn an, »dass ich Ihnen dafür noch danke?«

»Warum sollten Sie … aber ich dachte, es hat uns beiden gefallen …«

Spielte er die Naivität nur, fiel ihr ein, wäre er nur ein außerordentlich ausgekochtes Männchen, den eine anständige Frau vor die Tür setzt und ihren peinlichen Irrtum schnell vergisst. Wenn er aber überzeugt war, dass ihr der brutale Überfall im eigenen Bett gefallen haben konnte, so war sie verpflichtet, dazu beizutragen, dass er so schnell wie möglich zu den Wilden abgeschoben wurde, von denen er nach hier eingedrungen war. Seine gestrige Schilderung, die sie so ergriffen hatte, klang plötzlich wie ein zweckgerichtetes Märchen zur Täuschung europäischer Einfaltspinsel, zu denen sie sich nun auch selbst zählte. Sie entschloss sich, es ihm mit der Holzhammermethode zu erklären.

»Herr Etschelan, ist Ihnen immer noch nicht klar, dass Sie mich richtig vergewaltigt haben??«

»Ver-ge-wal-tigt?«, der Kenner der tschechischen Sprache redete in Silben, so als habe er dieses Wort gerade erst entdeckt und verstehe seine Bedeutung nicht, »aber wie hätte ich dich … hatte ich Sie!«, er berichtigte sich fast überstürzt, ähnlich einem Schüler mit Lampenfieber, »wie konnte ich Sie vergewaltigen, wenn wir doch verheiratet sind …?«

»Herr Etschelan!«, sie wiederholte diesen Namen, um Zeit

zum Sammeln der Gedanken zu gewinnen und schrie vor Verzweiflung fast schon, »bei uns, und nicht nur bei uns, sondern in ganz Europa, ja, in der gesamten zivilisierten Welt ist eine Frau auch nach der Hochzeit nicht das Eigentum ihres Mannes! Eine europäische Frau, damit Sie es besser verstehen, ist kein Kamel! Zu allem, absolut allem, was man von ihr will, muss sie jedesmal Ja sagen. Und wir haben außerdem nur eine formale Ehe geschlossen, wo diese Regel doppelt gilt.«

»Wenn Sie erlauben«, sagte er zerknirscht, aber würdevoll, »möchte ich Sie daran erinnern, dass Sie mich gestern Abend direkt gebeten haben, mich nicht mehr als Untermieter zu betrachten. Und in der Nacht … in der ganzen Nacht habe ich von Ihnen kein Nein gehört …«

»Herr Etschelan …«, sie hörte sich vor Wut ihn direkt anzischen, aber das ist sicher besser, schäumte ihre Seele, als wenn ich ihm die Augen auskratzte!, »wenn ich jetzt zur Polizei gehe und dort ihr nächtliches Tun melde, erhebt der hiesige Staatsanwalt sofort Klage, und Sie können von viel Glück reden, wenn er zustimmt, dass man den Fall in Freiheit untersucht und Sie nicht in Haft nimmt!«

Er schaute sie an, als sehe er sie zum ersten Mal. Und sie wusste nicht mehr, was sie hinzufügen sollte, vor allem aber wusste sie nicht, was sie jetzt tun sollte. So verpasste sie den geeigneten Moment, um stolz die Küche zu verlassen, sich schnell umzuziehen, in die Stadt zu gehen und ihre Drohung wahrzumachen. Dann erblickte sie über seiner Schulter neben den Kochplatten einen Satz Küchenmesser, die nun aus Mörser ragten, und erschrak. Was wäre, wenn er, kaum dass sie ihm den Rücken zudrehte, eines hervorzog und sie erstach? Bis Montag hätte er Vorsprung, um zu verschwinden, und mich findet man erst, wenn die vom Bau ihn suchen! Sie stand da wie angewurzelt und gab ihm so die Möglichkeit, sich wieder hören zu lassen.

»Frau Rosana, ich … ich bin erschüttert und … weiß nicht, wie ich mich entschuldigen soll … aber Sie irren, wenn Sie denken, dass sich Gewalttäter bei Ihnen eingeschlichen haben … auch Alibaba, ich bin darüber sicher! Er hat Sie nicht angegriffen, er war lange allein, und als er plötzlich die Tür öffnete und Sie sah, wollte er spielen, wie wenn ich komme, dann springt er mir jedesmal auf den Rücken und fasst mich um Hals, das Sie haben selbst bei mir erlebt, und erst dann war er erschrocken und wusste nicht, was tun, und ich … Frau Rosana, ich habe schon lange gespürt, dass ich Ihnen … dass ich Ihnen gefalle wie Sie mir und dass … jetzt fehlen mir wirklich die Worte …«

Dann kniete dieser mächtige, in das Badetuch gehüllte Mann, der aussah, wie ein römischer Senator in der Toga, vor ihr nieder, ergriff ihre Hände und küsste sie, bevor sie sie zurückziehen konnte.

»Ich bitte für ihn und für mich um Verzeihung … ich schwöre bei Allah, dass es nie wieder vorkommt, auch wenn Sie wieder nicht Nein sagen!«

43

Sie glaubte, dass der kniende Mann, der sich für sich und sein Tier bei ihr entschuldigte, ihr kein Messer in den Rücken rammen würde, und ging ohne ein Wort nach oben, um endlich in Ruhe darüber nachzudenken, was sie nun tun solle. Das lange Warten, ehe er nach unten gekommen war, aber auch sein Erklärungsversuch, der ihr ebenso unannehmbar wie ehrlich erschien, das alles zusammen bewirkte, dass ihr

Blut aufhörte zu kochen. Sie gelangte, sicher auch durch die Müdigkeit, die nach und nach ihre Erregung ersetzte, zu der Ansicht, dass es sich nicht um eine grobe Straftat gehandelt hatte, sondern um eine Begleiterscheinung eines Zusammenpralls zweier Kulturen, wie sie so oft in den Medien hörte, bis sie dem keine Aufmerksamkeit mehr schenkte.

Was nichts an der Tatsache änderte, dass sich der Fremde ohne Erlaubnis ihren Körper angeeignet hatte und lange mit ihm umging, wie er wollte. Was sich alles konkret ab dem Moment abgespielt hatte, als sie fast von dem Flügel der heftig geöffneten Tür umgestoßen worden war, bis zu dem Augenblick, als ihr Bewusstsein barmherzigerweise durch einen kurzen Schlaf abgestumpft wurde, verdrängte sie weiterhin, so als ob man es dadurch ungeschehen machen könne. Nach reiflicher Überlegung rief sie also weder Dr. Mádr, noch Ing. Schnellreich an und schon gar nicht die Polizei. Dabei aber wollte sie keinesfalls zulassen, dass der Fremde erneut versuchte, sich durch ein Versöhnungsessen Wiedergutmachung zu erschleichen, wie es im Falle des Angriffs durch seinen Kater geschehen war … sie hielt kurz inne, – war das wirklich ein Angriff gewesen? Hatte sie nicht beim ersten Besuch bei ihm gesehen, dass ihm Alibaba an den Hals gesprungen war und sich wie ein Fellrucksack herumtragen ließ? Verhielt sich übrigens nicht ihr Liebling Valtr ähnlich, wenn er sie als Aufzug benutzte?

Ein Tier hat keinen Verstand, aber ein Mensch muss ihn haben! Und sie musste einfach einen eindeutigen Standpunkt beziehen, wenn sie nicht wollte, dass das Missverständnis, wie sie es nun zu verstehen vorhatte, zur Norm wurde. Mit Julius und Jan wollte sie sich ganz sicher nicht beraten, sollte sie ihren zwei erfolglosen Liebhabern und Angehörigen der nationalen Elite vom blitzartigen Erfolg eines alten, halbgebildeten

Zuwanderers berichten? Das wäre eine Schande für sie, sie würde vor Scham im Erdboden versinken! Aus denselben Gründen wollte sie auch nicht zu ihrem Vater und zu Jaromír gehen, doch als sie an den Friedhof dachte, schwebte ihr auch jener vor, den sie nach langer Zeit noch vor Kurzem besucht hatte …

Den Rest des Samstags verband sie mit der Nacht und schlief; nur als sie eine Welle Schlaf an die Oberfläche des Bewusstseins spülte, hörte sie Valtr, den sie aus Müdigkeit zwischen Salon und Schlafzimmer herumfliegen ließ, wie er sein deutsch-tschechisches Repertoire ausstieß, um ein Echo zu bekommen, sie hatte sogar das Gefühl, dass sie ihn, als er ihr ins Ohr krächzte, wie eine aufdringliche Fliege mit der Hand verjagte.

Der Gedanke, mit dem sie zum Abend einschlief, verließ sie auch in der Nacht nicht, weshalb sie, nachdem sie mit ihrem Liebling geschmust und ihn wie zu einem Festtag mit Balsamine versorgt hatte, damit er ihr die ungewollte Untreue und die Grobheit verzieh, den Salon zuschloss und fortging. In der unteren Wohnung war es still, und sie verwarf die Idee, dem Schuldigen eine Nachricht zu schreiben, sie würde ihn am Abend zur Rede stellen. Sollte er doch auch eine Weile mit der Unsicherheit leben, in der sie sich selbst schon lange Stunden befand! Sie kam rechtzeitig zum Bus nach Prag, wo sie sofort ein Taxi anhielt, und so stand sie schon eine Stunde vor Mittag wieder an dem Grab, über dem der Vogel aus Bronze starb.

»Grüß dich, Mama!«, begann sie, »da bin ich wieder, weil ich dich brauche; der Mann, der das letzte Mal mit mir hier war und den ich wie vereinbart geheiratet habe, damit ihm das hilft und sie ihn nicht dahin abschieben, wo man – vielleicht stimmt das – seine ganze Familie ausgerottet hat, also der hat mich gestern wirklich vergewaltigt, was schon schrecklich genug ist, aber noch schlimmer ist, Mama, dass ich es habe geschehen lassen, mein ganzes Leben lang habe ich geglaubt, dass ein Mann erst dann in eine Frau mit Gewalt eindringen kann, wenn sie fast tot ist, wie sie sich wütend wehrt, aber Mama, ich habe keine einzige Schramme an mir gefunden und keinen Bluterguss, woraus sich ergibt, dass er mit mir getan hat, was er wollte, und zwar mit meiner Erlaubnis, ihn also wegzujagen oder ihn anzuzeigen wäre genauso brutal wie das, was er mir gestern Abend angetan hat, er hat sich entschuldigt, dass er den Eindruck hatte, und nun pass auf, Mama, dass er mir gefällt wie ich ihm, und dass darin, wie Goethe sagte, des Pudels Kern liegt, nun muss ich dir ehrlich gestehen, dass er mir wirklich gefallen hat, schon als er an unserer Tür klingelte, ein fremder Arbeiter, in einem aufgemotzten Anzug, in der Rolle eines Bittstellers, und trotzdem, Mama, ein Gentleman, und dieses Gefühl wurde stärker und hat sich in mir in der Nacht nach der Hochzeit verfestigt, als er mir in einem Satz alles sagte, worüber er den ganzen Tag nachdachte, und ich glaubte, dass er weise und anständig sei wie Julius und Jan, darüber hinaus aber ein wahrer Mann, doch dann dringt er wie ein Landsknecht, für den in der eingenommenen Stadt keine Jungfrau übrig geblieben ist und der dann eine alte Äbtissin schändet, in mein Schlafzimmer ein, ich komme mir schmutzig, bespuckt und erniedrigt vor und weiß überhaupt nicht, wie ich mich ihm gegenüber verhalten soll, Mama!«

Der ehemalige kleine Friedhof der Moldaufischer und Pflüger aus der Prager Vorstadt Podskalí, die seit der Zeit der tschechischen Wiedergeburt von nationalen Größen und denen, die erst an dieser Adresse zu solchen werden wollten, aus ihren Gräbern verdrängt wurden, war an diesem Sonntagmittag ungewöhnlich leer, der heiße Sommertag zog die Lebenden in Regionen des Lebens. Nur die Bienen vernahmen gemeinsam mit der Schönen Frau die Stimme:

»Mein liebes Rosilein, mir sind bis heute meine dreiundzwanzig Jahre erhalten geblieben, und du bist bald dreimal so alt, ich hatte in meinem Leben nur einen Mann, und vielleicht wäre er auch der letzte gewesen, denn dein Vater Otomar, mein teurer Otík, war ein guter Ehemann, doch wenn das Schicksal unsere Karten getauscht hätte und ich am Leben geblieben wäre, hätte ich mich sicher nicht dazu entschlossen, allein zu bleiben wie du, ich weiß erst jetzt als ewig Tote, was dieser flüchtige Augenblick Leben für mich bedeutet hat, diese …«

Die Schöne Frau multiplizierte an ihrer Statt schnell dreiundzwanzig und dreihundertfünfundsechzig,

»… ungefähr achttausenddreihundertneunzig Tage und Nächte, wenn ich das eher geahnt hätte, hätte ich keinen Sonnenauf- und -untergang ausgelassen, keinen einzigen Regen und keinen einzigen Schnee, aber auch kein einziges Streicheln und keinen Kuss, das sage ich dir, weder von Otík, noch von einem anderen. Du verhältst dich schon mehr als diese achttausenddreihundertneunzig Tage und Nächte so, als sei Jaromír, der alle verraten hat – dich und sich selbst – ein Pharao und habe sich zusammen mit dir als seine Sklavin beerdigen lassen, Rosilein, mein Kind, ich sage dir hier nur, was du selbst fühlst, weil du dreimal älter und erfahrener bist als deine ewig junge Mama, du weißt nämlich, dass dich diese Nacht nicht erniedrigt, sondern im Gegenteil erhöht hat zu der, die alle zu Recht Schöne Frau nannten und die das Leben immer noch vor sich hat!«

44

Sie schaffte denselben Bus zurück und dachte nach. Von allen schlechten Lösungen, die sich ihr seit der Schicksalsnacht anboten, erschien ihr die der Mutter doch noch etwas besser. Sie beschwor keine neuen Unglücke hervor, zog keine weiteren Personen oder Organe in einen Skandal hinein und bestätigte im Prinzip nur den Status quo ... Moment! wehrte sie sich, den Status quo, in dem er mich jederzeit wieder anspringen kann? Was hat er da einst von Achtung gesagt? Wenn eine Frau diese bei einem Mann nicht erringen kann, darf sie sich nicht wundern, wenn er sie nicht achtet ... Aber war dies ein Ausdruck der Missachtung? Hat er mich wirklich durch diesen animalischen Überfall missachtet, so wie ich es fühle, oder erhöht, wie Mama es mir in den Mund legte, indem er mich nach einem Vierteljahrhundert wieder zur Frau machte??

Über einen Mangel an Bewerbern hatte sie sich nie beschweren müssen, und es waren auch reiche und einflussreiche Männer darunter gewesen wie Doktor Mádr und schöne und humorvolle wie Ingenieur Schnellreich, warum also hatte sie ihren Werbungsversuchen widerstanden, bis sie sie verlor? Und warum hatte sie sich jetzt nicht gewehrt, als sich ohne Umschweife und Vorspiel ein Mann sie zu eigen machte, der außerdem heimatlos und eigentlich ohne Vergangenheit war, weil er keinerlei Beweise hatte, die belegen könnten, dass er sich nicht alles ausgedacht hatte? War es nicht wirklich ungewöhnlich, wenn nicht gar verdächtig, dass dieser Exot und Bauarbeiter besser Tschechisch gelernt hatte als manche Einheimische? War es nicht völlig abnormal, wenn ein Mann, der älter war als sie selbst, ein sechsjähriges Medizinstudium aufnehmen wollte, und war es nicht gleichzeitig schlichtweg naiv, dass er sich deshalb für zu Hause ein menschliches Skelett gekauft hatte? Woran wollte er dann wohl zu Hause sezieren lernen?

Doch all diese Zweifel, wenngleich unausgesprochen, hatten schon in ihr geschlummert, als sie ihm die nie zugestellte Aufforderung geschrieben hatte, er solle von ihr fortziehen. Warum also hatte sie nicht den leisesten Versuch unternommen, sich zu wehren, als er sie fast mit der Tür erschlagen hatte und sie zu küssen begann? Notabene da sie, wie sie es sich bereits eingestanden hatte, nicht einmal einen kurzen Moment lang Angst empfunden hatte, dass er ihr weh tun und sie vielleicht auch töten könnte, ja, gestand sie sich jetzt ein, wenn sie sich mit aller Kraft gewehrt hätte, wenn sie wild den Kopf weggezogen und die Beine fest zusammengepresst hätte, hätte er wohl sicher nach kurzer Zeit die Umklammerung gelöst, um nicht zu riskieren, dass ihr etwas passierte … weiter wollte sie nicht mehr nachdenken, um die Pandora-Büchse der relativ langen Zeit keinen Spaltbreit zu öffnen, die verging, ehe sie und ihn der Schlaf übermannte, jener Zeit, die sie für immer verdrängen wollte.

Im Geiste schrieb sie ihm neue Briefe, doch jeder erschien ihr dumm, entweder übertrieben aggressiv oder unwürdig versöhnlich. Als sie das Haus betrat, erwartete sie ein Brief. Er lag auf der Schwelle der unteren Wohnung neben dem Schlüssel, den er versprochen hatte dort abzulegen, beschriftet mit großer Druckschrift FÜR DIE VEREHRTE FRAU ROSANA ČECHOVÁ. Er war kurz, aber inhaltsreich.

»Sehr verehrte Frau Rosana, ich verstehe, dass Sie alles überdenken müssen, und will Ihnen in dieser Zeit nicht unter die Augen treten. Ich erlaube mir, am Abend nach acht zurückkommen, um zu erfahren, ob Sie mir mein unangebrachtes Handeln liebenswürdigerweise verzeihen. Wenn Sie mich nicht sehen wollen, schreiben Sie mir bitte, was Sie von mir wünschen, das ich tue. Mit hoher Entschuldigung Ihr Kemal.«

Was soll ich ihm schreiben?, sagte sie plötzlich zu sich, er war vor ihr auf die Knie gegangen, hatte sie um Verzeihung gebeten und feierlich versprochen, dass sich dies nicht wiederholen würde. Wäre es dann nicht klüger, dass sie sich in ihrem Alter nicht wie verführt und verlassen verhielt? Dass sie ihn wie vorher jeden Abend seit der Hochzeit normal mit einem Abendessen empfangen und ihm mit ihrem Verhalten zeigen würde, sie hätte seine ›hohe Entschuldigung‹ angenommen und ihm so eine neue Chance gab?

Ja! nur dies konnte seine Achtung hervorrufen und seine Ehre mobilisieren, damit demnächst die Leidenschaften im Zaume blieben! Die Schöne Frau spürte sofort eine angenehme Erleichterung, die ihr die Richtigkeit dieser Entscheidung bestätigte. Sie zog sich um, und als sie im Kühlschrank das in Butter eingelegte Lamm fand, das am Donnerstag nicht an die Reihe gekommen war, rief sie ihre Phantasie zu Hilfe, und diese bot ihr eine Zubereitung als ihre berühmte Roulade an: Mit Lammfleisch würde sie ohne Worte Entgegenkommen bekunden, mit der Zubereitung Unabhängigkeit. Gegen sechs bot sie Valtr ihre Schulter als Aufzug nach unten in die Küche, damit sie wieder einmal nach einiger Zeit zusammen kochen konnten.

»Soforrrt!«, stimmte er zu und erinnerte sie, »Valtrrr Leberrr gerrrn, Rrrosa Leberrr gerrrn!«

Sie nahm das eingelegte Fleisch aus dem Butterbett, kochte ein Ei, schliff das Tranchiermesser und schnitt vorsichtig den langen, rotbraunen Fleischblock in drei gleich dicke Scheiben. Diese von ihr geliebte Tätigkeit und die Anwesenheit ihres Lieblings, den sie nun für die letzte Zeit, in der sie ihn grob vernachlässigt hatte, großzügig entschädigen wollte, hoben ihre Stimmung, dass sie sich wunderte. Dafür, dass man mich entehrt hat, dachte sie mit einer Prise Selbstironie, und dafür, dass ich für den Gewalttäter ein opulentes Abendessen koche, fühle ich mich so normal, dass sich die Frage stellt, ob ich nicht ein etwas windiges Weibsbild bin, neutschechisch eine Hure …

Über diese Einschätzung musste sie so seltsam laut lachen, dass ihr Liebling auf der Schulter wieder eifersüchtig wurde und seine Werbearie anstimmte.

»Rrrosa! Rrrosarrrosarrrosa!«

»Ja, das bin ich, deine Rosa! Und du bist mein wer?«

»Valtrrr! Valtrrr! Valtrrr!«

»Was für ein Valtr? Schnell, sag es, ich will es hören!«

»Herrrlicherrr Valtrrr! Teurrrerrr Valtrrr! Valtrrr Grrraf!«

Dabei wickelte sie die drei Rouladen fertig, eine für sich und zwei für den Fremden, mit der klassischen Füllung aus einer Scheibe Speck, einer kleinen Gurke, einem Stück Würstchen und einem Viertel eines harten Eis, dann nahm sie wieder das Messer, um den Faden zurechtzuschneiden, mit dem sie die dicken Rouladen wickeln wollte.

»Ja, du bist mein herrlicher, teurer, kluger Graf, Graf Kruzi …«

Sie sprach nicht fertig. Ihr Auge erspähte eine ungewöhnliche Bewegung, und als sie den Kopf hob, blickte sie erneut aus der Nähe in schräge grüne Augen. Wie beim letzten Mal lag Alibaba auf der Dunstabzugshaube. Diesmal aber saß Valtr, dem es auch die Sprache verschlagen hatte, auf ihrer Schulter. Ihn und den mächtigen Kater trennte ein knapper halber Meter, und auch wenn der ihr nur auf die Schulter gesprungen wäre, um zu spielen, musste er ihn erdrücken. Und er hob sogar die Pfote, als wolle er ihn beim Sprung von ihrer Schulter fegen.

»Nein«, rief sie aus, »Alibaba, nein!«

Aber er sprang. Sie streckte ihm instinktiv ihre rechte Hand mit dem langen dünnen Messer entgegen, am Ohr streiften sie kleine Flügel, ihr Arm wurde plötzlich so schwer, dass er sie ganz zu Boden riss, und weil sie auch jetzt das Messer nicht losließ, wurde ihr Handgelenk vom Gewicht des zottigen Körpers verrenkt, den die Schneide durchbohrte wie ein Schwert.

45

Was tun mit einer Geschichte, die sich entschlossen hat, weder von ihrem Autor noch von den Lesern abzuhängen? Kann man sie irgendwie zwingen, dem Drama zu entrinnen und wieder zu einer liebevollen Komödie zu werden, die alle tragischen Nachrichten des Tages aufwiegen würde? In vierundvierzig Fortsetzungen schien dies zu gelingen, und eine Meinungsumfrage unter den Lesern hätte den Verfasser wohl dazu berechtigt, die Hauptfiguren aus dem Schwarz der Traurigkeit ins Weiß der Freude zu führen. Wie gern täte er dies, um auch dem Rufen der eigenen Seele zu entsprechen. Nur: diesem Ansinnen und diesen Bemühungen steht – oder genauer gesagt liegt – auf den Küchenfliesen der reglose Perserkater im Weg!

Die Schöne Frau war eine zu gute Krankenschwester, als dass sie nicht erkannt hätte, dass dem Tier nicht mehr zu helfen war. Hätte sie in ihrer entsetzten Seele ein Fleckchen gehabt, hätte sie sich mit dem Gedanken trösten können, der Zufall habe ihre Hand mit dem Messer in einem so genauen Winkel geführt, wie sie es absichtlich nicht fertiggebracht hätte. Der Tod hatte den Kater sicher früher ereilt, ehe er auch nur den geringsten Schmerz fühlen konnte. Er war jedoch unwiderruflich tot, und sie überkam Panik.

Der Fremde, der schon seit dem Morgen darauf wartete, wie sie ihm auf seine Entschuldigung und sein Versprechen antworten würde, konnte nur eines denken: dass sie beschlossen hatte, Gewalt mit Gewalt zu strafen, und nach seinem Gesetz Auge um Auge! vielleicht nur eine geringere Strafe gewählt hatte, indem sie statt ihres Peinigers sein Tier getötet hatte. Dies war allerdings auch eine Tat, die wohl keine Blutrache hervorrufen konnte, ganz sicher aber tiefe Traurigkeit und möglicherweise größere Wut, als in ihr die Vergewaltigung ausgelöst hatte. Sie stellte sich wieder diesen fürchterlichen Sumpf voller Toter vor und glaubte ihm schon wieder! – dabei befiel sie Bangen bei dem Gedanken, ihn um das letzte lebendige Glied seines ehemaligen Lebens gebracht zu haben.

Nein, sie konnte ihn nicht über dem leblosen Körper mit der Einladung zum Abendessen empfangen! Und sie konnte ihm weder heute noch später gestehen, dass sie ihn sinnlos umgebracht hatte, als sie ihren Valtr schützen wollte. Der wäre doch rechtzeitig nach oben in den Salon geflogen, sodass ihn der Kater leicht hätte verfehlen und auf ihrer Schulter als Pelzkragen enden können. Ja, jetzt war sie sich sicher, seinen Tod hatte sie allein verschuldet, und der Fremde musste dies auch so sehen.

Sie lief in den Flur und fasste an seine Tür; wie sie ahnte, war diese geöffnet, wahrscheinlich durch den Sprung des Tieres auf die Klinke. Er hatte also nicht abgeschlossen, entweder hatte er es vergessen oder er wollte ihrer Einladung Folge leisten, er solle sich hier wie zu Hause fühlen. Nun aber bereitete sie absichtlich ein Täuschungsmanöver vor: sie schloss die Tür, den Schlüssel auf der Schwelle aber rührte sie nicht an. Der Kater ging doch normalerweise durch das Badezimmerfenster in den Vorgarten auf Streifzug, der Fremde konnte also glauben, dass er auch heute so gegangen war. Und wenn er nicht wiederkommen würde? Gab es nicht draußen unzählige Verlockungen, die ihn aufhielten, und zahllose Gefahren, denen er zum Opfer fallen konnte?

Alles lag nunmehr bei ihr, und sie fand in sich genug Kraft, um wie eine erfahrene Mörderin zu handeln. Es war sieben Uhr, doch draußen leuchtete immer noch das klare Licht der längsten Tage des Jahres. Nahe der Gottesmarter stand ein Abfallcontainer, doch zu diesem konnte sie sich erst nach Einbruch der Dunkelheit begeben. In der Speisekammer fand sie eine große Tasche, mit der Jaromír und später auch ihr Vater in die umliegenden Dörfer gefahren waren, um Kartoffeln und Gemüse zu kaufen. Das tote Tier schien immer schwerer zu werden, unter Mühen stopfte sie es in die Tasche und warf einige alte Wischtücher darüber. Sie schleppte die Last zur Kellertür, hielt dann aber inne. Wenn der Fremde den Kater im Haus suchen würde, musste er ihn in dem kleinen Raum unten finden! Sie stellte also die Tasche in die Speisekammer zurück. Dort konnte er sich getrost umschauen, er würde viele Einweckgläser, leere Flaschen, Töpfe, Schürzen und eine alte Tasche voller Lappen sehen!

Dann reinigte sie schnell die Dunstabzugshaube, den Herd, die Arbeitsfläche und die Fliesen, diese besonders gründlich, denn das Blut des Katers war darauf, eigentlich nur ein paar kleine Tropfen, weil ihn ein so dünnes Messer durchbohrt hatte. Als sie um acht Uhr den Fremden, der aus dem anfahrenden Bus ausgestiegen war, wieder erblickte, ruhten der Reis und die Rouladen bereits in der vorgewärmten Röhre. Nach der langen Nervosität überfiel sie paradoxerweise gerade in diesem Moment eine schwere Müdigkeit, was ihr sehr half: sie war fast eisig ruhig, genauso, wie sie sich ursprünglich vorgestellt hatte, dass sie es sein müsste, wenn der Fremde zurückkam. Zum letzten Mal hatte sie ihn gesehen, wie er vor ihr kniete, nun blieb er in der Küchentür stehen, wünschte ihr einen schönen Abend und wollte schon schuldbewusst weitergehen, als ihn die normale Einladung zum Abendessen erreichte. Seine Reaktion verriet, wie sehr er sich danach gesehnt, doch auch, welche Angst er vor der Begegnung hatte, die unausweichlich über sein Schicksal entscheiden würde.

Sonst ging er in seine Wohnung, um sich die Hände zu waschen und seinen Kater zu begrüßen, heute aber blieb er gleich in der Küche, damit war die Gefahr gebannt, dass seine Aufmerksamkeit gleich von einem anderen Thema zerstreut wurde. Sie bot ihm abgestandenes Wasser an, das er am häufigsten trank, und stellte ihm ihre heutige Kreation als Lieblingsessen der böhmischen Katholiken, Protestanten und auch Ungläubigen vor, wohl zum ersten Mal in Verbindung mit dem Fleisch der Moslems. Er fühlte sich anfangs nicht wohl in seiner Haut, wahrscheinlich wartete er immer noch, wann die normale Konversation enden und es bildlich gesprochen ans Eingemachte gehen würde, wobei er vielleicht erfuhr, dass dies ein Abschiedsessen war.

In tiefer Ruhe, in der ihr die vorherigen zwei Stunden nur als hässliches Phantom erschienen, das bald vorüber sein würde, tat die Schöne Frau so, als habe sie diese Zeit nie erlebt und auch die Nacht vom Freitag nicht. Der Fremde verstand langsam, aber sicher, was sie ihm andeuten wollte, nie hätte sie das so verständlich gekonnt, wenn nicht der Schock gewesen wäre, der sie zuerst völlig aus dem Konzept gebracht und später dann so gnädig betäubt hatte. Schließlich begann er selbst zu sprechen, er erzählte von den alltäglichen Problemen auf dem Bau und erwähnte auch den herzlichen Gruß, den ihr sein Chef sendete. Er blühte derart auf, dass er ihr vorschlug, ihre böhmischen Rouladen in der Lamm-Version in kurdische umzubenennen.

Es war zehn Uhr, als sie spürte, dass ihre Betäubung merklich nachließ, so wie eine Spritze beim Zahnarzt, und so beschloss sie, das Abendessen lieber schnell zu beenden. Er verdarb auch jetzt das Spiel nicht, bedankte und verabschiedete sich von ihr, so wie sie es sich vorgestellt hatte: weder so, als wäre nichts geschehen, noch so, als wäre etwas geschehen. Kaum war hinter ihm die Tür zur unteren Wohnung zugefallen, öffnete sie die Speisekammer, doch ehe sie die Tasche mit dem toten Kater ergriff, schaute sie zum Container. Er stand genau unter der Straßenlaterne, und man musste ihn von seinem Zimmer aus genau sehen.

Sie verschloss die Speisekammer, steckte den Schlüssel in ihre Jackentasche und ging nach oben zu Valtr, um auszuharren, was weiter geschehen würde.

46

Sie musste nicht lange warten. Die Schritte des Fremden hörte sie bereits Viertel elf auf der Treppe. Sie hatte Valtr zuvor schlafend auf seiner Stange gefunden, er war so erschöpft wie sie beim Abendessen; sie deckte den Käfig ab und gab vor, ihren Stendhal weiterzulesen. Eine Weile war es still auf dem Gang, warum stand er dort? sie wurde unruhig und versicherte sich, den Schlüssel von der Speisekammer in der Tasche zu haben. Wahrscheinlich überlegte er, ob er sie stören durfte. Das Bedürfnis schien stärker zu sein. Er klopfte an. Sie antwortete möglichst gleichgültig.

»Kommen Sie, Kemal, es ist nicht abgeschlossen.«

Sie war sich sicher, dass er nicht wieder gekommen war, um

sie von neuem zu vergewaltigen, auch wenn, gestand sie sich ein, ihr das vielleicht lieber gewesen wäre als die Szene, die sie nun schon bei vollem Bewusstsein, ohne die gnädige Betäubung, spielen musste. Er betrat den Salon in denselben Sachen, die er bei seiner Rückkehr von der Arbeit und beim Abendessen getragen hatte. Dafür verrieten seine zahlreichen Fehler im Tschechischen höchste Erregung, die sie mit ihm erlebte.

»Ich bitte um Verzeihung, dass ich gerade heute so spät störe, aber ich muss fragen, ob Alibaba Sie nicht wieder beschwerte. Er hat Schüssel nicht berührt mit seiner Leber, so denke ich, ob er nicht etwas gemacht und Sie mich nicht damit belasten wollten.«

»Nein …«, versuchte sie, sich zu wundern, »war denn Ihre Tür wieder nicht abgeschlossen?«

»Doch«, dachte er wohl richtigerweise nach, dass er sie möglicherweise aus Gewohnheit abgeschlossen hatte, doch er war sich nicht ganz sicher, »gerade deshalb frage ich, ob ich nicht vergessen und Sie sich nicht über Alibaba beschweren wollten …«

»Ich kontrolliere Ihre Tür nicht«, log sie eilig, »und ihn habe ich heute nicht gesehen. Aber er geht doch raus, wenn er will, oder?«

»Ja, aber am Abend er mich immer bei sich begrüßt, weil sich freut auf seine Leber!«

»Ich kenne mich in Katern nicht aus«, wandte sie ein, »aber kann er nicht bei irgendeiner Katze sein?«

»Das kann er vielleicht«, griff er erleichtert nach diesem Strohhalm, aber sofort überwogen wieder die Zweifel, »doch es wäre erstes Mal, wenn er nicht wiederkommt aus Gründen diese Leber …«

»Ich würde Ihnen gern helfen«, sagte sie mit Nachdruck, »wenn Sie mir sagen, wie.«

»Das weiß ich eben nicht«, gab er zu, verabschiedete sich aber dankbar, »ich danke vorerst, dass Sie mir angeboten haben, ich frage noch Nachbarn, ob ihn irgendwo jemand gesehen hat. Gute Nacht!«

»Gute Nacht«, setzte sie tröstend hinzu, »lassen Sie mir auf jeden Fall morgen früh einen Zettel in der Küche, dass er glücklich heimgekehrt ist! Ich werde Ihnen beiden die Daumen drücken.«

Hinter der Gardine versteckt beobachtete sie dann bei gelöschtem Licht, wie der Fremde den kleinen Platz abschritt, ins Istanbul ging und nach einer Weile wieder herauskam, um den Bosnier zu fragen, und dann in die Straße abbog, die zu den ehemaligen Häusern ihres Vaters führte. Er geht zu den Nichtanpassungswilligen, ahnte sie und dankte dem Himmel für die falsche Fährte, auf die er wahrscheinlich geführt worden war. Über diese Häuser kursierten schon lange Gerüchte, mehrere Kleintiere aus S. hätten dort ein schlimmes Ende gefunden, verbreitet wurden diese vor allem von den hiesigen Vietnamesen, die sich denselben Verdächtigungen ausgesetzt sahen. Doch sogleich kehrten ihre Gedanken wieder zum eigentlichen Problem zurück: was sollte mit dem Kater geschehen??

Die meisten Häuser in der Nachbarschaft verschandelten immer noch blinde Fenster, doch drei von ihnen hatten bereits neue Bewohner, angeblich Verwandte des Türken, und einem von ihnen hatte der Fremde zur Beschäftigung auf dem Bau verholfen. Würde man sie sehen, wie sie die schwere Tasche schleppte, könnten sie ihr zu Hilfe eilen. Am Tage spielte ständig jemand an den Containern, in der Nacht wachte die Glühlampe, die Schöne Frau blickte in ihr Licht und kam sich vor, als würde sie langsam von einer riesigen Zange zerquetscht. Wie bekam sie das verdammte Tier von hier fort??

Sie stand lange da, maß die Zeit, wollte aber wissen, mit welcher Nachricht der Fremde zurückkehren würde, über den kleinen Platz fuhren ein paar Autos verspäteter Ausflügler, doch es kam kein einziger Fußgänger, er war der erste, der wieder auftauchte. Wie er sich der Gottesmarter und dem Container näherte, verlängerte und verschmälerte sich sein Schatten, als er sich dem Haus näherte, wurde er wieder kürzer und dicker, und der Riese war wieder ein normaler, müder Mann. Noch am Tor zum Vorgarten blieb er stehen, drehte und bewegte den Kopf langsam von links nach rechts, so als fotografiere er den leeren und stillen Raum des kleinen Platzes mit seinen Augen.

Plötzlich begann er, wild zu winken, dazu ertönte ein scharfer Pfiff, und sie hörte ihr Herz bis zum Hals hinauf schlagen, so sicher war sie sich, im nächsten Moment Alibaba zu sehen, also war er nicht tot? und hatte sich aus der Tasche herausgewühlt? doch wie war er aus der Speisekammer und aus dem Haus gelangt?? Der Fremde hielt die Hand an die Augen und blickte noch einige Zeit forschend ins Dunkel, darauf drehte er sich langsam um und ging durch das Tor. Im Haus hörte sie dann nichts mehr.

Sie wusch sich lange und erinnerte sich plötzlich an Lady Macbeth, die sich ihr ganzes Leben fiktives Blut von den Händen wusch, wie sie einen Satz wiederholte, den sie nun zusammen mit ihr flüsterte.

»Zu Bett! Zu Bett!! Zu Bett!!!«

Und noch ein Satz von Lady Macbeth fiel ihr ein:

»Euch mangelt die Erquickung aller Wesen, Schlaf!«

Doch gerade der wollte nicht kommen, und nach der Ruhe, die sie in der Küche gelähmt hatte, und die sie auch noch im Salon herbeizurufen wusste, wurde sie jetzt von Bildern geplagt, die sie umso mehr verletzten, als sie in der Dunkelheit wie ein stark verlangsamter Film abliefen; was sie in der realen Zeit fast nicht wahrnahm, sah sie nun Stück für Stück, millimeterweise tauchte die dünne Klinge in den genauso langsam herabsinkenden Körper im graublauen Pelz, bis die funkelnde Spitze aus dem Rücken hervortrat und ihr gleichzeitig das tote Gewicht unendlich lange das Handgelenk verrenkte, ehe es langsam die Fliesen berührte. Genauso verlangsamt sah sie auch ihr Ringen mit dem noch warmen Körper, der sich, als sei er am Leben, gegen die rohen Versuche sträubte, in die Tasche gestopft zu werden ... Sie machte Licht, nahm im Bad eine Schlaftablette, doch auf die Erquickung aller Wesen musste sie noch eine weitere quälende halbe Stunde warten.

Sie vergaß, die Rollos herabzulassen, so wurde sie von gleißender Sonne geweckt. Sie erkannte den verfrühten Einzug jener Sommertage, die S. unter eine erdrückende Glocke heißer Luft setzten. Der Wecker zeigte ihr, dass der Fremde schon längst auf Arbeit sein musste. Sie lief nach unten und las auf dem aus einem Block herausgerissenen Zettel auf dem Küchentisch.

IST NICHT GEKOMMEN

Sie schloss die Speisekammer auf. Dort war es bereits recht heiß. Sie überlegte, ob sie die Tasche mit dem Kater in den Keller tragen solle, ehe ihr etwas einfiel, doch sie hatte Angst, dass ihr die Kräfte fehlen würden, um sie wieder nach oben schleppen zu können. Sie roch den Hauch verdorbenen Fleisches. Sollte sie ihn in den Kühlschrank stellen ...? Ihr wurde schlecht.

47

Diesen schrecklichen Montag sollte sie bis zum Tod nicht vergessen. Während des ganzen Vormittags gab es keinen einzigen geeigneten Moment, in dem sie sich sicher sein konnte, dass niemand sie sehen würde, am Nachmittag mähten die Stadtgärtner auf dem kleinen Platz das Gras. Erst gegen Abend kam ihr eine Zeit in den Sinn, in der sie es würde versuchen können. Ihr Vater nannte diese die Stunde zwischen Hund und Wolf, und sie wusste, dass die Straßenbeleuchtung erst bei völliger Dunkelheit eingeschaltet wurde. Sie musste zwei Probleme lösen: der Fremde durfte zu dieser Zeit nicht bei ihr sein, aber auch nicht bei sich, wo er sie vom Fenster aus würde sehen können; und sie musste des Gestanks Herr werden, der an diesem heißen Tag von Stunde zu Stunde intensiver wurde.

Die zweite Gefahr klärte eine Idee, die ihr ihre extreme Notlage suggerierte. Als sie den Fremden aus dem Bus aussteigen sah, stieß sie in ihrer Verzweiflung den Topf mit Chaudeau um, das sie zu den gebackenen Buchteln gekocht hatte. Der Gestank der verbrannten Vanillesoße füllte sogleich die ganze Küche und den Flur und überlagerte alle anderen Gerüche. Sie entschuldigte ihr Missgeschick, indem sie ihn zum Abendessen bei Malešík einlud, wie sie das Istanbul auch weiter nannte. Vom Garten des Restaurants aus war das Haus nicht zu sehen.

Diesmal nahm sie die Nähe der Kastanien nicht wahr, die hier schon vor ihr gewesen waren und sie sicher überdauern würden, unter denen Jaromír sie bestimmt auch dahingehend angelogen hatte, sie sei unsterblich. Bei weißem Retsina beschwichtigte sie den Fremden weiter, Alibaba werde sicher auftauchen, wenn er seine männlichen Gelüste überwunden haben würde, doch dabei schaute sie ständig auf die Uhr. Zum rechten Zeitpunkt setzte sie alles auf eine Karte, sagte, sie gehe die Fenster schließen, und lehnte es entschieden ab, dass er dies an ihrer Statt tat; er sollte indessen Pita, Hummus und Tsatsiki bestellen, damit sie sich nicht betrank.

Die Dämmerung hatte bereits die herumtollenden Kinder vom Platz gefegt, die Erwachsenen waren vom Abendessen heimgelockt worden. Schnell betrat sie das Haus, das immer noch nach der angebackenen Creme roch, schloss die Speisekammer auf und ergriff beide Henkel. Das, was auf dem Spiel stand, verlieh ihr Flügel, sie trug die Tasche vors Haus, schlug die Tür zu und schleppte keuchend die Last ohne abzusetzen zum Container. Dort öffnete sie die schwere Klappe. Das Innere war so voller Abfälle, dass sie die Tasche mit dem Kater schwungvoll obendrauf werfen musste, doch sie beruhigte sich, dass die Müllabfuhr noch in der Nacht kommen würde. Die Klappe sperrte dann auch den schrecklichen Gestank aus der Tasche ein, doch sie spürte ihn immer noch und kehrte deshalb für einen Moment in die Küche zurück, um mehr den Geruch des Verbrannten anzuziehen. Auch auf dem Rückweg erblickte sie keine Menschenseele, und auf den letzten Schritten leuchteten ihr bereits die Neonlampen der Straßenbeleuchtung.

Nach dem Essen erlebte sie eine Schrecksekunde, als ihr der Fremde bei einem Rest Wein, den vor allem sie getrunken hatte, ausführlich schilderte, wie er das Katzenkind von seinem ältesten Enkel bekommen hatte, der ihn auch auf den Namen seines Märchenhelden taufte. Er hatte ihn nach Tabriz mitgenommen, wo man ihm die Stelle eines Beamten in der Prosektur versprochen hatte, nachdem er die Familie im Haus seines Bruders das letzte Mal verließ, ehe sie in diesem Sumpf von Körpern versank, der noch Wochen schaukelte, so als könnten sich die Toten darin nicht richtig ordnen. Als er mit ihm übers Gebirge in die Türkei gelangt war und sich in Ankara ein Flugticket in eine Stadt namens Praha kaufte, bestach er mit seinen letzten Dollar den Steward, damit er das Katerchen in die Kabine schmuggeln konnte. In Prag, wo er seinen Asylantrag stellte, wollte es die Flughafentierärztin sogleich in Quarantäne nehmen, doch als sie seine Geschichte aus dem Mund eines Mannes hörte, der ein bemerkenswertes Englisch sprach, tat sie ohne Bakschisch viel mehr. Sie nahm das Tier mit zu sich nach Hause, bis das Asylverfahren abgeschlossen war, er eine provisorische Aufenthaltsgenehmigung hatte und das Flüchtlingslager Richtung S. verlassen durfte, in das er von der Einwanderungsbehörde befohlen wurde.

Die Schöne Frau verstand es als Strafe, dass sie die Geschichte von einem Mann hören musste, der die Hoffnung nicht aufgab, dass diese noch lange weitergehen würde, während ihr die Tasche mit dem verwesenden Fleisch nicht aus dem Sinn ging. Sie musste sich sehr anstrengen, damit aus ihrem Gesicht nicht der verständnisvolle Ausdruck verschwand, der seine Hoffnung stützte. Das hässliche Bild wurde von der Erinnerung verdrängt, wie sie unter denselben Bäumen das Gesicht ihrer Mutter wahrgenommen hatte, doch auch diese vertrieb dieser fauchende Teufel, der ihr nun seinen Höllenenkel Alibaba ans Messer geliefert hatte! Sie war glücklich, als sie ausgetrunken hatten und sie zahlen konnte, während der türkische Eigentümer dem Fremden versichert hatte, seine Söhne würden morgen das gesamte Viertel durchforsten und ganz besonders die Nichtanpassungswilligen unter die Lupe nehmen; es sei gut möglich, nährte er die Hoffnung, dass ein Romakind den Kater gefangen hielt, weil es mit ihm spielen wollte.

Als sie durchs Restaurant auf die Straße liefen, wollte sie

nach links oder rechts abbiegen, um ihn über den kreisförmigen Fußweg zum Haus zu führen. Zu ihrem neuerlichen Schrecken betrat er jedoch eher die Fahrspur, um den kleinen Platz auf dem kürzesten Weg durch die Mitte zu überqueren. Sie wollte keinen Verdacht aufkeimen lassen, und so musste sie ihm folgen. Das Herz schlug ihr wieder bis zum Hals, als sie unter der Straßenlaterne die geplünderte Gottesmarter und den Container passierten. Sie nahm den bekannten Geruch wahr, glaubte aber, eine blühende Phantasie täusche sie, darin bestärkte sie auch, dass der Fremde weiterging.

Doch nur ein paar Schritte! Schon als sie vor dem Tor den Schlüssel hervorholte, drehte er sich um und kehrte zurück, vielleicht hatte er ja etwas im Istanbul vergessen, flehte sie im Geiste, doch warum sagte er nicht, was? Sie öffnete das Tor und die Tür und sah dann von der Schwelle aus nur noch ohnmächtig zu, wie er sich dem Container näherte, ihn eine Weile reglos betrachtete und dann mit Macht den Deckel öffnete. Mehr wollte sie nicht sehen. Mechanisch steckte sie den Schlüssel von innen ins Schloss, machte in der Küche Licht, schloss das Fenster und ließ das Rollo herab, so als könne sie damit das Geschehen hinter ihr auslöschen.

Ihr blieb nur noch die Hoffnung, dass er die Tasche nie zuvor gesehen hatte und jeden für den Mörder halten konnte. Deshalb stand sie am Fenster und schaute zur Tür mit dem Ausdruck einer Frau, die sich wundert, wo ihr Begleiter geblieben war. Dann betraten zuerst Leichengeruch und dann der Fremde mit der Tasche den Raum. Er trug sie, als wäre sie federleicht, mit der linken Hand, in der rechten hielt er eines der Wischtücher, die den Kater bedeckt hatten. In der Ecke waren in Schönschrift die Buchstaben R und Č aufgestickt, ein Geschenk Jaromírs zur Hochzeit. Der Fremde stand da, schaute sie an und schwieg.

»Sie haben nicht abgeschlossen …«, stammelte sie hervor, »er hat Valtr angegriffen und ich hielt gerade dieses Messer in der Hand …«, sie zeigte darauf, »er hat sich selbst aufgespießt, bitte, Kemal, glauben Sie mir!!«

Er drehte sich um, verließ mit der Tasche die Küche und das Haus und ließ ihr dort den schrecklichen Gestank zurück.

48

Die Haustür ließ er hinter sich offen, somit konnte die Schöne Frau noch lange seine Schritte hören, die in der nächtlichen Stille über den kleinen Platz hallten. Gleichzeitig kam der Bus und fuhr wieder ab, doch sie wagte es nicht zu schauen, ob er eingestiegen war. Sie hatte nicht die Kraft, die Tür zu schließen, und befürchtete auch, dass dieser Leichengeruch für immer in ihrem Haus bleiben würde. Sie bewegte sich jedoch auch nicht, als dieser so verflog, das ihr Geruchssinn wieder das Verbrannte wahrnahm. Aus ihrer Starre weckte sie erst eine Böe Nordwind, der zusammen mit den Geräuschen des Lebens der Nichtanpassungswilligen neuen Verwesungsgeruch mit sich brachte. Sie lief zur Tür, endlich war sie in der Lage, sie zu schließen, doch sie musste sich von innen dagegenlehnen, weil sie wieder von einer völligen Lähmung erfasst wurde.

Wohin war er eigentlich gefahren, falls er gefahren war? Die Tasche mit dem toten Körper hatte er sicher wieder in den Container geworfen, als er sich vergegenwärtigte, dass er mit ihr nicht in den Bus steigen konnte. Dann aber, wenn die Müllabfuhr nicht schon vor dem Morgen käme, würde sie im Laufe des nächsten heißen Tages die gesamte Umgebung verpesten! War das seine Absicht? Hatte er dies als Strafe gedacht? Sie stellte sich lebhaft die eklige schwarze Spindel Fliegen vor, die über dem Container hing, und den Rummel der Anrainer, der sich schnell gegen sie wenden würde. Sie musste sofort etwas unternehmen! Der Selbsterhaltungstrieb, der sie vorher so gut beraten hatte, den Gestank durch angebrannte Creme zu überlagern, funktionierte auch jetzt. Sie öffnete die falsche Wand des Küchenschranks, die noch ihr Vater für das Haushaltsgeld hatte einbauen lassen, zählte zehn Hundert-Kronen-Scheine ab und steckte sie in ihre Rocktasche. Dann zog sie glücklicherweise noch rechtzeitig ihre Schlüssel ab, die immer noch von innen in der Tür steckten, und zog die Tür hinter sich zu. Sie mied den Container über den kreisförmigen Fußweg, der sich an den Vorgartenzäunen entlangzog.

Die lauten Geräusche wurden stärker, als sie sich den beiden Häusern am Ende der Straße näherte, die ihre Mitgift gewesen waren. Wahrscheinlich hatte die Gemeinde wieder einmal den Nichtzahlern den Strom abgeschaltet, denn hinter den Fenstern flimmerten Kerzen. Doch dies schien hier niemandem die Stimmung zu verderben, von einer wilden Melodie am Leben erhalten, die vielleicht gerade dadurch aufreizend war, weil sie recht falsch, aber umso lauter von Mundharmonikas gespielt wurde. Durch die Durchfahrt, aus der vor längerer Zeit das ursprüngliche Eichentor verschwunden war, sah die Schöne Frau, dass auf dem Hof ein Lagerfeuer brannte, das ebenfalls von Holz genährt wurde, sicher ist da wieder etwas anderes an anderer Stelle verschwunden, fiel ihr ein, doch da betrat sie schon den Hof.

Um das Feuer herum saßen oder lagerten auf löchrigen Matratzen etwa drei Dutzend Männer, Frauen und Kinder, von Greisen bis hin zu Säuglingen, alle wiegten sich und klatschten zu einem von zwei jungen Roma auf einfachen Instrumenten angegebenen Rhythmus. Für einen Moment kam sie sich wie in einer anderen, besseren Welt vor, in der statt der ermüdeten, in den letzten Zügen liegenden Zivilisation ungebändigte Natur herrschte, und sie wollte auch mitklatschen, doch sogleich erinnerte sie sich wieder an die widerliche Sache im Container und überlegte blitzschnell, wie sie diese Wilden ansprechen könnte, um sie für ihr Vorhaben zu gewinnen.

Da hatte sie auch schon die beiden Musikanten entdeckt, die gleichzeitig aufhörten, in ihre Instrumente zu blasen. Die Bewegung und das Klatschen hörten nach wenigen Takten auf, bis der ganze Hof verstummte, nur ein verbranntes Etwas, das noch vor kurzer Zeit eine dreimal zersägte Leiter gewesen sein konnte, knisterte in den Flammen. Der Motor ihres Selbsterhaltungstriebes flößte der Schönen Frau ein, sie solle auf nichts warten und sie als Erste ansprechen, solange auch das Überraschungsmoment auf ihrer Seite war.

»Einen schönen guten Abend«, sagte sie und versuchte, alle auf einmal in ihren Blick einzuschließen, »es tut mir leid und ich entschuldige mich, dass ich Ihr Vergnügen störe, aber ich habe für Sie einen guten Vorschlag: Geld auf die Hand für einen Spaziergang, der nicht einmal eine Stunde dauert. Hat jemand Interesse? Sofort.«

Und da keiner reagierte, setzte sie eindringlicher fort.

»Ich bin Frau Čechová, die Frau von Kemal Etschelan, den Sie sicher kennen, ich bin natürlich bereit, für diese kleine Gefälligkeit im Voraus zu zahlen.«

Sie zeigte ihnen flüchtig das Bündel Banknoten, steckte es in die Tasche zurück und ließ zur Sicherheit die Hand darauf. Bald meldete sich auch schon der ältere der beiden Harmonikaspieler zu Wort.

»Und was wollen Sie eigentlich?«

Dies klang sehr misstrauisch, eine solch horrende Summe

für einen angeblich so kurzen Spaziergang kam ihnen wohl höchst verdächtig vor. Die Schöne Frau verstand sofort, dass sie ihr Vorhaben gleich vor Ort erklären musste.

»Sie müssen keine Angst haben, dass ich Sie in etwas hineinziehen will, uns ist nur ein großes Malheur passiert. Der Kater, den Herr Etschelan gestern Nacht hier gesucht hat, hat sich unglücklicherweise an einem Messer aufgespießt. Ich habe ihn in den Container vor dem Haus gebracht, aber die Müllabfuhr ist nicht gekommen, und jetzt stinkt es dort fürchterlich. Morgen wäre das auch für Sie hier unerträglich, und so biete ich denen, die ihn jetzt auf die städtische Deponie bringen, dafür eine gute Belohnung.«

»Und wie viel?«, fragte endlich der zweite Harmonikaspieler.

Ihre geringe Begeisterung zwang sie, ohne weiteres Verhandeln ihren höchsten Trumpf auszuspielen.

»Eintausend Kronen. Fünfhundert gleich und fünfhundert danach.«

Der Hof seufzte auf. Fast augenblicklich erhoben sich drei der Sitzenden.

»Worauf warten? Gehen wir!«

»Setzt euch wieder hin!«, stieß der Musikant hervor und steckte wie auch der erste sein Instrument in die Tasche, »es geht um einen Kater und nicht um ein Kamel, dafür braucht man keine Prozession! Auf geht's!«

Von ihrer Autorität zeugte, dass sich die Stehenden wieder hinsetzten und einer lieber ein neues Lied anstimmte, in das die anderen auch ohne Begleitung einfielen. Die Schöne Frau kehrte, eingerahmt von den zweien fast wie von Bodyguards, durch die Straße zurück, wo Betrieb und Leben verstummt waren, da die Zuwanderer hier zumeist sehr früh aufstehen mussten und sich so ausschlafen wollten. Voran trieb sie das

Wissen, dass sie wenig später das kleine Problem gelöst haben würde, damit sie sich dann voll dem deutlich größeren widmen konnte. Der Nordwind, der sie begleitete, trieb alle Gerüche vor sich her, den schlimmsten nahmen sie allerdings erst am Container wahr. Auf dem Weg zählte sie fünf Scheine ab und bot ihnen nun an, das Geld zu teilen, wie sie es für richtig erachteten.

»Wissen Sie«, sagte der erste und rümpfte die Nase, »geben Sie uns jetzt schon mal alles, wir kommen nicht zurück, müssen den Gestank abspülen.«

Ohne zu zögern gab sie jedem von ihnen fünf Hunderter. Dann öffneten sie den Deckel. Der restliche Gestank entwich in die Luft. Die Tasche mit dem Kater war nicht mehr da!

49

Sie versuchte nicht einmal, von den Roma das Geld zurückzuverlangen, und den beiden fiel es auch nicht ein, es zurückzugeben. Sie wünschten ihr nur zivilisiert gute Nacht und begaben sich vom Container in die entgegengesetzte Richtung als der, aus der der Wind die Gesänge ihres Volkes hertrug. Die Schöne Frau wurde sogleich wieder von großer Müdigkeit übermannt, sie zweifelte daran, es bis ins Schlafzimmer zu schaffen. Sie schleppte sich vor allem deshalb nach oben, weil sie Valtr für die Nacht versorgen wollte. Doch er schlief so fest, als habe er die unendliche Spannung zusammen mit ihr durchlebt. Sie deckte nicht einmal den Käfig ab, verwendete erstmals weder Seife noch Zahnbürste und hatte auch keine Kraft, ihr Nachtgewand anzulegen. Sie glaubte, bewusstlos und erst am Mittag wieder wach zu werden, doch eine solche Gnade wurde ihr nicht zuteil.

Kaum hatte sie die Augen geschlossen, lief vor ihrem geistigen Auge der Zeitlupenfilm ab, den sie von der gestrigen Nacht schon kannte, ebenso alle folgenden Schlüsselszenen bis hin zur peinlichen Aufdeckung ihres Betrugs und dem Weggang des Menschen, der gleichzeitig ein Fremder und ihr Mann war. Erst jetzt wurde sie voll von dem Wissen eingeholt, dass in ähnlicher Form die antiken Erinnyen Schuldige verfolgten! Welch eine himmelschreiende Enttäuschung musste er erleben, wenn er glaubte, sie habe seinen Liebling – ja! Alibaba war für ihn dasselbe gewesen wie für sie ihr Valtr! – absichtlich getötet, auf jeden Fall so verdächtig, dass sie nicht in der Lage gewesen war, es zuzugeben und ihn in Abfällen hatte verwesen lassen …

Die Uhr am Pfarrturm hatte schon längst aufgehört, mit Glockenschlägen die Nachtruhe zu stören, sie aber lag noch immer ohnmächtig auf dem Bett und betrachtete die Decke, die von der Netzhaut die Aufgabe einer Projektionsleinwand übernahm. Der Fremde hatte Alibaba also mitgenommen, doch gewiss war er mit ihm nicht in den Stadtbus eingestiegen, man hätte ihn sicher des Busses verwiesen, und wo irrte er mit ihm umher, was würde er weiter tun? Sie konnte vor allem deshalb nicht einschlafen, weil sie die Ohren spitzte, um nicht zu verpassen, wenn er doch zurückkäme, doch was dann? Nach unten gehen und ihm erneut zu erklären, wie es geschehen war und warum sie Angst überkam, die alles noch schlimmer gemacht hatte? Ihm schwören, dass sie nicht lüge, wie sie nie gelogen habe, die »Notlügen« nicht mitgerechnet, und vielleicht vor ihm auf die Knie gehen, so wie er es zweimal vor ihr getan hatte?

Sie war bereit, zu allem bereit, womit sie ihr Gewissen würde erleichtern können, sie bedauerte sogar, keine Katholikin zu sein, um ihre Seele durch Beichte erleichtern zu können. Doch der Fremde kehrte nicht zurück, und mit jeder Minute wurde es für sie klarer, dass er heute nicht wiederkehren würde … heute? Oder überhaupt nicht? Für einen Moment erfreute sie die Stimme ihres Lieblings, den sie zwecklos so heftig verteidigt hatte, dass sie dieses nicht wieder gut zu machende Unglück heraufbeschworen hatte. Auch er war längst ein Teil von ihr, und wieder ergriff es sie, dass er in der Dunkelheit ihre Trübsal wahrnahm und verschlafen aus seinem Käfig heraus seinen Ratschlag krächzte.

»Rrrosa, Rrrosa, Rrrosa, Rrrum … Rrrumrrrumrrrum … Soforrrt, Rrrosa …«

Dieses Mal aber hörte sie nicht auf ihn, sie wusste, dass sie der erste Fingerhut betrunken machen würde, und obwohl der Fremde heute kaum wiederkehren würde, wollte sie nüchtern bleiben, wenn es doch der Fall sein sollte! Sie hörte, wie Regen aufs Dach fiel, gleichzeitig verspürte sie eine Abkühlung, wenn es gestern so gewesen wäre, hätte er die Tasche nicht gefunden … bedauerte sie und erschrak über sich selbst, sie verhielt sich, wenn schon nicht wie eine Mörderin, dann wie eine notorische Betrügerin!

Als es ihr um Mitternacht klar wurde, dass sie zur Strafe auch der Schlaf verlassen hatte, begann sie, wie zu Zeiten des bösen Jaromír, die aufgeräumte Wohnung aufzuräumen. Reinlichkeit war ihr ein spirituelles Bedürfnis, du bist die ganze Mutter Ludvíka!, pflegte der Vater zu sagen, wenn sie zum zweiten Mal den gerade gewischten Salon wischte, doch tat sie das nicht der Ordnung halber, sie fand im Kampf gegen jedes Staubkorn einen rettenden Kreis, der sie über die Flutwelle der Traurigkeit erhob. Nachdem Jaromír gestorben war und sie auch unten wohnen konnte, wurden ihr neben Valtr die Treppen zu einem besonderen Trost; ehe sie gelernt hatte, auf dem Friedhof Gespräche zu führen, hatte sie beim Wischen mit ihnen gesprochen. Den Professor Hedvábný, als er sie dabei ertappte, versuchte sie anhand der Jahresringe, Knoten und Schrammen davon zu überzeugen, dass jede Stufe aus dem Dutzend anders war und deshalb ganz besonders, eigenartig, weshalb sie auch eine besondere Behandlung benötigte; als frommem Christen vertraute sie ihrem Untermieter lieber nicht an, dass sie die zwölf nach den heiligen Aposteln benannt hatte, von Matthäus bis Judas.

Gegen zwei hielt sie es nicht mehr aus, und da sie sich schon sicher war, dass der Fremde heute nicht wiederkommen würde, bedeckte sie Valtr mit dem Überwurf und ging in die untere Wohnung. Sie war wieder sorgfältig aufgeräumt, das Bett gemacht, das Geschirr abgewaschen, dem Skelett wich sie mit den Blicken aus, wurde aber sogleich unsicher, als sie wieder Verwesungsgestank wahrnahm. Sie hoffte, ihn sich nur einzureden, doch ihr Geruchssinn führte sie zu einer Schale voller kleingeschnittener Leberstücke unter dem Badfenster, diese hatten wahrscheinlich seit Sonntagnacht dort gestanden, falls der Kater im Laufe des Tages heimkommen würde.

Ein weiteres Problem tauchte auf. Wenn sie sie beseitigte, würde der Fremde merken, dass sie hier eingedrungen war. Ließ sie sie dort stehen, reichte am nächsten Tag eine kleine Erwärmung, und das Haus würde von hier aus wieder verpestet. Die Vorstellung war für sie noch ekliger, als sie die erste schreckte. Deshalb spülte sie die Leber in die Toilette und legte die abgewaschene Schale auf fünf gleiche in seinem Küchenschrank, vielleicht würde er es nicht merken … wenn er noch einmal kommt! erinnerte sie sich niedergeschlagen, sie schloss die Mietwohnung ab, setzte sich auf die dritte Treppe von unten, die sie Lukas getauft hatte, und versuchte, darüber nachzudenken, was sie tun sollte, falls nicht.

Dann ging oben die Tür zum Salon auf, und als sie sich umschaute, sah sie den Fremden über sich wie damals, als sie nach ihrem Treppensturz kurz wach geworden war. Auf seiner Schulter saß Valtr, und wieder kam er nicht auf die Idee, zu ihr zu fliegen, er breitete nur seine Flügel aus und faltete sie wieder zusammen, so als würde er ausgelassen winken. Und der Fremde stieg langsam mit ihm die Treppe hinab, setzte sich neben sie, legte ihr den Arm um die Schulter und sang leise den Walzer von der schönen blauen Donau, den er in der ehemaligen Badeanstalt hatte spielen lassen, damit sie mit ihm tanzte. Diesmal wusste sie, dass sie das nicht abschlagen durfte, es war die einzige Möglichkeit, ihn davon zu überzeugen, dass sie seinen Liebling durch einen unglücklichen Umstand getötet hatte, dass sie deshalb verzweifelt war und dass sie schon aus diesem Grunde Vergebung verdient hatte. Sie öffnete die Arme wie ihr Liebling die Flügel, doch sie umarmte nur Luft …

Es dauerte eine Weile, ehe das getäuschte Gehirn verstand, dass sie auf der Treppe eingeschlafen war und so lange geschlafen hatte, bis die Morgendämmerung sie weckte. Der Fremde war nicht heimgekehrt und wollte es wahrscheinlich auch nicht. Doch sie war schon zu einem Entschluss gelangt, dass, wenn er nicht zu ihr gekommen war, sie selbst heute früh etwas unternehmen musste.

Davon, was die Schöne Frau zu ihrem Glück nicht hören, sehen und auch nicht wissen konnte, wird der Autor, seinem verbindlichen Versprechen treu, den Lesern höchstpersönlich berichten.

50

Das nächtliche Herumirren mit dem toten Alibaba hätte eine Satellitennavigation, die jede Bewegung des Fremden verfolgte, nachvollziehen, oder Phantasie, die jede Sinnesregung beschreibt, näherbringen können. Auf diese hat der Autor allerdings schon von vornherein verzichtet, um die Leser nicht mit Hirngespinsten zu verwirren, für die er nicht wenigstens so garantieren kann wie für die detaillierte Schilderung der Gedankengänge der Schönen Frau; diese sind wegen der großen Ähnlichkeit der Erlebnisse, Enttäuschungen und Träume seinen eigenen und auch vielen seiner lesenden Landsleute verwandt.

Der Fremde, betrachtet aus der fiktiven Satellitenperspektive, unternahm überhaupt nicht den Versuch, mit seiner schrecklichen Last in ein Verkehrsmittel einzusteigen. Ab dem ersten Augenblick dachte er mit an Sicherheit grenzender Wahrscheinlichkeit daran, wie er seinen teuren Freund würdevoll in die Erde betten könnte, auf der sie beide nicht zu Hause waren; sie mussten sie als Vertriebene aus ihrer eigenen Welt hinnehmen, mit der sie auch ihre Gräber verloren hatten. Die stinkende Tasche hielt er nicht vom Körper fern, sondern trug sie unter dem Arm, so als könnte das tote Tier noch seine Liebe wahrnehmen. Sein Gesichtsausdruck, der sich auch früher nur wenig verändert hatte, verriet weder Traurigkeit noch Hass. Als er dann einen nächtlichen Passanten treffen sollte, ging er lieber durch die nächste parallel laufende Straße ans Ufer des F. und folgte im hohen Gras seinem Lauf bis zu der Stelle, von der aus der kürzeste Weg zu seiner Baufirma führte.

Das Drahttor war durch ein festes Schloss gesichert, von dem er einen Schlüssel besaß, weil er sich oft dort länger aufhielt. Hinter dem Fenster der Pförtnerloge flimmerte das bunte Schattenspiel des Fernsehers, der Nachtwächter verließ sich auf den Geruchssinn seines scharfen Wolfshundes, der den Fremden jedoch gut kannte und deshalb auch nicht zu bellen anfing. Der Fremde ging zu seinem Container, doch nur, um aus dem angrenzenden Schuppen eine Spitzhacke und einen Spaten zu holen, danach begab er sich zu einer Linde.

Der über dreihundert Jahre alte Baum war im letzten Moment von Denkmalschützern gerettet worden, nachdem alle anderen gefällt worden waren, die einst das Epstein-Schlösschen umgaben, wie die Stadt S. in der Vorkriegszeit die Residenz des hiesigen Kohlebarons nannte, die aus der Ruine einer Junkerfeste umgebaut worden war. Epstein hatte aus dem Ersten Weltkrieg das Eiserne Kreuz mitgebracht und glaubte fest, dieses werde mehr gelten als die Nürnberger Gesetze; von diesem Irrtum befreite ihn wohl erst das Tor zur Gaskammer in Auschwitz. Während des Krieges hatte der Chef der hiesigen Gestapo seinen Sitz im Epstein-Schlösschen, nach ihm der Chef der neuen Staatssicherheit, und bei den folgenden Vermögensrückgaben wartete man lange vergebens auf einen Erben, sodass der Sieger der Versteigerung sofort planieren konnte und nicht gegen teure Ideen der Denkmalschützer ankämpfen musste. Diese konnten nur noch eine einzige Linde retten, doch sie straften die Barbaren damit, dass sie sie zwangen, wegen dieser den Mittelpunkt des Areals zu verlegen. Die Linde hatte somit den Preis von ein paar hübschen Millionen und noch viele weitere Jahre vor sich.

Der Fremde wählte eine Stelle dicht hinter ihr, weil er wusste, wo er zwischen den kürzlich behandelten Wurzeln graben musste. Er stand schon bis zur Brust in der Grube, als er innehielt, sich an die Oberfläche schwang und Alibaba vorsichtig aus der Tasche befreite. Das Licht der Sterne verdeckte gnädig das Werk des fortgeschrittenen Todes. Das Auge des Satelliten hätte dann erblickt, wie der Fremde zuerst den Boden der Grube mit der Tasche auskleidete und nun den Kater so vorsichtig darauf legte, als sei er aus Glas. Darauf verneigte er sich, sprach etwas zu ihm in seiner Sprache, was wie eine Sure klang, zog sein Hemd aus und streifte es langsam über das Tier, bis es vollständig bedeckt war. Das Gesicht des Fremden blieb dabei reglos, seine Augen trocken. Als er die Grube zuschaufelte und den festgetretenen Boden mit bereitgelegten Rasenflecken bedeckte, könnte aus dem nächsten Militärsatelliten nur noch zu sehen sein, wie er zurück zu seinem Container lief, doch ehe er darin verschwand, zog er sich aus und hängte an das Geländer davor seine Hosen und sein Sakko, wohl um den Geruch loszuwerden.

Auch er hatte wahrscheinlich innerhalb dieser einen Stunde verstanden, dass er nicht so schnell würde einschlafen können; denn als er wieder auftauchte, hatte er Reservejeans an, eine Jacke und ein anderes Hemd statt dem, das er als Leichentuch verwendet hatte. Hinter den Fenstern der Pförtnerloge lief immer noch der Fernseher, und der scharfe Wachhund kam von irgendwoher angerannt, dann aber assistierte er für ein paar Streicheleinheiten, bis der nächtliche Besucher das Tor hinter sich zugeschlossen hatte. Der Fremde überquerte die Straße und holte einen Schlüssel zum Hintereingang des Bistros Beograd aus der Tasche, den er vorher der Schublade seines Arbeitstisches entnommen hatte.

Dass er ihn bisher noch nicht zurückgegeben hatte, lässt sich damit erklären, dass er keine Lust gehabt hatte, Ljubica von seiner Hochzeit zu erzählen. Wer diesen Roman so aufmerksam liest, wie er geschrieben ist, weiß nur allzu gut, dass gerade sie es war, die ihn zurückgewiesen hatte, als er in seiner Not um ihre Hand anhielt, somit schuldete er ihr nichts. Doch wer überfällt schon in der Nacht seine Geliebte auf der Flucht vor seiner frisch gebackenen Ehefrau? Wenngleich er den Schlüssel in der Hand hielt, klingelte er lieber an der oberen Wohnung, da er ja nicht wusste, ob sie allein zu Hause war. Sie war es, wunderte und ärgerte sich.

»Warum klingelst du mich raus? Du hast eine Schlüssel! Und warum lässt du deine Ljubica so lange warten? Ich habe dich gegenüber gesehen, wie du dort arbeitest!«

»Ich habe auf dich gehört«, sagte er und stützte sich ungewöhnlich erschöpft mit beiden Händen gegen den Türrahmen, wodurch er ihn mit seinem Körper völlig ausfüllte, »wie du mir geraten hast, habe ich meine Wirtin geheiratet, damit ich im Land bleiben kann.«

»Aha«, lachte sie, so als habe sie einen besonders gelungenen Witz gehört, »also du hast nun tschechische Angehörigkeit und willst jetzt bumsen? Dann komm hoch in mein Bett, du mein großer Kater!«

Er regte sich nicht, er sah aus, als stütze er in der Tür das gesamte Haus.

»Den Kleinen hat sie mir umgebracht.«

»Deinen persischen … wie heißte er?«

»Alibaba. Ich gehe nur noch morgen zu ihr zurück, lasse dann die Sachen abholen, wenn ich weiß wohin. Kann ich bei dir bleiben, bis ich etwas Neues zur Untermiete finde? Oder nimm du mich auf, ich bezahle dir dasselbe wie ihr! Gegen einen Handel kann weder der uneheliche Sohn noch sein Anwalt etwas einwenden.«

»Dich lässt Ljubica gern hier«, sagte sie, »aber nicht deinen Toten, mir hast du ihn gezeigt, als du hergebracht hast. Den lässt du bei Schachtel statt dir, wenn du dich scheiden lässt! Und nun schnell, geh baden, du stinkst wie Leiche!«

Er ließ den Türrahmen los, und sie bemerkte, dass er fast das Gleichgewicht verlor.

»Du sollst bei mir bleiben, dass du bei Ljubica dein alte Form findest«, schlug sie fürsorglich vor und setzte eifersüchtig hinzu, »warum musst du noch zu deine Schachtel?«

»Ich schulde etwas!«, sagte er so seltsam, dass es auch der Autor hörte und Angst bekam …

51

In dieser Nacht schlief sie gegen Morgen noch einmal ein, doch nur für eine Weile. Auch der kürzeste der dramatischen Träume, von denen sie sonst so viele hatte, dass sie davon hätte abgeben können, stumpfte das wach gerüttelte Gehirn nicht ab, das immer wieder unbarmherzig die hässlichsten Szenen der vergangenen Stunden abspulte. Dazu kam, was sie zum ersten Mal erlebte und sich deshalb keinen Rat wusste: Es bot ihr keine Lösung an.

Sie war es ab dem Tod ihrer Mutter schon als Kind gewohnt, sich selbst helfen zu müssen, und so hatte sie recht zuverlässig gelernt, in jeder Situation zu bestimmen, was nun und was danach zu tun war. Kaum hatte sie verstanden, dass sie durch ihre »bürgerliche Herkunft« nicht, wie sie es sich so sehr gewünscht hatte, würde Medizin studieren können, ging sie an eine Krankenschwesternschule, um bei ihrem Vater bleiben zu können. Kaum hatte sie erkannt, dass der Kommunist, den man ihnen ins Haus gesetzt hatte, vor allem ein anständiger, kluger und dazu noch hübscher junger Mann war, der uneigennützig an seine Ideen glaubte, wurde sie seine Frau. Und kaum hatte sie festgestellt, dass ihr Mann seine moralische Prostitution damit begründete, dass er ihr

Lebensniveau halten wollte, ließ sie sich scheiden und riskierte dabei, dass dies richtigerweise als politische Geste verstanden werden würde, die sie der Schikane aussetzte. Alle Kreuzungen des Lebens hatte sie problemlos bei Rot überquert, bei allen Kreuzwegen schlug sie ohne zu zögern eine Richtung ein und wählte immer die richtige. Nun hatte sie diese Sicherheit verloren.

Sie war sich ihrer absoluten Unschuld bewusst, gleichzeitig aber auch dessen, weshalb er aus ihren Lügen zu der Überzeugung gelangt sein konnte, dass sie das für ihn so wertvolle Tier vielleicht in einer Kurzschlusshandlung getötet hatte, aber doch absichtlich, als Rache dafür, was sie als Vergewaltigung verstanden hatte, er aber als Akt, der die Echtheit ihrer Ehe bekräftigte, da sie nicht nur nicht protestiert, sondern auch so lang und leidenschaftlich in seinen Armen gelegen hatte. Es war einfach ein Unglück passiert, das, obwohl es nur ein stummes Gesicht ereilt hatte, in seiner Folge ein fast antikes Ausmaß angenommen hatte. Und die Katastrophe konnte nur ein Deus ex machina abwenden, wie er in uralten Tragödien das Unversöhnliche versöhnt. Doch wer konnte dies in S. sein? In diesem Fall der einzige Mensch, dem Kemal sicher vertraute, weil gerade er sich am meisten darum verdient gemacht hatte, dass er im Land bleiben konnte.

Sie versuchte, die Spuren der quälenden Nacht mit einer Heiß-Kalt-Dusche zu lindern, sie beschränkte ihre normale Toilette auf das Notwendigste, vor allem das Schminken, und zog gedankenlos an, was ihr im Kleiderschrank in die Hand fiel. Sie ließ sich jedoch nicht von Valtrs Protesten erweichen, als sie ihn entgegen aller Gewohnheit schon am Morgen mit dem Glöckchen zurück in den Käfig lockte und hinter ihm das Türchen verschloss.

»Herrr Karrrl, Herrr Karrrl!«, kletterte er an den Käfigstangen herauf und rief vergebens seinen ehemaligen Herrn um Hilfe an, »Rrrrosa, Valtrrr Grrraf!«, erinnerte er sie, erreichte aber nur, dass sie im Affekt den Käfig sogar mit dem Überwurf für die Nacht zudeckte, was am Tage eine unerhörte Strafe in Form eines Dunkelarrestes darstellte.

Erst beim Warten auf den Bus in der Menge der zwitschernden Vietnamesen begann sie nüchtern darüber nachzudenken, ob sie nicht Jan anrufen sollte, dass sie zu ihm auf die Baustelle kommen möchte, ohne dass Kemal sie vorher sah, und was sie eigentlich von ihm wollte, was sie ihm überhaupt erzählen sollte, damit er vermitteln konnte. Die Scheinehe war allerdings sein Werk gewesen, sie konnte jedoch kaum ihrem ehemaligen Verehrer schildern, wie sie dann von seinem Schützling vergewaltigt worden war … aber er hatte sie eigentlich gar nicht vergewaltigt!, gestand sie sich endlich die Wahrheit ein … und ihren ganzen Körper durchfuhr eine heiße Welle. Sie konnte diese nur dadurch vertreiben, dass der Bus gerade vorfuhr und die kleinen Menschen höflich warteten, bis sie eingestiegen war. Trotzdem befürchtete sie, dass sie die erste Erschütterung erlebte, auf die dann ein großes Beben folgen würde.

Ingenieur Schnellreich wies den Pförtner an, er solle es nicht wagen, seine Loge heute auch nur für eine Sekunde zu verlassen, wenn er seine Stelle nicht verlieren wolle. Wenngleich an diesem Tag keine regelmäßigen Beratungen stattfanden, täuschte er heute eine vor, um dann nicht seinen Stab im gesamten Areal suchen zu müssen. Erst einmal plauderten sie über Fußball, als ihn der Pförtner anrief, er habe gerade einem Überfallkommando von hohen Chefs die Schranke geöffnet. Knapp eine Minute später war die Kolonne aus schwarzen BMWs vor seiner Containerzentrale angekommen und er setzte schnell eine verwunderte Miene auf, die er für ähnliche Vorfälle schon lange trainiert hatte. Draußen klappten Autotüren, und in den Container stürmte der Juniorchef der Prager Zentrale der Firma Hejkal and Hejkal mit seinem Peloton, angeführt von Franz-Josef Hinterpichler, dem Generaldirektor der Mutterfirma Bavaria Hoch- und Tiefbau, der wegen seines Aussehens und seiner Art zu handeln von den Tschechen sehr treffend »Der Drahtige« genannt wurde.

»Surprise, surprise!«, rief der Deutsche in neudeutschem Esperanto-Englisch, und der junge Hejkal gab durch nichts zu verstehen, dass er den angeblich überraschten Bauleiter rechtzeitig durch seine Sekretärin hatte vorwarnen lassen, da er von ihrem Verhältnis wusste. Ingenieur Schnellreich erstattete gerade Meldung über den Zustand der Baustelle, als der Pförtner erneut anrief.

»Kruzitürken!«, wütete Schnellreich, »hatte ich Ihnen nicht verboten, mir jetzt …«

Da hörte er die Stimme der Person, der sein Pförtner den Hörer sogleich übergab. Er erstarrte und legte nicht auf, entschuldigte sich nur, er könne sie jetzt wirklich nicht empfangen, und setzte nur kurz hinzu.

»Ich rufe heute Abend an, auf jeden Fall aber mein herzliches Beileid … Wie warum? Dein Mann hat sich doch wegen eines Todesfalles in der Familie entschuldigt!«

Was er und die Schöne Frau nicht wussten: In diesem Moment öffnete der Fremde die Türe zum Haus auf dem kleinen Platz, nachdem er vorher in der ausgeraubten kleinen Kapelle gewartet hatte, bis sie das Haus verließ. Der Autor weiß nicht, was in ihm vorging, doch er kann wieder seinen Weg durch das Haus beschreiben. Er öffnete die Tür zur unteren Wohnung, die immer noch nicht abgeschlossen war, und schaute sich auf der Schwelle lange um. In eine große rot-blau-weiß gestreifte Vietnamesentasche, die er mitgebracht hatte, legte er dann all seine Bücher. Anschließend zog er aus dem Koffer unter dem Bett eine Leinenhülle hervor und schien das Skelett, das er Eva genannt hatte, anzukleiden. Nun trug er alles aus der Wohnung, ließ es unter der Treppe liegen und stieg in den ersten Stock hinauf.

Auch der Salon war nicht abgeschlossen, dafür der Käfig mit dem Vogel zugedeckt. Hier hat er den Überwurf entfernt. Der Papagei presste sich in ungewöhnlicher Weise in die Ecke seines gläsernen Bades, so als könne er sich dort verstecken. Er brachte keinen Laut hervor, auch dann nicht, als der Fremde die Tür zum Käfig öffnete und seine große Hand hineinschob. Er versuchte erst gar nicht, den Fingern zu entrinnen, und ließ sich ohne Widerstand aus seinem sicheren Drahtverschlag nehmen, so als sei er mit allem ergeben ausgesöhnt, was kommen mochte.

52

Ein Todesfall in der Familie!, wiederholte sie, als sie aufgelegt hatte und aus der Pförtnerloge durch den Drahtzaun auf die Straße trat, wie pathetisch … gleich aber stellte sie sich vor, wenn Valtr tot wäre, wie würde sie das wohl bezeichnen? Doch genauso! Ihr gegenüber lag das Gasthaus der lustigen Witwe, und sie überlegte, ob Kemal vielleicht im Lokal sitze. Oder schlief er dort etwa? Diesen Gedanken verdrängte sie, bei ihrem einzigen Besuch im Container hatte sie das Feldbett mit der sorgfältig zusammengelegten Decke bemerkt. Wahrscheinlich, meinte sie, würde er auch jetzt dort schlafen, wo er Alibaba irgendwo beerdigt und dies mit einem alkoholfreien Bier in einer der Nachtbars hinuntergespült hatte, von denen

S. mehr besaß als Schulklassen. Sie verwarf auch den Gedanken, ihn zu suchen, denn sie hatte nicht die geringste Vorstellung davon, wie sie ihn ansprechen sollte.

Den Gedanken, sich auf dem Friedhof Rat zu suchen, verwarf sie ebenfalls, völlig absurd erschienen ihr plötzlich ihre Gespräche mit den Toten, die sie doch mit sich selbst führte, somit konnte sie nicht mehr erfahren als das, was sie schon wusste. Verschmerzen musste sie leider auch Julius Mádr, der bestimmt versucht hätte, ihr mit einer weiteren Liebeserklärung zu helfen, und das war das Letzte, was sie heute hören wollte. Verwickelt in verschlungene Überlegungen dachte sie nicht an den Weg, bis sie merkte, dass sie schon lange auf die Feinbackwaren in den Auslagen der Konditorei HELENS KINDERCHEN starrte. Diesmal setzte sie sich hinein, um auch die geringe Wahrscheinlichkeit auszuschließen, dass jemand der wenigen Bekannten, die gerade über den Platz liefen, sie stören würde.

Das Lokal hatte gerade geöffnet, sie war bisher der einzige Gast, der Kapitalismus hatte die Zeiten hinweggeweht, in denen sich hier nach dem Frühstück die Werktätigen mit einer Jause das Warten auf das Mittagessen verkürzten. Es fiel ihr nichts Besseres ein, als wieder Wiener Kaffee und Sachertorte zu bestellen, doch als sie plötzlich eine leere Tasse und einen leeren Teller vor sich stehen sah, wurde ihr bewusst, dass sie nichts von dem klassischen Quartett des Geschmacks bemerkte hatte; die Zunge hatte nichts unterscheiden können, oder eher, wie sie begriff, hatte das wirre Gehirn ihre Meldung nicht an das Bewusstsein geleitet. Wütend auf sich selbst, dass sie ihren Sinnen erlaubte, so gefährlich abzustumpfen, wo sie diese so dringend zur Lösung ihrer Krise brauchte, bestellte sie sich beides noch einmal und zwang sich bei jedem Schluck und Bissen dazu, das bittere Koffein, die kühle Sahne, die süße Schokolade und die säuerliche Aprikosenmarmelade wahrzunehmen. Und während ihr Geist auf Hochtouren lief, wurde sie plötzlich von dem Erdbeben erfasst, das sich am Morgen an der Bushaltestelle angekündigt hatte.

In der menschenleeren Konditorei, deren Personal im Zubereitungsraum unter den stillen Klängen des uralten Liedes der Beatles von irgendeinem Gestern ein Schwätzchen hielt, vergegenwärtigte sie sich ganz konkret den Augenblick, als der nackte Fremde sie wild und trotzdem nicht grob zum Bett getragen, in wundersamer Weise von ihrem Morgenmantel und dem Nachthemd befreit hatte und dann mit seinem Geschlecht wohl fast bis zu ihrem Herzen in sie eingedrungen war, ohne dass sie den geringsten Schmerz gefühlt hatte, eher im Gegenteil! Erst nun schien alles, was sie nach dieser Nacht vor Schreck und Scham so perfekt verdrängt hatte, so als sei es nur einer ihrer berühmten Träume gewesen, Wirklichkeit zu werden; die frisch erwachten Sinne brachten ihr Formen, Farben, Laute, Düfte und Geschmack zurück.

Erst nun wusste sie mit Sicherheit, was ihr schon am Grab ihrer Mutter eingefallen war: dass sie nicht vergewaltigt und um Würde und Ehre gebracht worden, sondern mit allem verehrt und beschenkt worden war, was sie durch Jaromírs Verrat verloren hatte und im Widerspruch zu ihrem gesamten Wesen nicht gewagt hatte, wieder zu suchen. Ja, Kemal – jetzt war sie nicht mehr fähig, ihn einen Fremden zu nennen! – hatte mit diesem animalischen Angriff in einem einzigen Augenblick die Hemmungen beseitigt, mit denen sich ihr Intellekt über Jahre gegen einen neuen falschen Traum gewehrt hatte aus Angst, er könne sie vollständig zerstören.

Gerade jetzt kehrte vollständig ihr Bewusstsein zurück, dass sie in dieser Nacht kein passives Opfer gewesen war, das sich wie ein Sklave der Gewalt unterwarf, sondern eine leidenschaftliche Frau, die selbst das Liebesduell verlängerte, solange sie nicht voller Wonne den Liebhaber und sich selbst verausgabt hatte. Und sie verstand, dass sie das Mögliche und Unmögliche versuchen würde, um den Mann, der sie fünf vor zwölf aus dem Vorzimmer des Alters und des Todes wieder ins Leben geholt hatte, zurückzuholen und mit ihm als seine echte Frau zu leben.

Inzwischen war ein altes Ehepaar in die Konditorei gekommen, das das benachbarte Sächsisch sprach. Mit der Arroganz von Neureichen kritisierte es laut das Angebot an Süßem und erinnerte sich nostalgisch ›an das alte Café‹. Nachdem die Schöne Frau bezahlt hatte und nun an den beiden vorbeiging, konnte sie sich eine Bemerkung auf Deutsch nicht verkneifen:

»Das alte Café hieß Café Silberstein, aber Sie meinen wahrscheinlich das arisierte Lokal, das nach dem Anführer der Sudetendeutschen Café Henlein hieß, nicht wahr, meine Herrschaften?«

Sie ließ sie dort eher von Angst denn von Scham befallen zurück und ging zu Fuß weiter. Ohne weiteres Nachdenken wusste sie plötzlich genau, was sie tun musste, damit Kemal ihr glaubte, auch wenn dies völlig seinen Zweck verfehlte. Sie war es ihm und sich selbst schuldig!

Das größte Warenhaus in S. war ein Jahr zuvor von einer weiteren Kette übernommen worden, die im Erdgeschoss auch eine Heimtierabteilung eingerichtet hatte. Dort kaufte sie für Valtr teure Beutelchen Balsamine, mit der sie ihn für längere Abwesenheiten entschädigte. Sie hatte dort nie mehr gesehen als ein paar Wellensittiche und Meerschweinchen, doch sie hatte schon Eltern erlebt, die für ihr Kind zu Weihnachten einen Welpen aus dem Katalog bestellen wollten. Die junge Verkäuferin aber war nicht in der Lage, über die gewünschte Rasse nähere Informationen zu erteilen, also gingen sie unverrichteter Dinge wieder. Statt dieser Verkäuferin stand heute eine andere im Laden, was die Hoffnung auf Erfolg noch minderte.

Das dunkelhäutige Mädchen war jedoch durch und durch Tschechin, ein Kind der Liebe ihrer Mutter zu einem ausländischen Diplomaten. Außerdem studierte sie Tiermedizin, hier verdiente sie sich in den Ferien nur etwas hinzu. Perser kannte sie gut und versprach ihr innerhalb einer Woche eine Information, welcher Züchter einen Kater abgeben könne. Die Schöne Frau ermunterte sie mit einer Anzahlung, damit sie sich im Internet auch im nahen Ausland umsah, dann ging sie nach Hause. Ihre Depression wich der Hoffnung, die in ihr jede Entscheidung erweckte, einer ungünstigen Konstellation der Sterne kraft des menschlichen Geistes zu trotzen.

Sie ging noch bei den Vietnamesen vorbei, denen sie vor Kurzem geraten hatte, ihr Sortiment um Weine aus Melnik zu bereichern, und kaufte ihren Lieblingsrotwein Ludmila. Wir werden ihn zur Versöhnung trinken!, glaubte sie, als sie auf den kleinen Platz kam. Sie sah ihr Haus und erstarrte.

Das mittlere Fenster des Salons stand sperrangelweit offen, und auf dem Fensterbrett schien Valtr ein Sonnenbad zu nehmen.

53

Die Panik, die sie nun ergriff, wurde indes sofort von der Mobilisierung aller Intelligenz und Willenskraft überflügelt. Jetzt dachte sie überhaupt nicht daran, wie Valtr dahin gekommen sein mochte, sondern nur, wie sie selbst zum Fenster käme, um es zu schließen, bevor es ihm einfiel fortzufliegen. Das Glöckchen! schoss es ihr durch den Kopf, sein geliebtes Glöckchen führte ihn doch immer wieder zuverlässig in den Käfig zurück, auch wenn er sich schon tausendmal geärgert hatte, dass er durch den süßen Klang zurückgelockt wurde, damit man ihm das Licht der Welt von einem Überwurf verdeckte.

Glücklicherweise waren die kleinen Fußballer noch nicht da, die ihn bestimmt absichtlich aufgescheucht hätten. Am meisten Angst hatte sie, dass er sie erblickte und ihr entgegenflog, es war nicht sicher, ob er sich auf ihrer Schulter ins Haus tragen lassen oder, verwirrt von der unbekannten Weite, in eine andere Richtung fliegen würde. Deshalb senkte sie den Kopf und zwang sich, den Schritt nicht zu beschleunigen, auch wenn ihr der Weg zur Tür endlos vorkam. Erst als sie aufgeschlossen und die Flasche auf die Fliesen gestellt hatte, schüttelte sie die Absatzschuhe von den Füßen und jagte leise ins Obergeschoss. Ehe sie die Tür zum Salon öffnete, erinnerte sie sich daran, dass sie das Glöckchen am Morgen verwendet und es dann wie immer auf den Überwurf gelegt hatte … somit konnte er nicht allein aus dem Käfig gelangt sein! Sie begann zu verstehen, wehrte sich jedoch immer noch dagegen, dem Aufmerksamkeit zu widmen, solange die Gefahr nicht gebannt war.

Sie öffnete die Tür zentimeterweise, ehe sie erneut erstarrte: das Fensterbrett war leer. Sie wurde angetrieben von neuer Hoffnung, dass Valtr vielleicht zurück in den Salon geflogen war, deshalb lief sie zum Fenster, um es zu schließen. Mit beiden Händen auf den Rahmen gestützt sah sie aber ihren Liebling, wie er gerade auf der geplünderten Gottesmarter landete. Der Überwurf lag auf dem Parkett, das Lockglöckchen fand sie aber nicht darunter, sie musste sich also auf ihre Stimme verlassen. Sie lief auf die Straße, kam jedoch noch einmal zurück, um sich die abgestreiften Schuhe anzuziehen. Valtr wartete, bis sie herangekommen war, und ehe sie ihn ansprechen konnte, kam er ihr mit einem freudigen Krächzen zuvor.

»Valtrrr Grrraf, Valtrrr Grrraf, Krrruzitürrrken!«

Als ob er ihr damit sein Reisevorhaben ankündigen wollte, segelte er dann auf das Tor des Istanbul. Das war noch geschlossen, und die Schöne Frau lief auf ihn zu, blieb aber gleich stehen, als ihr in den Sinn kam, dass sie, wenn sie den Ausreißer einfing, nichts hatte, worin sie ihn zurückbringen konnte. Sogleich fiel ihr eine Lösung ein, sie eilte zurück ins Haus, hämmerte an die Tür der unteren Wohnung und drückte ohne zu warten die Klinke herunter. Alibabas Weidenkorb entdeckte sie gleich neben der Tür, sie ergriff ihn und lief mit ihm nach draußen. Dabei begann sie zu verstehen, dass Kemal es gewesen war, der Valtr aus seinem Käfig gelassen und das Fenster geöffnet hatte. Wie damals Jaromír! schrie sie im Geiste, und ich habe ihn eigentlich selbst angeleitet!

Vor dem Istanbul fuhr der Stadtbus an, und als der Fahrer sie herbeieilen sah, hielt er noch einmal, sie musste ihn mit wilden Gesten auffordern, um Gottes willen weiterzufahren, er zuckte beleidigt mit den Achseln, doch das Fahrzeug gab dann den Blick auf das Tor frei, auf dem kein Valtr mehr saß. Die Schöne Frau drehte sich verzweifelt im Kreis, ehe sie ihn endlich auf dem Schild DELIKATESSEN erblickte, das auch die Vietnamesen behalten hatten. Das junge Paar, das ihr vor einer Weile den Wein verkauft hatte, legte gerade frisches Gemüse auf Gestelle vor dem Laden und schaute nun gespannt zu, wie sie eindringlich auf den Papagei einredete, der ihr fasziniert zuzuhören schien.

»Valtrchen, mein Liebling, komm da runter, komm zu deiner Rosarosa und sei wieder ihr teurer, herrlicher Graf!«

Sie streckte die Hand nach ihm aus und stellte sich noch auf die Zehenspitzen, um ihm noch näher zu sein, und er schien die Flügel zu schütteln, als schickte er sich an, zu ihr hinabzufliegen, doch da raste ein Motorrad durch die Straße, das Geräusche von sich gab wie eine Kreissäge. Valtr setzte wie eine Rakete zum Höhenflug an und flog in Richtung der Häuser der Nichtanpassungswilligen. Da bekam sie kaum noch Luft, der Weidenkorb erschwerte ihr das Laufen, und nach langer Zeit spürte sie Herzschmerzen, doch sie wurde von einer bösen Vorahnung angetrieben, und diese sollte sich erfüllen. Valtr ließ sich über dem Durchgang nieder, an dem das Tor fehlte, auf der Rosette einer Halterung, in der früher Fahnen steckten, und erinnerte an ein Hauszeichen. Leider im Moment, als eine Horde schwarzhaariger Kinder aus der Durchfahrt raste. Der bunte Vogel weckte in ihnen sofort den Wunsch, ihn zu erjagen.

Dies verlieh der Schönen Frau neue Kraft, sie lief zu den krakeelenden Schützen, die glücklicherweise erst einmal Steine sammelten, und schrie so laut, dass sie erschraken. Atemlos versuchte sie ihnen zu erklären, dies sei eine seltene Gattung, die schon lange bei ihr lebe, da erkannten einige in ihr die Frau, die hier vor zwei Tagen viel Geld für wenig Arbeit angeboten hatte. Ihr Anführer erklärte ihr zwar in gebrochenem Tschechisch, dafür aber verständlich, dass der Vogel ihnen den Vorzug gegeben habe, sie aber seien bereit, ihn ihr zu verkaufen. Sie beging einen weiteren Fehler, als sie nicht blindlings irgendeinen Schein hervorfischte, sondern den Korb auf den Boden stellte und ihr Portemonnaie aus der Tasche zog. Darauf ertönte ein markerschütternder Schrei.

»Love, love! Bitte, gib love!«

Niemand bedrohte sie, doch sie begriff selbst, dass sie sie umringten, bis sie Erfolg haben würden, und sie wollte für ein paar Hunderter nicht riskieren, dass Valtr von neuem fortflog. Sie gab ihnen, was sie hatte, und als sie ihnen zeigte, dass ihr Portemonnaie leer war, kehrte die Horde unter Siegesgebrüll in den Hof zurück, um sich die Beute zu teilen. Dann hob sie den Blick zu der Rosette, sah jedoch nur eine leere Fassade. Ehe sie verzweifeln konnte, hörte sie:

»Rrrosarrrosa! Soforrrt!«

Er saß hinter ihr auf dem Baum und flog gleich auf den nächsten und dann immer weiter, immer wenn sie zu ihm kam, führte er sie, die immer unglücklicher wurde, wie ein Irrlicht, das sein Opfer in eine Falle leitete. So gelangte sie mit ihm bis zum Ufer, wo er sich auf die Blechstange eines Flusszeichens für die Schiffer setzte und begann, sich mit dem Schnabel den rechten Flügel zu putzen, als warte er auf sie. Eine Weile stand sie da, und als ihr Atem und ihr Puls wieder etwas ruhiger waren, öffnete sie den Korb und kam langsam näher, wobei sie seine Lieblingsworte wiederholte. Dabei sah sie der Kapitän eines vorbeifahrenden Schiffes und grüßte sie mit einem Sirenensignal. Das mächtige Dröhnen scheuchte Valtr wieder auf. Er segelte über der Mitte des F. Richtung Hafen, den sie in ihrer Kindheit Humbug genannt hatte.

Stundenlang wartete sie dort auf ihn, doch vergebens. Sie gab erst auf, als es dunkel wurde. Mit dem leeren Weidenkorb schleppte sie sich mühsam heim und weinte sich fast die Augen aus bei der Vorstellung, wie den alten Vogelgrafen das bittere Schicksal eines Fremden in den Klauen des einheimischen Proletariats der Gefiederten ereilen könnte, das sicher kein Erbarmen kannte wie Tschechen überhaupt. Das Fenster im Salon war immer noch offen. Erst als sie es schloss, machte sie Licht und schaute zerknirscht auf den Käfig. Eine Weile dauerte es, bis sie glauben konnte, dass der Schatten auf der Stange der schlafende Valtr war.

54

Halleluja! liebe Leser, und dazu noch ein Hosianna! Der Autor hat mit Ihnen gebangt, gelitten und aufgeatmet, als der zarteste, älteste und gefiedertste unserer vier Haupthelden auf wundersame Weise dem in S. am F. lauernden Tod zu entrinnen wusste, der dort zuvor so heimtückisch den behaartesten Helden durch die unschuldige Hand der Schönen Frau gemordet hatte. Wollen wir hoffen, dass dies die ersehnte Wende zum Guten in der komplizierten Handlung ist, die nun trotz weiterer trüber eiskalter Wirbelwinde doch der Wärme azurblauer Meere zueilt.

Als sich die Schöne Frau davon überzeugt hatte, dass es wirklich ihr Liebling Valtr war, der zweifelsfrei in der Dämmerung allein vom Fluss zurückgekehrt war und dabei so viel Energie aufgeboten haben musste, dass er nach allen Samenkörnern in seinem Napf auch die Kerne aus beiden Hälften ihres Apfels herauspickte, den sie sich für die Nacht bereitgestellt hatte, schüttete sie ihm als Morgengruß eine doppelte Portion Früchte der Balsamine hin und fiel ins Bett, auch diesmal hatte sie sich nicht einmal die Zähne geputzt. Sie schlief ungestört zehn Stunden am Stück und traumlos, doch sie wurde in einem schlimmeren Zustand wach, als sie eingeschlafen war. In einigen Aspekten glich dies ihrem Treppensturz vom Frühjahr: damals begannen über Nacht ihre Wunden am Körper zu schmerzen, diesmal die an ihrer Seele.

Zuerst verzweifelt konzentriert auf Valtrs Verfolgung, dann ausgesprochen glücklich, dass er nicht verschwunden war und sie nicht mit zahllosen quälenden Vorstellungen über sein schreckliches Ende allein gelassen wurde, hatte sie am Vortag die Gedanken an alles vertrieben, was diesen selbstmörderischen Ausflug verschuldet haben konnte. In ihrem Unterbewusstsein haftete dies jedoch immer noch wie jenes bis zum Griff eingesteckte Messer, und nun, da es Morgen war, gab es keinen Grund mehr, etwas zu verdrängen. Ja! Es war leider derselbe Mann, nun schon wieder ein Fremder, dem sie mit der Hochzeit geholfen hatte, seine nackte Existenz zu retten, und der sich bei ihr für diesen unabsichtlichen Unfall heimtückisch mit dem Versuch eines Meuchelmordes gerächt hatte, den nur viel Glück hatte verhindern können.

Doch gestand sie sich ein, und sie wunderte sich selbst darüber, er hätte Valtr auch gleich aus Rache töten können und hatte stattdessen glücklicherweise eine Art göttliches Gericht gewählt, das nun zusammen mit ihrem Liebling auch sie vollständig begnadigt hatte, doch Valtrs Schicksal hatte stundenlang an einem seidenen Faden gehangen, und das konnte, das durfte sie nicht akzeptieren, wenn sie sich nicht vorkommen wollte wie ein Lappen am Stiel, der damit den Boden wischt. Jetzt war er schuld! Sie wurde nunmehr von dem Stolz angestachelt, die warme Welle, die sie gestern im Café überrollt hatte, zuverlässig abzuschmettern, und sie legte die Bedingungen fest, unter denen sie bereit war, einstweilen zu einem formalen Zusammenleben zurückzukehren, ehe beide in der Lage sein würden, mehr zu erneuern.

Erstens: er musste den Verdacht widerrufen, dass sie Alibaba absichtlich wehgetan hatte, wo er doch selbst zugelassen hatte, dass der Kater von seiner Wohnung in die Küche gelangte und dort Valtr bedrohte. Zweitens: er musste sich für den brutalen Versuch entschuldigen, den Papagei, nach Jahrzehnten in einem vertrauten Haus, in die freie Natur gelockt zu haben, wo er sich nur wie durch ein Wunder hatte retten können. Und drittens? Drittens würde sie sich für all ihre unglücklichen Reaktionen und Lügen entschuldigen und ihm – ja! – einen Kater derselben Herkunft und desselben Namens besorgen!!

Sie hatte somit alles durchdacht, doch es nützte ihr nichts, solange er nicht davon wusste. Die Hoffnung, unter ein gemeinsames Dach zurückzukehren, erlosch in ihr, als sie Alibabas Korb in die untere Wohnung zurücktrug und dabei das Verschwinden des Skeletts bemerkte. In den Schränken lagen neben allen Kleidungsstücken und Hemden Jaromírs auch weitere Dinge, bei denen sie sich erinnern konnte, dass er sie getragen hatte. Außer dem Skelett waren sichtbar nur die Bücher des Fremden verschwunden, vor allem die Lehrbücher, die immer auf dem Nachttisch lagen. Er wollte also weiter lernen, doch was wollte er anziehen oder womit kochen? Und vor allem: wo?

Als sie an der Küche vorbeiging, kehrte wieder die angehaltene Hundertstelsekunde zurück, in der das Unglück geschehen war. Umso mehr sehnte sie sich nach Valtr und begab sich nach oben, um nachzusehen, ob er sich schon wieder erholt hatte. Er schlief immer noch in seinem Käfig, die Balsamine hatte er nicht angerührt und bewegte sich auch nicht, als sie ihm mit dem Finger über das Gefieder strich. Das beunruhigte sie, und sie beschloss, ihn zu wecken, um sich zu versichern, dass mit ihm alles in Ordnung war.

»Hallo … aufstehen!«, sagte sie nachdrücklich, aber leise, um ihn nicht zu erschrecken, »das bin ich, deine Rosa, und du bist mein wer? Na, sag schon, wer?«

Sie erhielt nicht sofort eine Antwort, aber das war nicht das erste Mal; je älter er wurde, desto mürrischer wachte er auf. Wie immer half sie ihm also dabei.

»Bist du nicht Valtr? Und was für ein Valtr? Na, was für einer? Sag schon, ich will es hören! Herrlich! Teuer! Ein Graf! Na? Mein Graf!«

Das Telefon läutete. Der ehemalige Jan-Krausköpfchen, nun Ingenieur Schnellreich, rief an, um sich bei ihr zu entschuldigen, weil ihn gestern die Deutschen mit einer umfangreichen Inspektion und danach mit einer noch gründlicheren Party gequält hätten, dass er gar nicht zum Telefonieren gekommen sei, er aber dann auch zur Strafe gar nicht hätte einschlafen können, weil er an den Todesfall in der Familie denken musste, bis ihm Kemal heute früh erklärt habe, sein Kater sei gestorben und ihr der Papagei weggeflogen.

»Das ist dann sicher nicht mehr das Plappermaul, das ich noch kenne?«, vergewisserte er sich.

»Doch«, sagte sie, »der, dem du das ›Kruzitürken‹-Sagen beigebracht hast, weil dir sein r so gut gefallen hat.«

»Das ist ja schade!«, bedauerte er sie aufrichtig, »aber vielleicht kommt er ja wieder!«

»Schon geschehen. Er war früher daheim als ich.«

»Na, das ist ja toll! Ich werde es gleich Kemal erzählen, damit er sich ein bisschen freut. Oder willst du ihn lieber selbst überraschen, wenn er von der Arbeit kommt?«

Eine Sekunde überlegte sie, ehe sie sich wieder selbst übertraf.

»Ich weiß nicht, ob er überhaupt noch einmal kommt …«

»Wie meinst du das …?«, er tappte im Dunkeln, »sakra, warum sollte er denn nicht heimkommen, wenn er dort wohnt?«

»Er ist schon gestern nicht heimgekommen«, legte sie ergeben ein volles Geständnis ab, »weil ich seinen Kater durch einen unglücklichen Zufall erstochen habe, und er denkt wahrscheinlich, es war Absicht, und so hat er dafür Valtrs Käfig und das Fenster geöffnet!«

»Kruzitürken …«, sagte der Ingenieur, und sie hörte das Klacken seines Feuerzeugs und den ersten langen Zug, »das ist … das ist aber … kann ich irgendwie … das wieder richten?«

»Ich wäre dir … ich wäre dir sehr dankbar, Jan …«, quetschte sie demütig hervor, weil sie ausgerechnet ihr ehemaliges Krausköpfchen darum bitten musste, »und ruf mich an, bitte möglichst bald, ich bin zu Hause und werde warten …«

Dann legte sie schnell auf, weil sie nicht länger für ihre Stimme garantieren konnte.

55

Sie hoffte, über Kemal so bald wie möglich von seinem Chef etwas zu erfahren, deshalb wollte sie das Haus nicht verlassen, auch nicht, um einkaufen zu gehen, wenngleich sie nach diesen hektischen Tagen in der Küche nur einen harten Brotkanten und vergorene Milch fand, die sie vergessen hatte, in den Kühlschrank zurückzustellen. Sie saß also im Salon, blickte ohnmächtig zu Valtr, den die Schlafkrankheit überfallen zu haben schien, und sprach sich mit Gedanken an die Zeiten Mut zu, in denen es ihr noch schlimmer ging und sie trotzdem nicht verzagte, solange sie ihre Probleme nicht gelöst hatte.

Der frühe Tod der Mutter hatte sie von Konflikten verschont, die sie mit der Pubertät in ihr ausgelöst hätte. Als kleines Mädchen glaubte sie dem Vater, dass es ihr im Himmel besser ginge, und sie freute sich, sie dort zu treffen. Sie war sogar stolz darauf, dass die Mutter den Vater ihrer Obhut anvertraut und sie es wirklich geschafft hatte, gut zu lernen, zu kochen und zu putzen.

Die erste Lebenskrise wurde ihr auch nicht wie den meisten Altersgenossinnen von der Liebe, sondern von der Politik gebracht. Die Einserschülerin, die sie ununterbrochen von der ersten Klasse bis zum Abitur gewesen war, zweifelte nicht einen Moment, dass sie ebenso bravourös Medizin studieren würde. Am nächsten stand ihr die Tiermedizin, doch die kindliche Angst vor Katzen hatte mit den Jahren nicht nachgelassen, deshalb beschloss sie, in die Fußstapfen ihres Vaters zu treten. Sie kam froh gestimmt von den Aufnahmeprüfungen zurück, wo sie alle Antworten buchstäblich aus dem Ärmel geschüttelt hatte, doch vergebens. Man begründete die Ablehnung eben damit, dass die Medizin nicht die Domäne der Bourgeoisie bleiben dürfe, weshalb die nächsten Jahrgänge für Proletarierkinder geöffnet würden, und das war für sie niederschmetternd.

Als kleines Mädchen hatte sie nie geweint, abgesehen von dem Angriff des Katers und dem Tod der Mutter. Das Scheitern ihrer Pläne zwang sie, Traurigkeit kennenzulernen, sie weinte die ganze Nacht und dachte zum ersten und zum letzten Mal an Selbstmord. Der Vater ahnte es, hängte einen Zettel an die Praxis, dass er sich Urlaub nehme, steckte die notwendigste Wäsche in den alten Pfadfinderrucksack und ging mit seiner Tochter auf Tour.

Die Lokalbahn brachte sie an den Rand der Böhmisch-Sächsischen Schweiz, wo sie drei Tage lang auf Wegen zwischen bizarren Felsformationen herumwanderten und drei Nächte in der einzigen primitiven Herberge verbrachten, die Dutzende, nach der Vertreibung der Deutschen geplünderte

Hotels ersetzte. Dort bläute er ihr mit Erfolg sein Rezept ein, wie man trinken konnte, ohne sich zu betrinken, indem man ständig etwas Kleines aß und den Gemütszustand nie unter den Alkoholpegel fallen ließ. Dies führte er ihr vor, indem er ihr jeden Abend beim Wein seine Lebensphilosophie erklärte.

»Rosilein«, fasste er diese schließlich zusammen, »wir sind nur ein Spiel aus Zufällen, glücklichen und unglücklichen, so dass wir das einzig wahre centrum securitatis, das der wahren Sicherheit, das immer funktioniert, in uns tragen. Mit ihm haben wir die Nazis überlebt, mit ihm werden wir auch die Kommunisten überleben. Unsere Freiheit ist das reine Gewissen.«

Und er fügte eine Losung hinzu, mit der er sie zu jeder großen Prüfung ausschickte:

»Nur Mut, junge Heroine!«

Nach der Rückkehr meldete sie sich an der Krankenschwesternschule an, wurde ihr Stolz und dann Helferin ihres Vaters, somit entging sie der Erniedrigung, der sie diejenigen aussetzen wollten, die ihre eigenen Träume mit den Diensten des Dämons der Zustimmung freikaufen wollten, wie der Vater die obligatorischen Huldigungen für das Regime bezeichnete. So unbefleckt beeinflusste sie auch Jaromír, der neben ihr zu zweifeln begann, ob das revolutionäre Roden des Waldes so viele tödliche Verletzungen durch herumfliegende Späne rechtfertigte. Sie weckte seinen Anstand, und so wurde er an ihrer Seite zu einem Kommunisten, der nicht nur bei ihrem Vater, sondern auch bei den meisten Einwohnern von S. Vertrauen und Hoffnung hervorrief. Nie war sie glücklicher gewesen als im August jenes Jahres, vor der Invasion der Panzer. Diese verschuldeten den zweiten Schock ihres Lebens, was umso schlimmer war, da sie um diese Hoffnung und auch um ihr Kind kam, auf das sie sich so gefreut hatte, und bald feststellen musste, dass sie keine weiteren würde bekommen können.

Eine Stütze war ihr in dieser schrecklichen Zeit Jaromír, der nicht nur ihr wie eine Säule eines erniedrigten Volkes vorkam. Andere Funktionäre wechselten in Überschätzung ihrer Wichtigkeit täglich illegale Wohnungen, somit waren sie nicht nur für die Okkupanten nicht auffindbar, die sie gar nicht suchten, sondern auch für ihre Mitbürger, die von ihnen wissen wollten, wie sie sich verhalten sollten. Bis auf Jaromír! Er ließ sich unerschrocken im verwaisten Büro des ersten Sekretärs des Bezirksparteiausschusses nieder, von wo aus er alles anordnete und erledigte, was für einen normalen Ablauf des Lebens notwendig war. Zur Legende wurde sein Njet! gegenüber dem Kommandanten der sowjetischen Division, der aus der DDR gekommen war und hier seinen Stab ansiedeln und ihn durch Panzer sichern lassen wollte.

Jaromír überzeugte ihn in seinem guten Russisch, dass er gerade als Kommunist einen Kommunisten aus dem Bruderland respektieren sollte, der sich nach den Befehlen seiner Partei richtete. Das Sekretariat werde nicht ohne Zustimmung des Zentralkomitees Sitz der Kommandantur, und die Panzer würden nicht herkommen, weil sie, wie in den Vorstädten schon geschehen, auch den historischen Platz zerstört hätten, der den Namen Waldimir Iljitsch Lenins trug! Der verunsicherte Kommandeur ließ also die Division vor der Stadt stehen, und die Bürger betrachteten Jaromír als zweiten Dubček.

Kurz darauf weinte der echte Dubček im Fernsehen über sich selbst, weil er in Moskau ein schändliches Protokoll unterschrieben hatte, mit dem er die hinreißende Explosion des Widerstandes eines ganzen Volkes zu einem unschädlichen Furz hatte verkommen lassen. Umso größer wurde in den Augen seiner trauernden Frau der unbeugsame Jaromír. Als er ihr ein paar Monate später vor dem Prager Café Mánes, wo sie auf ihn wartete, in halbbetrunkenem Zustand mitteilte, er sei in die bankrotte Partei zurückgekehrt, um sie erneut zu stützen, und ihr dann den Ehering vor die Füße geworfen hatte, glaubte sie für eine gewisse Zeit, er sei ein Geheimverschwörer. Als er aber die Hand für den Ausschluss des ersten Freundes hob, nannte sie ihn niederträchtig, und er hatte sie geschlagen. Das war der erste Schlag in ihrem Leben und auch der letzte. Ohne zu zögern, zog sie nach oben zu ihrem Vater und betrat die untere Wohnung erst wieder lange nachdem Jaromír gestorben war.

Auch dann dauerte es Jahre, ehe sie wieder zu sich kam, doch das alte Zentrum der wahren Sicherheit gab ihr erst der nächste Schock zurück, der Tod ihres Vaters, zu dem sie sich umso mehr hingezogen fühlte, als sie ihm die Zeit ersetzen wollte, in der Jaromír ihn in den Schatten stellte. Und dann wachte sie über dieses Zentrum so sehr, dass sie niemandem Einlass gewährte, den ihre unvergängliche Schönheit bezauberte … ihre Gedankengänge wurden jetzt vom Schrillen des Telefons unterbrochen, es war später Nachmittag.

»Rosana«, ließ sich das ehemalige Krausköpfchen hören, »entschuldige, aber er … er hat mir nur gesagt, dass er nach den Sachen schicken lassen wird, sobald er eine neue Untermiete gefunden hat …«

»Und da …«, flammte sie vor Scham auf, fragte aber, »da schläft er jetzt in diesem Container?«

»Nein … er hat vorerst ein Zimmer, wo das serbische Bistro ist …«

Die schreckliche Ungerechtigkeit und der Blick auf ihren unschuldigen Liebling, der sich immer noch nicht von dem vergleichbaren Schock erholt hatte, bewirkten, dass ihre Trauer schnell zu Wut wurde.

56

»Mein Gott, Rosa«, sagte Dr. Julius Mádr junior so erschrocken, dass es ihm nicht einmal in den Sinn kam, ihr die Hand zu küssen, den Papagei nachzuahmen oder andere seiner üblichen Theater zu spielen, »wie siehst du denn aus … ich will sagen«, versuchte er den ersten Schreck ob ihres Aussehens einem unbekannten Gewalttäter zuzuschreiben, »wer hat dir was angetan??«

Erst jetzt vergegenwärtigte sie sich, dass der gestrige Wutausbruch sie die ganze Nacht wach gehalten und schließlich vor fünf zum Fluss getrieben hatte, wo sie durch den dünnen Morgennebel gestreift war, ehe ihre Uhr die Zeit anzeigte, zu der das Anwaltsbüro öffnete. Sie lief in den Sachen hin, die sie am Morgen blind übergestreift hatte, und es war ihr gar nicht in den Sinn gekommen, noch einmal nach Hause zu gehen, um sich wenigstens zu kämmen und etwas zu schminken. Erst hier merkte sie, dass ihr Anblick ihren treuesten Verehrer nun wohl endgültig von seinem nicht enden wollenden Gefühl heilen würde, denn nach dem heutigen Tage würde er in ihr nie mehr die Schöne Frau seiner Träume sehen können.

Ihre Wut war nicht mehr zu bändigen, als Valtr um Mitternacht aus seinem mehr als vierundzwanzig Stunden währenden Schlaf erwachte und völlig anders war, als sie ihn über Jahre kannte. Er pickte die Balsamine, die ihn immer fröhlich gestimmt hatten, völlig ohne Interesse wie die schnödesten Körner, und in der ganzen Stunde, in der sie ihm ununterbrochen alle Wörter vorsprach, die seine Lieblingslaute hervorrufen sollten, gab er nicht den geringsten Ton von sich. Schließlich verstand sie, dass er von dem Stress, dem er gestern so plötzlich ausgesetzt gewesen war, vermutlich verstummt war, und das war es gewesen, was sie nicht schlafen ließ, sie vor dem Morgengrauen zum Fluss und dann zu Julius getrieben hatte.

»Ich will mich scheiden lassen!« Sie stieß endlich einen ganzen Satz hervor, den sie vorher im Geiste stundenlang vor sich her gesprochen hatte, und sogleich führte sie ihn spontan weiter, »ich will nicht eine Minute länger mit diesem Menschen etwas gemein haben, ich will ihn mir augenblicklich vom Hals schaffen und von der amtlichen Urkunde streichen lassen, koste es, was es wolle, erledigst du das für mich vorrangig, hier und gleich?«

»Mein Gott«, wiederholte Doktor Mádr, »was hat er dir denn Schlimmes getan?«

Sie stieß die Anklage aus sich hervor, von der sie, wie sie in ihrer Seele in den Stunden immer stärker werdender Wut gereift war, überzeugt war, dass sie für Jahre Knast reichen musste. Da sie jedoch ihre Vergewaltigung wegließ, die in ihr wachsende Zweifel weckte, hörte der Anwalt zwar den traurigen Bericht, wie sie unabsichtlich den Kater getötet hatte und wie ihr Untermieter und nun schon Gatte aus Rache fast den Papagei hatte fortfliegen lassen, doch die Katzentragödie war ihre eigene Schuld gewesen, und eine Straftat Öffnen eines Papageienkäfigs zusammen mit einem Fenster führte das Gesetz nicht an. Auch nachdem er versucht hatte, es ihr zu erklären, bestand sie immer noch auf ihrer Version.

»Für eine Scheidung müsste doch eine Menge anderer Gründe ausreichen!«

Doch auch nun erwähnte sie den verschwiegenen nicht, der ganz sicher zu einer spürbaren Freiheitsstrafe ausgereicht hätte, und ließ ihn sich den Kopf zerbrechen, wie er aus diesem Nulltatbestand einen wirksamen Sachverhalt stricken sollte, der sie vor den Folgen sträflichen Leichtsinns würde bewahren können. Er dachte laut nach.

»In den wenigen Monaten habt ihr natürlich keine Millionen oder Latifundien angehäuft, die ihr euch nun teilen müsstet, doch wenn dieser Kerl ausgekocht ist, kann er dir leicht einen schweren, sogenannten gesellschaftlichen Schaden zufügen, es reicht aus, dass er dich des Rassismus bezichtigt, das ist jetzt total in und für die Boulevardpresse immer ein gefundenes Fressen.«

»Die Boulevardpresse«, wandte sie ein, »hat doch keine Ahnung, dass eine Čechová überhaupt existiert!«

»Oh, Rosa, dann unterschätzt du sie! Wenn jemand von diesen Schmierfinken herausfindet, dass du für unsere Generation immer die Mona Lisa Nordböhmens warst und bleibst, bist du wegen Missbrauchs eines armen Schluckers aus der dritten Welt drei Tage lang auf der Titelseite, und irgendjemand von den letzten Gerechten schmeißt dir in der Nacht die Fensterscheiben ein!«

»Was soll ich also machen?«, meinte sie unglücklich, »Julius, hilf mir, ich werde es dir nicht vergessen!«

Dieses flehentliche Versprechen weckte männliche Gelüste in ihm, weil sie ihm, was sie nicht ahnte, in diesem Elend und in dieser Verzweiflung begehrenswerter vorkam als in vollem Glanz. »Wie hoch soll ich gehen?«, fragte er mit der neuen Begeisterung eines Kämpfers.

»Wohin?«, sie verstand nicht, »wie meinst du das?«

»Schau, Rosa, wenn es ohne viel Aufhebens und ohne Folgen vorbei sein soll, biete ich ihm in deinem Namen eine ordentliche Abfindung an, die ihm den Umzug und die Miete anderswo, sagen wir, für ein Jahr deckt, meiner Ansicht nach zahlt sich das für dich wirklich aus!«

»Tu, was du für richtig hältst, Julius«, sagte sie, ohne ihn sonderlich wahrzunehmen, »Hauptsache, es ist bald vorbei! Vorher bekomme ich auch Valtr nicht wieder hin!«

Dr. Julius Mádr schickte sie darauf mit dem guten Rat nach Hause, sie solle sich richtig ausschlafen, und mit dem eigennützigen Versprechen, er werde am Abend vorbeischauen, ihr Bericht erstatten und das weitere Vorgehen absprechen. Erregt von der Vorstellung, er würde nach Jahren eine dritte Chance innerhalb der vier Wände erhalten, in denen er ihr zweimal vergebens seine Liebe bekannt hatte, wählte er eine Telefonnummer, die er nun schon auswendig kannte; das letzte Mal war er mit dem Anschlussinhaber vor zwei Tagen ein Bier trinken gewesen.

»Hallo, Julius«, sagte Ingenieur Schnellreich, der die Nummer auf dem Display ebenfalls kannte.

»Hallo, Jan«, sagte Doktor Mádr, »hör mal, bist du gerade allein?«

»Ja!«, sagte Jan, »aber heute willst du mir sicher keinen schlüpfrigen Witz erzählen, stimmt's?«

»Nein«, sagte Julius, »ich denke, heute sind mir für längere Zeit alle Witze vergangen.«

»Mir«, sagte Jan, »schon als er mir gestern gesagt hat, dass er bei der Serbin wohnt.«

»Mir«, sagte Julius, »als sie mir jetzt gesagt hat, dass sie sich sofort von ihm scheiden lassen will.«

»Hast du«, sagte Jan, »den Eindruck, dass man da überhaupt noch etwas machen kann?«

»Ich halte«, sagte Julius, »wie ich sie kenne, jeden Versuch in dieser Richtung für sinnlos.«

»Wie«, sagte Jan, »sollen wir beide, die wir sie ja kennen, in dieser Affäre helfen?«

»So«, sagte Julius, »wie es uns die Beziehung eines jeden von uns zu jedem von ihnen befiehlt.«

»Da«, sagte Jan, »habe ich schlechtere Karten, ich mag lange schon auch ihn!«

»Das«, sagte Julius, »ist schön, also gilt für beide die Unschuldsvermutung!«

»Was«, sagte Jan, »erwartest du von mir, damit das zivilisiert verläuft?«

»Ich«, sagte Julius, »will dich bitten, dass du ihn erst einmal zu mir schickst.«

»Ich«, sagte Jan, »bringe ihn nach der Schicht sicherheitshalber mit dem Auto vorbei!«

»Prima!«, sagte Julius, »hoffentlich gelingt es uns, sie da problemlos rauszuholen …«

»Prima!«, sagte Jan, »und hoffentlich gelingt es uns, auch ihm nicht zu schaden.«

»Und dann«, sagte Julius, »würfeln wir, wer von uns beiden, o.k. …?«

57

Was die Schöne Frau nicht gesehen und gehört hatte, weil sie nicht dabei war, und was sie erst am Abend erfahren sollte:

Ingenieur Schnellreich verteilte die Aufgaben für die nächste Woche und entließ seinen Stab bis auf einen. Diesen hieß er Platz zu nehmen, goss, wenngleich er wenig später ins Auto steigen wollte, zwei Gläser Aquavit ein, den er von seinem Münchener Oberchef für den erfolgreichen Verlauf der Kontrolle bekommen hatte, und als sein Gegenüber schweigend den Kopf schüttelte, kippte er beide selbst hinunter.

»Mensch Kemal«, eröffnete und beendete er seine Rede, »Sie fahren mit!«

Er erfuhr keinen Widerstand und setzte im Auto nur hinzu, er bringe ihn zu dem Anwalt, den er schon kenne, damit sie ausmachten, was unverzichtbar war, wenn er, Kemal, in diesem Land weiter leben wolle und ohne Probleme. Auch dazu äußerte sich sein Schützling nicht, und so schwiegen beide weiter. Dr. Mádr schüttelte dem Gast freundlich die Hand, bot ihm den Platz im Ledersessel an und fragte, ob er einen Kaffee wolle. Als der Fremde ablehnte, bot er auch dem Ingenieur nichts weiter an, womit er ein Höchstmaß an Nervosität verriet.

»Herr Ötcölan«, sagte er und rieb sich die Handrücken, »wir haben hier zusammen vor nicht langer Zeit einen Mietvertrag aufgesetzt, den sie in drei Exemplaren unterzeichnet haben. Die Hauptklausel, mit der eine sofortige Beendigung des Mietverhältnisses verbunden gewesen ist, war ihre unbedingte Pflicht, das von Ihnen gehaltene Tier ...«, er suchte in den Papieren und fand die Stelle, »einen männlichen Perserkater, nicht aus den Ihnen zugeteilten Räumen zu lassen. Und dieser Vertrag wurde in keinem Punkt durch den Ehevertrag verändert, den sie danach mit der Haus- und Wohnungseigentümerin abgeschlossen haben!«

Dr. Mádr hatte sich sorgfältig vorbereitet und verwendete heute eine anwaltliche Schriftsprache, doch dem Ingenieur war klar, dass ihm der schweigende Fremde Angst einflößte, wie er sie selbst nur allzu gut kannte; wenn er Kemal manchmal auf dem Bau routiniert anschrie, wusste er sofort, dass er einen außerordentlich intelligenten Menschen vor sich hatte, dem nur das böse Schicksal nicht erlaubte, ihm gesellschaftlich gleichrangig oder vielleicht sogar übergeordnet zu sein ...

»Der oben erwähnte Kater«, setzte der Anwalt fort und war bemüht, einen trockenen Ton beizubehalten, »ist trotzdem wiederholt in die vertraglich untersagten Räume der Hauseignerin eingedrungen, und als er ihre seltene Papageienart Ara ernstlich bedrohte, kam es dort zu einer unabsichtlichen Tötung desselbigen Katers durch die Eigentümerin, die dies aufrichtig bedauert, und auch zu den nachfolgenden Kurzschlusshandlungen, die sich aus ihrer seelischen Irritation ergaben; sie muss jedoch grundsätzlich die nicht adäquate Reaktion ablehnen, mit der Sie absichtlich das Fortfliegen der erwähnten Art herbeigeführt haben, die zwar zur Eigentümerin zurückgekehrt ist, wobei sich aber Sprachverlust einstellte.«

Der Fremde sah ihn an, und der Ingenieur bewunderte, dass er dabei mit keiner Wimper zuckte; er verstand, dass sich deswegen in die professionelle Stimme des Anwalts menschliche Unsicherheit einschlich.

»Das Fazit, Herr Ötcölan: meine Mandantin betrachtet nicht nur den Mietvertrag als verletzt, sondern auch den Ehevertrag, denn Ihre Tat bedrohte und beschädigte ein ihr nahes Wesen, wodurch sie das notwendige Vertrauen verloren hat, das sie Ihnen durch die Ehe geschenkt hat. Weil sie Sie jedoch nicht in puncto ihres Antrags auf die tschechische Staatsangehörigkeit benachteiligen will, die sich eben auf die angeführte Ehe stützt, reicht ihr eine vertragliche Verpflichtung, die vor uns beiden unterzeichnet werden soll, dass Sie ohne Umschweife in die Scheidung einwilligen, sobald Sie die Staatsangehörigkeit erhalten haben. Was sie sofort verlangt, ist die Räumung der Mietwohnung mit all Ihren Sachen innerhalb von zwei Wochen, welche sie als Beweis, dass es sich nicht um eine Diskriminierung handelt, mit einem Betrag kompensiert, der sicher sowohl die Umzugskosten als auch die Miete für ein halbes Jahr in einer Wohnung derselben Kategorie deckt. Die einzige conditio sine qua non … die wesentliche Bedingung meiner Mandantin ist, dass alles diskret verläuft und dies der Öffentlichkeit, vor allem den Medien, als einvernehmliches Handeln präsentiert wird. Hier …«,

er schob ihm einen vorbereiteten Text hin,

»… brauchen Sie nur zu unterschreiben, und hier …«,

er nahm aus seiner Brusttasche ein Bündel Fünfhunderter und legte dieses zur Urkunde, »ist das Geld.«

Der Fremde bewegte sich auch nun nicht und sagte keinen Ton. Dr. Mádr konnte seine Unsicherheit nicht mehr verbergen.

»Wenn Sie mit irgendetwas nicht einverstanden sind, Herr Ötcölan, brauchen Sie es nur zu sagen, ich habe das Mandat meiner Klientin zu gewissen Veränderungen, falls diese vernünftige Grenzen nicht überschreiten, und Sie können sich auch mit dem Herrn Ingenieur Schnellreich beraten, der, wie ich weiß, auch weiter großes Vertrauen Ihnen gegenüber hegt und nach all den Jahren sicher auch das Ihrige hat.«

»Kemal«, der Ingenieur hielt es nicht mehr aus, »Sie wissen nur allzu gut, dass ich Sie ohne Wimpernzucken eingestellt habe, noch bevor mir die Ausländerpolizei Ihre Papiere gebracht hat, und Sie habe Karriere machen lassen, die, das stimmt, nicht Ihrem IQ entspricht, doch für einen Flüchtling weit über dem Standard liegt. Herr Doktor Mádr ist ein guter alter Freund von mir …«,

ihm wurde jetzt bewusst, wie himmelschreiend er übertrieb, doch auch Julius nickte eifrig,

»… Sie können also darauf vertrauen, dass er Ihnen keinen Strick dreht, was das heißt, habe ich Ihnen vor Kurzem erklärt. Frau Čechová – und ich glaube es ihr, Kemal! – wollte Ihren Kater nicht umbringen und leidet genauso darunter wie Sie, weshalb sie den Schreck nicht verdient hat, den Sie ihr eingejagt haben, als Sie sich an Ihrem Papagei gerächt haben, der ihr all die Jahre den Vater, den Mann, das Kind und eigentlich die ganze Welt ersetzte. Betrachten Sie es also als ihr großzügiges Angebot und versuchen Sie nicht, ihr Leben weiter zu verkomplizieren.«

Da der Fremde auch dieses Mal nicht reagierte, wurde der Ingenieur sauer.

»Kruzitürken, Mensch, dann scheißen Sie wenigstens nicht auf mich und sagen Sie was!«

»Dass Frau Čechová«, sagte der Fremde schließlich, »Alibaba nicht absichtlich getötet hat, daran habe ich keinen Zweifel, aber sie hat mich gekränkt, als sie zwei Tage lang nicht die Ehre im Leib hatte, mir die Wahrheit sagen, und mich angelogen hat. Auch beschuldige ich mich, dass ich für ein Auge ein Auge wollte und es Allah überließ, über den Vogel zu entscheiden. Und als er ihn zurückführte, schämte ich mich, dass ich grausamer sein wollte als Allah. Also könnten wir uns Hand reichen, doch dieses Angebot kränkt mich noch mehr. Ich unterschreibe die Scheidung ohne Geld, und wenn es nicht geht, mich bei Ihnen im Land zu lassen, weil ich bin, wie ich bin, versuche ich, woanders zu leben.«

»Mein Gott, womit … womit hat sie Sie denn jetzt gekränkt?« Dr. Mádr verstand nicht.

»Wie kann sie denken, dass Kemal Ötcölan, der sich selbst nicht verraten hat, wie Sie sagen, als man ihm die ganze Familie ausrottete, Bakschisch von einem Menschen annimmt, dazu einer Frau, die er aufgehört hat zu achten!«

58

Als dies der Fremde gesagt hatte, stand er aus dem Ledersessel auf und fragte so, dass er gleich selbst antworten konnte:

»Ich denke, meine Herren, dass Sie mich nicht länger brauchen? Was mir der Herr Ingenieur zum Unterschreiben bringt, unterschreibe ich.«

Er verbeugte sich zunächst vor ihm und dann vor dem Anwalt, worauf er, ohne die Scheine anzusehen, das Arbeitszimmer so würdevoll verließ, als sei er ein Diplomat, der eine Audienz beendet. Das hatte beide berührt, ehe Dr. Mádr das Schweigen brach, um Herrn Ingenieur Schnellreich eine Frage zu stellen, mit der er praktisch seinen Plan aufgab, die Schöne Frau selbst zu besuchen.

»Wie sagen wir ihr das, damit sie das nicht noch mehr aus dem Gleichgewicht bringt als so schon?«

Dann kamen sie überein: seine Erklärung konnten sie ihrer Herzensdame nicht verheimlichen, denn er könnte sie ihr auf anderem Wege zukommen lassen, und übrigens eignete sie sich auch deshalb, weil sie neben der konfliktfreien Lösung ihrer Situation einen echten Grund bot, keiner unpassenden Sentimentalität zu verfallen. Das ehemalige Krausköpfchen wiederholte dann in ihrem Salon alles wortwörtlich, und der ehemalige Quader setzte einen kurzen Kommentar hinzu:

»Sieh es als Lektion, Rosa, dass auch deine liebenswürdige Großzügigkeit den unbarmherzigen Konflikt der Kulturen nicht lindern kann, der, wie man sieht, auch bei uns schon voll ausgebrochen ist. Und sei froh, dass Valtr und du nicht noch schlimmer davongekommen seid.«

Sie versprachen noch, ihr von jeder Entwicklung der Causa zu berichten und dann auch dabei zu sein, wenn der Fremde umziehe. Als sie ihnen, überraschend ausgeglichen, keine Fragen stellte, für die freundschaftliche Hilfe dankte und versprach, ab heute ihr Problem ihnen zu überlassen, um wieder ruhig schlafen zu können, verabschiedeten sie sich von ihr, jedoch nicht voneinander. Sie riefen ihre Frauen an, sie hätten unaufschiebbare Arbeit, der Ingenieur teilte dies der Ordnung halber auch seiner hiesigen eifersüchtigen Geliebten mit und parkte am Grandhotel.

Dort erzählten sie sich bei ein paar Manhattan, die Julius

für beide bezahlte, und bei mehreren Whiskey sour, die auf Jans Rechnung gingen, von allen Frauen, die sie je gehabt hatten, von denen aber, wie sie einmütig bedauerten, nicht eine der Schönen Frau das Wasser reichen konnte. Zum Losen, wer von beiden es bei ihr noch einmal versuchen würde, kam es zwar im ihrem Zustand nicht, doch als ihnen nach der Sperrstunde im Restaurant der Mann an der Rezeption empfahl, das Hotel für heute lieber nicht mehr zu verlassen, und sie sich, um zu sparen, ein gemeinsames Zweibettzimmer mieteten, nahmen sie beim Einschlafen nicht wahr, dass die Hand, die beide hielten, nicht der Geliebten gehörte.

Was ihnen die Schöne Frau nicht gesagt hatte: Gleich nachdem sie von der Suche nach ihrem flüchtigen Valtr heimgekommen war, hatte sie wieder erlebt, was ihr vor Jahren auf dem Höhepunkt der Krise mit Jaromír zur Frührente verholfen hatte. Ihr Gesundheitszustand galt sogar mehr als ihr Kadergutachten, und so wurde ihr auch als reaktionärer Bürgerin, die durch ihre Scheidung den Bezirksfunktionär der Partei beschädigt hatte, dreimal hintereinander vom behördlich bestellten Arzt nicht verwehrt, zur Kur zu fahren. Die Beschwerden waren vorbei, nachdem Jaromír gestorben war. Nun meldeten sie sich wieder. Dass sie der Lauf mit dem Weidenkorb erschöpft hatte, erschien ihr normal, doch dasselbe war auch heute wieder der Fall, als sie langsam von Julius zurückkehrte: sie schleppte sich in den Salon und rang im Sessel lange nach Luft.

›Euch mangelt die Erquickung aller Wesen, Schlaf!‹, hörte sie von neuem Lady Macbeth und rechnete dieses Phänomen diesmal der traumlosen Nacht zu, doch es gelang ihr trotz Müdigkeit nicht, zumindest für einen Moment einzuschlafen. Am Nachmittag begriff sie, dass es keinen Sinn hatte, weiter im Bett zu liegen, und weil Julius kommen sollte, beschloss sie, sich aus der Ruine vom Morgen in die Frau zu verwandeln, die er verehrte. Während sie badete, sich wusch und die Haare trocknete, ihren Körper eincremte, mit dem sie immer noch zufrieden sein konnte, die Nägel an Füßen und Händen feilte und lackierte, dachte sie nur an eines: wie der Mann auf ihre kategorische Forderung reagieren würde, der vom Ehemann, ja, sogar vom Liebhaber! von einem Moment zum anderen wieder nur zum Fremden geworden war und darüber hinaus noch zum Feind. Da war sie bereits überzeugt davon, dass sich bald auch ihre altneuen Beschwerden verflüchtigen würden.

Valtr pickte schon wieder regelmäßig und trank auch, verließ jedoch seinen Käfig nicht, den sie nun nachts nicht mehr verschloss und mit dem Überwurf bedeckte, er erinnerte sie an einen langjährigen Gefangenen, der die Sicherheit der Zelle über die Fallstricke der Freiheit stellt. Gerade dieser Schaden an der Vogelseele, die die Grausamkeit des Fremden angerichtet hatte, schien sich auch auf sie zu übertragen. Dieser fürchterliche Mensch musste aus ihrem Leben verschwinden, damit ihr Liebling wieder Freude daran fand und sie normal atmen konnte! Sie verließ sich darauf, dass Julius inzwischen alles geregelt haben würde, und sie wollte ihm dafür danken, indem sie ihn so empfing, wie er sie kannte.

Dass mit ihm zusammen auch Jan auftauchte, begrüßte sie, sie kam sich gleich von zwei Männern beschützt vor, über die sie jahrzehntelang eine besondere Macht gehabt hatte, seien sie ledig, verheiratet oder augenblickweise in andere verliebt. Dieses Gefühl aber verließ sie, als sie ihr von ihrem Gespräch mit dem Fremden berichteten. Sie sah ihnen an, dass sie ihre Mission als Erfolg betrachteten, umso mehr, als sein Hochmut sie nicht nur von den behördlichen und finanziellen Verpflichtungen entband, sondern auch in einer Weise beleidigte, die eine weitere Kommunikation völlig überflüssig machte. Sie mobilisierte die letzten Kräfte, um nicht zu verraten, wie erschüttert sie war, sie nahm ihr Versprechen an, sie würden sich um den glatten Ablauf der notwendigen nächsten Schritte kümmern, und sie entließ sie, überaus glücklich, dass sie ihr einen solch phantastischen Dienst erwiesen hatten. Wie sie beide kannte, hegte sie nur die berechtigte Befürchtung, dass ein neuerlicher Kampf um ihre Gunst sie bald entzweien würde.

Der zitierte Satz, mit dem dieser undankbare Mensch Julius' Büro verlassen haben sollte, verletzte sie sehr. Wenn eine Frau nicht in der Lage ist, die Achtung eines Mannes zu erlangen, darf sie sich nicht wundern, wenn er sie nicht achtet, hörte sie im Geist seine Worte, die in einem ihrer ersten Gespräche erklungen waren. Damals hatte sie gespürt, dass diese ganz sicher nicht sie betrafen, und sie war auch jetzt davon überzeugt. Ihr Angebot hatte doch kein erniedrigendes Trinkgeld sein sollen, sondern eine sachliche Entschuldigung für den momentanen Verlust des Urteilsvermögens, der von der Erschütterung ausgelöst worden war, als sie ihm in einem unglücklichen Reflex seinen … aber das gab ihm doch noch lange nicht das Recht, ihr als erster Mensch im Leben Achtung abzusprechen, nein! das hatte ja nicht einmal Jaromír gewagt!!

Alles in ihr schrie Unrecht! Doch diese Behauptung war nichts wert, solange sie nicht von dem bestätigt wurde, der es ausgelöst hatte. Die Schöne Frau bedauerte nun ihre Idee, mit der Lösung einer so persönlichen, fast intimen Zwietracht die beiden beauftragt zu haben, die diese für eine Art modernen Streit der Kulturen hielten. Diese falsche Anschuldigung musste er selbst widerrufen, er persönlich, er, ihr Immernoch-Mann Kemal Ötcölan!!

59

Am Freitag versorgte sie den stummen Valtr mit Futter und Wasser, so wie früher, wenn sie zum Großeinkauf und auf den Friedhof gegangen war. Aus dem Bus stieg sie jedoch schon auf halber Strecke. Sie überlegte einen Augenblick, ob sie zu dem Fremden auf die Baustelle gehen sollte, doch sie wollte Jan nicht begegnen und erklären, warum sie sich persönlich mit diesem fürchterlichen Menschen unterhalten musste, ohne sich mit ihm und Julius zu beraten. Es ging auf halb zwölf zu, jeden Moment musste ein Schlag auf das Stück Gleis die Mittagspause einläuten. Wenn er bei der Serbin wohnt, isst er sicher auch bei ihr. Sie überquerte also die Straße, atmete tief durch und betrat dann entschlossen das Beograd.

Das Interieur erinnerte stark an das umgebaute Lokal der Malešíks, auch hier war der einheimische Kitsch vom schlechten Geschmack der neuen Inhaber abgelöst worden. Während das Istanbul von orientalischen Wandteppichen und Wasserpfeifen geschmückt wurde, hing die Decke des Beograd voll von Fischernetzen. Diese zogen sich die lange Frontmauer entlang, wo sie wahrscheinlich am Ufer eines gemalten Meeres trockneten, des einzigen, das den Serben nach allen Kriegen geblieben war, dachte die Schöne Frau, betrachtete dann weitere Details der naiven Malerei und sinnierte über alle möglichen Dinge, damit sie nicht nervös machte, warum sie eigentlich hier war.

Sie war heute der erste Gast, setzte sich in die Ecke an einen kleinen Tisch für zwei, bestellte bei einer älteren tschechischen Serviererin mit Pockennarben aus der Kindheit, die ihr ehrerbietig die handschriftliche Mittagskarte reichte, nur Soda, und bekam Mineralwasser. Weder am Abend zuvor, als sie sich entschlossen hatte, direkt mit ihm zu reden, und diese Entscheidung hatte ihr nach langer Zeit endlich erlaubt einzuschlafen, noch nach dem Aufwachen war es ihr eingefallen, sich in irgendeiner Form vorzubereiten; in Lebenssituationen, von denen sie ahnte, dass sie schicksalsträchtig waren, trat sie immer nur mit wachen Sinnen, um so schnell und so ehrlich wie möglich reagieren zu können. Theater mochte sie deshalb nicht, weil es so mechanisch vorgeschrieben war, und so kam sie sich nicht vor wie eine in ihrer Rolle gefangene Schauspielerin.

Sie wusste nicht, wie sie den Fremden, dessen gesetzlich angetraute Ehefrau sie auch weiterhin war, ansprechen und was sie ihm eigentlich sagen sollte, doch sie verließ sich darauf, dass er, wenn er sie erblickte, sich zu ihr setzen und sie die richtigen Worte finden würde, wenn sie sich nach seinem momentanen Gesichtsausdruck und dem Gefühl richtete, das er in ihr hervorrief. Deshalb verdrängte sie aus ihren Gedanken alles, was äußerlich ihre erste Begegnung ab dem Moment, als er mit dem toten Alibaba in der Tasche in die Nacht hinausgegangen war, beeinflussen konnte. Sie konzentrierte sich auf die Einzelheiten der Wandschmierereien, sodass sie dann über den massenhaften Einfall der Bauarbeiter erschrak, die wieder eine Sprachverwirrung mitbrachten. Sie besetzten auf einmal alle größeren Tische. Der Fremde, ihr Mann, war jedoch nicht unter ihnen.

Was die Schöne Frau nicht gesehen und gehört hatte: die Serviererin hatte in der Küche geseufzt, sie wolle im Alter so toll aussehen wie die Frau im Bistro, die das erste Mal da sei, allein sitze und erst einmal nur Wasser bestellt habe. Die Chefin schob unmerklich das Ausgabefenster zur Schenke etwas herunter und erblickte das Gesicht, das sich ihr bereits in der ehemaligen Badeanstalt ins Gedächtnis gegraben hatte, auf der Party aller hiesigen Nichttschechen. Von dem Tisch in der Ecke des Gastraumes konnte man glücklicherweise nicht direkt auf die Straße blicken, und so lief Ljubica durch den Seitenausgang hinaus und konnte Kemal gerade noch rechtzeitig abfangen, als er schon nach der Klinke der Lokaltür griff.

»He, warte!«, schleifte sie ihn um die Ecke, »du isst heute in Küche!«

»Aber ich habe mich mit meiner Truppe verabredet und alle zu Cola eingeladen …«

»Heute nicht! Im Lokal ist deine Schachtel! Oder willst du reden mit ihr?«

Das wollte er wirklich nicht, er aß also ungemütlich an der eingedeckten Anrichte in der Küche, und weil auch Ljubica dieser Person nicht begegnen wollte, kamen Koch und Serviererin mächtig ins Schwitzen, da sie das ganze Lokal zu zweit bedienen mussten. Ljubica zwang den Fremden zur Eile, und so wusste er auch nicht genau, was er eigentlich aß, bis sie ihn wieder über den Umweg losschickte, damit er veranlasste, dass, falls es ihr einfallen sollte, ihn auf der Baustelle zu suchen, der Pförtner sie nicht einließ. Dann gingen die Bauarbeiter wieder alle auf einmal aus dem Lokal, doch das verflixte Weibsbild blieb sitzen und schien die Maschen in den echten und gemalten Netzen auswendig zu lernen.

»Was hat sie konsumiert?«, wandte sich Ljubica mit einem plötzlichen Einfall an ihre pockennarbige Serviererin, die sie noch zu Lebzeiten ihres Mannes statt ihrer ansehnlichen Vorgängerin eingestellt hatte, als diese begann, gefährlich mit ihm zu flirten.

»Wasser«, wiederholte die Frau, »sie wollte Soda, hat also Mineralwasser mit Kohlensäure bekommen …«

»Und dann?«, brachte die Chefin gereizt heraus.

»Dann nichts mehr, ich war schon zwei Mal bei ihr, aber sie hat immer gesagt, dass sie noch was hat.«

»Und du lässt sie nur sitzen und dort gucken?«, fuhr Ljubica sie an.

»Sie wissen doch, was heute los war«, wehrte sich die Frau, »Sie waren ja heute nicht mit drin!«

»Geh raus!«, ordnete die Inhaberin und Witwe an, »und sag ihr, dass hier nicht öffentliche Warteraum! Also sie kann weiter hier sitzen, wenn normal isst, sonst muss sie aus Bistro raus!«

Durch die halb offene Tür der Küche versuchte sie, das Gespräch mitzuhören, doch die entfernten Stimmen gingen in dem neuerlichen Lärm auf der gegenüberliegenden Baustelle unter, und so goss sie sich einen Sliwowitz ein und wartete ungeduldig auf die Rückkehr ihrer Angestellten. Die unerwünschte Besucherin hatte bereits beim Betreten des Bistros einen so großen Eindruck auf die Serviererin gemacht, dass sie sie wieder höflich ansprach. Und als sie dieselbe Antwort bekam, sie habe noch etwas zu trinken, richtete sie ihr die Nachricht der Chefin so schonend wie möglich aus und legte ihr schüchtern die schon recht zusammengestrichene Speisekarte mit der Frage vor, was sie ihr bringen könne.

»Wenn es denn sein muss«, sagte die Schöne Frau, »dann sagen Sie mir, worauf Sie selbst Appetit haben.«

»Ich würde heute gefüllte Paprika nehmen«, riet ihr die Serviererin.

»Na sehen Sie«, hörte sie, »dann essen Sie die in Ruhe in der Küche.«

Als sie sah, dass sich die Serviererin keinen Rat wusste, was sie davon halten sollte, drückte sie sich verständlicher aus.

»Wenn Sie fertig sind mit Essen, bringen Sie mir die Rechnung bitte zusammen mit einem neuen Mineralwasser. Und nun suchen Sie sich aus, was Sie gern essen wollen. Und richten Sie Ihrer Chefin freundlicherweise aus, dass weltweit ein

Gast in einem Restaurant die Pflicht hat, etwas zu bestellen und zu bezahlen, doch kein Gesetz erlegt ihm auf, dass er es auch essen muss.«

Als die erstaunte Frau dies in der Küche wiederholte, traf Ljubica fast der Schlag.

»Jetzt schmeiße ich alte Schachtel selbst auf Straße!«

60

Von der Schönen Frau wusste man, dass sie weise und liebenswürdig war, so als bestehe sie ganz aus weichen, warmen Gefühlen. Fast niemand ahnte, dass sie auch kaltblütig hart sein konnte. Das bewunderte am meisten ihr Vater an ihr. Er wusste, wie sehr sie wie er hatte Ärztin werden wollen, doch als sie aufgrund ihrer Herkunft das Schwesternschicksal ereilte, verhielt sie sich, als sei sie gerade dafür geschaffen. Nie beschwerte sie sich bei irgendjemandem, nie hatte sie sich an jemandem gerächt, für alle hatte sie Hilfe, einen Ratschlag oder zumindest ein Lächeln parat, es gab niemanden, der sie nicht gern gehabt hätte, auch Frauen verehrten sie, die ihr normalerweise ihre außerordentliche Schönheit nicht verziehen hätten. Niemand außer ihrem Vater wusste, welch zerbrechliche Seele sie hatte, der nach dem Tode der Mutter ein Schutzpanzer aus Eis gewachsen war.

Auch Jaromír ahnte dies nicht. An jenem Tag, an dem er mit seiner Frau nach Prag gekommen war und sie ihn im Mánes erwartet hatte, ließ man ihn im Zentralsekretariat der Partei wählen: entweder man schickte ihn von seiner Praxis gleich morgen als Techniker in die städtische Abdeckerei und würde gleichzeitig noch die Nachricht verbreiten, er, der Herold des politischen Prager Frühlings, habe vormals als

Mitarbeiter der Staatssicherheit während des Medizinstudiums Kommilitonen angezeigt, die dann beim Spatendienst endeten, oder er kehre nach Selbstkritik ins Stadtkomitee zurück und helfe als geläuterter Sünder bei der »Entsumpfung der Partei«. Als er schwor, nie jemanden angezeigt zu haben, als er sie sogar anschrie, sie würden lügen, sagten sie, auf einen groben Klotz gehöre ein grober Keil, weil er der Partei in ihrer schweren Stunde die rote Karte gezeigt hatte, weshalb sie dieser Verleumdung grünes Licht geben würden.

»Und dann, Genosse Čech!«, schloss der Vorsitzende der Überprüfungskommission, »wird auch in dieser Abdeckerei kein Hahn mehr nach dir krähen!«

Auf dem Rückweg von seinem Waterloo versuchte er, seine Erregung mit einem großen Glas Rum in der Selbstbedienungsgaststätte Automat Koruna am Wenzelsplatz zu dämpfen, und nach zwei Wodka im Mánes war er davon überzeugt, dass ihn seine Frau sicher verstehen würde. Ihr Entsetzen überraschte ihn, und er verriet ihr, was er ursprünglich nicht wollte: womit man ihm gedroht hatte, falls er ablehne.

»Wer würde mir dann noch trauen?«, fragte er sie verzweifelt, »wenn sie diese niederträchtige Lüge über all ihre Kanäle verbreiten? Na, sag schon, wer??«

»Na ich!«, antwortete sie, »und deshalb bei uns jeder!«

Als sie das Restaurant verließen, dessen Personal nur noch auf sie wartete, hatte sie ihn fürchterlich mit dem verächtlichen Vorwurf getroffen, er sei ein Feigling. Damals hatte er ihr nur den Ehering vor die Füße geworfen. Ein paar Wochen später, als sie in der Lokalzeitung las, das städtische Parteikomitee habe einstimmig über den Ausschluss von Jaromírs politischen Verbündeten beschlossen, die in ihm jahrelang seinen Sprecher gesehen hatten, fand er sie bei seiner Rückkehr von einer anderen Sitzung, wie sie in der Mitte des Zimmers stand, diese Zeitung in der Hand. Sie zeigte ihm die Nachricht und fragte ungläubig.

»Auch du, Jaromír …?«

Noch immer sicher, dass sie ihn schließlich verstehen werde, versuchte er sie zu überzeugen, dass alles, was er tat, Teil seiner Taktik sei, die auf den richtigen Zeitpunkt warte, um an alles anknüpfen zu können, an was er geglaubt hatte und weiter glaube, deshalb müsse er in der Partei aushalten, damit nicht nur Dogmatiker darin blieben. Seine verwaiste Stimme, so erklärte er ihr, würde niemanden von ihnen vor dem Ausschluss retten und ihn sogar in diese einreihen, und so könne er ihnen dann nicht einmal mehr finanziell helfen, wie er es fest vorhatte. Übrigens, sagte er ihr, habe er bei seiner schicksalhaften Entscheidung in Prag vor allem an sie gedacht, die doch unter den Kommunisten genug gelitten habe, als dass sie dies erneut an der Seite eines Gemeindeabdeckers tun müsse, zu dem sie ihn hatten erniedrigen wollen. Er endete fast erschöpft, doch er glaubte fest daran, dass ihn diese Frau, die er liebte, nach der langen Zeit seelischer Kämpfe, Irrungen, Zweifel und Angst endlich mit einem Wort oder einer Geste der Vergebung befreien würde.

»Jaromír, du bist also«, sagte sie nach einer langen Pause, »zu allem auch noch niederträchtig …!«

Da konnte er sich zum zweiten Male nicht beherrschen und versetzte ihr einen Schlag. Danach lief sie nach oben zu ihrem Vater und kehrte nie mehr zu ihm in die untere Wohnung zurück. Dann ließ sie sich scheiden und verzieh ihm auch nicht, als er sich aus schlechtem Gewissen und aus unglücklicher Liebe demonstrativ zu Tode trank. So stark war die heute nicht mehr junge, äußerlich fragile Frau, die die Inhaberin des Bistros Beograd verächtlich Schachtel nannte, die gerade aus der Küche auf sie zustürzte, um ihren wohl kaum angekündigten Ganztagsaufenthalt in ihrem Gasthaus gewaltsam zu beenden.

»Was willst du hier?«, schrie sie und stemmte sich mit beiden Händen auf den Tisch über dem immer noch nicht ausgetrunkenem Mineralwasser, und wiederholte diesen Satz in ihrer Erregung noch einmal.

»Ich habe bereits bestellt«, sagte die Schöne Frau höflich, als wäre sie ebenso angesprochen worden.

»Ich füttere mein Personal allein!«, versuchte Ljubica weiter zu schreien, doch die Stimme wollte ihr irgendwie nicht gehorchen und sprang unangenehm über, »dich brauche ich nicht dafür!«

»Umso besser«, sagte die Schöne Frau, »ich habe das Essen nur auf Ihren Wunsch hin bestellt, dann bieten Sie es doch irgendjemandem an, ich habe keinen Hunger.«

»Was also wollen hier?«, die Wirtin begann, sie zu siezen, »wenn Sie nicht trinken, nicht essen?«

»Wollen Sie sich nicht setzen?«, fragte die Schöne Frau, »ich erkläre es Ihnen gern.«

Und mit einer einladenden Geste bot sie ihr einen Stuhl an. Nun schauten die Serviererin und der Koch durch die angelehnte Tür von der Küche ins Lokal, ihr Mund blieb offen, weil sie darüber staunten, wie sich ihre resolute Chefin zahm an den Tisch zu der Frau setzte, die sie noch vor einer Weile hatte rauswerfen wollen.

»Ich will hier nicht provozieren«, sagte die Schöne Frau, »und wenn Sie ihn lieben, dann will ich ihn Ihnen auch nicht wegnehmen. Ich will ihn auch nicht länger in der Ehe halten, als er es selbst braucht, damit er die Staatsangehörigkeit bekommt und für immer bleiben darf. Spreche ich so, dass Sie mich verstehen?«

»Ja …«, piepste Ljubica, völlig entwaffnet von der stillen

Kraft, die sie bisher noch nicht erfahren, nicht erwartet und nicht gekannt hatte und der sie deshalb auch nichts entgegenzusetzen hatte.

»Ich muss nur mit ihm reden!«, sagte die Schöne Frau beim Aufstehen und reichte ihr hundert Kronen und einen Zettel mit einer Telefonnummer, »ja, ich muss! Rufen Sie mich bitte an, wann und wo.«

»Und wenn er …«, die Wirtin kam wieder zu sich, »wenn er nicht will …?«

»Dann komme ich morgen wieder und warte hier, bis er will.«

Was die Schöne Frau, die sogleich ging, nicht sah und nicht hörte: Als Ljubica am Abend dem Fremden Bericht erstattete, nickte er traurig und befahl ihr:

»Morgen kochst du nicht für die Bauarbeiter, häng ein Schild raus, dass du schon am Samstag geschlossen hast!«

61

Zuerst entwickelte es sich genauso wie einen Tag zuvor: Morgentoilette, liebevolles Umsorgen des immer noch stummen Valtr, bitterer Tee ohne alles, Einsteigen in den leeren Stadtbus, Aussteigen an der Großbaustelle. Dann aber war alles anders. Hinter der verschlossenen Zufahrt zum eingezäunten Areal schlummerte im Schatten des Pförtnerhäuschens der Wolfshund, an der Tür des gegenüberliegenden Bistros, die von Gittern gesichert war, hing ein mit Filzstift geschriebener Anschlag:

SANIERUNGSTAG

Die Schöne Frau überzeugte sich, dass das Gitter verschlossen war, und ging zur Ecke der Nebenstraße. Es war Samstag, so wusste sie, dass sie dreißig Minuten warten musste, ehe der Bus auf der Rückfahrt vom Friedhof zum kleinen Platz wieder hier vorbeikam. In dieser Zeit hätte sie auch laufen können, doch sie entschloss sich, zu warten.

Der heiße Vormittag des Wochenendtages entvölkerte vor allem dieses Viertel von S.; die paar Tschechen, die den Bau leiteten, waren entweder am Meer oder auf ihren Landhäusern, die Masse der Gastarbeiter schickte sich an, in der ehemaligen Badeanstalt zu grillen und zu tanzen, und die Altbewohner erholten sich von dem Lärm, der hier von Montag bis Freitag fast nie aufhörte. Jetzt war auf den mit einer dicken Staubschicht bedeckten Straßen keine Menschenseele zu sehen, man hörte nur das Zwitschern der Vögel.

In dieser reglosen, singenden Stille lehnte sich die Schöne Frau an die Mauer einer Garage gegenüber der Bistrotür, hielt ihr Gesicht in die Sonne und schloss die Augen. Dabei versuchte sie sich vergeblich zu erinnern, wie lange es ihr nicht eingefallen war, so faul im Leben innezuhalten. Wenngleich sie wegen eines Herzfehlers die ganzen Jahre Invalidenrentnerin gewesen war, hatte sie immer noch nicht die Mentalität und den Rhythmus von Rentnern angenommen. Wenn sie sich nicht gerade um Valtr und ihre Untermieter kümmerte, einkaufte, kochte, wusch, bügelte, ihre zwölf Apostel kehrte und scheuerte, lebte sie sich in die Geschichten von Romanen ein, die sie sich fleißig auslieh oder die aus der Bibliothek ihres Vaters zu ihr zurückgekehrt waren. Und fast jede Nacht zogen sie lebendige Träume in ihren Bann, in denen sie so glaubwürdige Geschichten erlebte, dass sie erst spät im Laufe des nächsten Tages in ihr abklangen.

Nun dachte sie an nichts, sie nahm nur die Wärme und die Stille wahr, so als stände sie nicht auf einer fremden Straße, sondern läge irgendwo am Strand, wonach sie sich immer gesehnt hatte. Als Kind war ihr dies durch den Krieg bald verwehrt gewesen, als Mädchen durch das totalitäre System, als Witwe durch Valtr, den sie nicht länger als ein paar Stunden allein zu lassen wagte. So schloss sie nur von Zeit zu Zeit wie jetzt die Augen und erfühlte so ihren Strand.

Deshalb versuchte sie auch, den stärker werdenden Klang zu verdrängen, der sie störte, und zu spät erkannte sie das Öffnen und Schließen der Tür des zurückfahrenden Busses. Ihr drohte also eine weitere halbe Stunde Warten, doch sie begab sich trotzdem nicht heim. Sie erinnerte sich an ihre Ankündigung von gestern, dass sie heute wiederkommen und warten werde, bis der Fremde – ihr Mann – für sie Zeit finden würde.

Sie hegte keinen Zweifel daran, dass die Wirtin, vielleicht aus eigenem, vielleicht aus seinem Willen heraus, das Gasthaus ihretwegen geschlossen hatte. Sie betrachtete es als höchstwahrscheinlich, dass beide im Haus waren, und sie schloss nicht aus, dass sie sie hinter der Gardine beobachteten. Wenn ihm nicht ausgerichtet worden war, dass sie mit ihm reden musste – ja, musste! – würde er das erkennen, wenn er sie hier stehen sah, und er würde vielleicht herunterkommen. Jetzt fiel ihr zum ersten Mal ein: Und was würde sie ihm eigentlich sagen?? Sie machte sich bewusst, dass sie seit dem Augenblick, als sie sich spontan entschlossen hatte, herzukommen und auf ihn zu warten, nicht die geringste Ahnung hatte, weshalb!

Nichts von dem, was geschehen war und also nicht ungeschehen gemacht werden konnte, wie ihr bereits in ihrer Kindheit der Tod ihrer Mutter eingebläut hatte, konnte man mit einem einzigen Gespräch ändern, doch sie hielt daran fest, als hinge ihr weiteres Leben davon ab. Doch wovon? Dass er ihr verzieh? Was? Auch nun spürte sie keine Schuld, nur schreckliches Bedauern, dass sie ihm durch die unglücklich abrupte Bewegung seinen genauso unersetzlichen Freund genommen hatte, wie Valtr es für sie war. Und wenn jemand jemandem etwas zu verzeihen hatte, dann höchstens sie ihm die glücklicherweise nicht vollzogene Rache an Valtr … der Gedanke verschlang sich.

Wie kam es, dass Jaromír durch eine ähnliche Tat endgültig alles zerrissen hatte, was sie noch mit ihm verband, und sie nun schon mehrere Busse hatte abfahren lassen und weiter in der Sommerhitze auf einer leeren, staubigen Straße stand, vor einem Haus, in dem er sich mit seiner, daran hegte sie keinen Zweifel, altneuen Liebhaberin verschanzt hatte? Warum erniedrigte sie sich so vor ihm? Warum schämte sie sich nicht ein kleines bisschen? Sie hatte das Gefühl, als steige sie aus sich selbst heraus und betrachte mit Abstand die Frauengestalt, die reglos mit geschlossenen Augen an der Betonmauer lehnte. Sie erinnerte sich verschwommen, dass sie sie aus einem französischen Roman kannte, in dem sie, ebenso dumpf und zudringlich wie sie jetzt, stumm vor dem Haus der Geliebten ihres Mannes wartete.

Und sie verstand nun auch, was ihr diese Hitzewallung in der Konditorei HELENS KINDERCHEN angedeutet hatte: dass sie sich nach ihm sehnte.

Was sie weder sah noch hörte: Ljubica wollte mit dem Fremden ans Wasser, nicht zur ehemaligen Badeanstalt, sondern weiter flussabwärts, wo sich die Mäander des Hauptflussbettes in zahlreiche Arme fächerten; von den gegenüberliegenden Felsen sahen sie aus wie Schlangen, und mit Sträuchern bewachsene sandige Nehrungen boten viele romantische Ecken für zwei. Das Weib war schuld daran, dass es Kemal ablehnte, das Haus zu verlassen. Aus Wut über sie liebte sie sich mit ihm zu Hause, kochte ihm ein gutes Mittagessen, musste sich dann aber mit dem Fernseher begnügen, weil er sich in sein abscheuliches Buch mit den Knochenbildern vertiefte, die ihr den Appetit auf alle Suppen verdarben. Diese schreckliche Tschechin, die allein schon durch das für ihr Alter unverständlich schöne Gesicht und ihre tolle Figur gefährlich war, gab mit dem letzten Bus ihre Warte auf, und Ljubica briet voller Freude als Vorschuss für einen angenehmen Sonntag blutige Roastbeefs. Am Morgen brachte sie für beide noch ein ordentliches Frühstück ans Bett, doch als sie die Gardine aufzog, damit Kemal schneller wach wurde, erblickte sie wieder den blauen Himmel und sogleich auch das Weibsbild, das an derselben Stelle verharrte wie gestern.

Der Teufel soll die alte Hexe holen!, machte sie sich im Geiste Luft, doch laut sagte sie dann nur, sie würden doch wohl hoffentlich ihretwegen nicht wieder zu Hause hocken … ihre Wut brach völlig aus, als er ihr kurz mitteilte, doch, denn er wolle mit dieser Frau nicht reden, und schon gar nicht auf der Straße. So verdarb sie Ljubica auch den Sonntag, als er sich erneut mit seinen fürchterlichen Haxen befasste. Einen Sieg hatte sie vorerst nur dadurch gewonnen, dass er Gevatterin Tod, vor der sie sich ekelte und Angst hatte, direkt in seine Blechresidenz gebracht hatte.

Der Montag brachte ihr gleich zwei Überraschungen: Das Weib kam schon mit dem ersten Bus, um zu warten. Doch Kemal war weder im Bett noch im ganzen Haus zu finden. Wahrscheinlich hatte er es geahnt und war bereits in der Nacht auf die Baustelle gegangen.

Gegen Ende des Krieges, als noch ein Grammophon mit Trichter der Stolz eines jeden Haushalts gewesen war, spielte der Vater dem kranken Rosilein in der Prager Wohnung seiner Eltern eine Art Arie vor, um sie, wie er sagte, schon in der Zeit des Grauens auf die Zeit des Schönen vorzubereiten. Er ging dann los, um seiner Mutter bei irgendetwas zu helfen, und die Nadel blieb stecken. Die Stimme der Sängerin kehrte bei jeder Umdrehung der Scheibe in dieselbe Rille zurück, der hohe Ton sprang auf und ab, bis der Misston so quälend war, dass sie aufhörte, alles andere wahrzunehmen, und auch noch lange taub war, als die Feder ausgesetzt hatte.

Am Samstag hörte sie ihn wieder, als die Sonne von hinten ihren Standort an der Garagenmauer erobert hatte, der vorher von einem Baumschild geschützt wurde. Morgen würde sie sich Creme mitnehmen müssen, fiel ihr ein, und wie diese Nadel von einst grub sich ihr ein neuer Gedanke ein: Sie würde hier stehen, bis dieser fremde Mann, ihr Ehemann, verstehen würde, dass sie unschuldig war und ihn liebte. Ja, liebte! – anders konnte sie sich nicht erklären, warum sie tat, was sie tat, auch wenn so viele es sahen.

Die ausländischen Arbeiter, die von Bussen aus beiden Richtungen am Montagmorgen zum Baustellentor gebracht wurden, widmeten der alten Frau keine Aufmerksamkeit. Dafür baute ein Mann, der einst Krausköpfchen und nun Zollstock hieß, ihretwegen in seinem gebrauchten Škoda, mit dem er nur zur Baustelle fuhr, fast einen Unfall. Er ließ das Auto mit laufendem Motor im Tor stehen und eilte zur Schönen Frau.

»Rosinchen, was machst du denn hier??«

»Ich warte auf meinen Mann«, erklärte sie, als sei sie überrascht, dass er fragte.

»Aha …«, entgegnete er ratlos, »dann entschuldige, ich will nicht stören.«

Mit dem Gefühl von Scham, dass er sie in dieser würdelosen Position ertappt hatte, fuhr er zu seinem Büro und staunte erneut, als er Kemal davor erblickte.

»Was machen Sie denn hier …?«, ihm fiel keine andere Frage ein als die, die er ihr gestellt hatte.

»Warte auf die Beratung«, sagte der Fremde, als sei er überrascht, dass er das nicht wusste.

Schnellreich schloss das Auto ab und die Tür auf, und als sie eintraten, verschloss er sie und vergeudete keine Zeit damit, sich zu setzen.

»Kemal, Sie Unglückswurm, wie gehen Sie mit ihr um?«

»Ich gehe gar nicht mit ihr«, sagte der Fremde, »sie selbst geht hin und steht da.«

»Und Sie gehen nicht mal zu ihr und fragen, warum?«

»Ich interessiere mich nicht dafür, denn ich will nicht mehr mit ihr sprechen, wie ich Ihnen gesagt habe. Wenn wir heute den Beton des Multikinos fertig haben, beginnen wir mit Block F oder G?«

Das ehemalige Krausköpfchen ertappte sich dann im Laufe des Montags noch des Öfteren, dass er eher als an hundertundein Problem auf dem Bau an die einzige Frau dachte, die er nur allzu gut kannte, um zu wissen, dass sie auf ihrer Warte ausharren würde. Er zerbrach sich den Kopf, wie er sie von dort wegbekommen sollte, und atmete auf, dass sie nicht mehr an der Ecke stand, als er wegfuhr. Ebenso Ljubica, die gleich zum Fremden zum Container gelaufen war, doch heim bekam sie ihn nicht.

»Sie ist nur gegangen, um den Vogel zu füttern«, behauptete er, »dann kommt sie gleich zurück!«

Sie glaubte ihm nicht. Wütend brachte sie ihm das Abendessen und staunte, als sie die Frau wirklich wieder dort erblickte. In der Dämmerung gab sie vor, sie nicht zu sehen, vertraute das Wirtshaus lieber dem Personal an. Oben bei sich schaltete sie den Fernseher ein, spähte aber mehrmals aus dem dunklen Bad zur Ecke. Das alte Weib stand und stand da. Um Mitternacht gab Ljubica auf. Am Morgen wurde sie durch das Heulen eines vorbeifahrenden Krankenwagens geweckt. Gleichzeitig sah sie den ersten Bus kommen und aus ihm die Alte aussteigen.

Als der Ingenieur eintraf, wagte er nicht anzuhalten, dafür hupte und winkte er ihr zu. Im Büro aber lief er sogleich zum Telefon, um Dr. Mádr zu informieren, der am Tag zuvor einen Prozess in Prag gehabt hatte. Der Nächste, der bei der Schönen Frau bremste, war Julius.

»Rosa!«, bat er flehentlich aus dem Fenster, so als wolle er die Mission beschleunigen, »ich möchte dich gern in mein Büro mitnehmen oder dich nach Hause bringen, ehe dich hier Paparazzi entdecken!«

»Ich muss mit ihm reden!«, sagte die Schöne Frau mit einer Stimme, die Müdigkeit verriet.

»Ich kümmere mich darum«, versprach er ihr, »die Papiere habe ich mit!« Und etwas später stand er schon im provisorischen Büro seines alten Konkurrenten und neuen Freundes, dieser rief sofort mit dem Handy den Fremden an, und diesmal setzten sich alle drei an den Tisch.

»Herr Ötcölan«, sprach ihn der Anwalt an, »meine Mandantin hat mich gebeten, Sie davon zu überzeugen, dass sie den Scheidungsantrag zurückzieht.«

Darauf zog er ihn aus einem eleganten, flachen Köfferchen und zerriss das Papier mit einer dramatischen Geste zweimal; der Ingenieur nahm die Schnipsel und vernichtete sie noch anschaulicher im Reißwolf.

»Frau Čechová lässt noch einmal ausrichten, dass sie Ihr Tier nicht absichtlich getötet und dies nur verheimlicht hat, weil sie unter Schock stand. Sie will Ihnen das persönlich erklären.«

»Ich will das nicht«, sagte der Fremde.

»Frau Čechová«, unterstützte nun der Ingenieur den Anwalt, »hat immerhin Ihre Existenz gerettet und verdient es zumindest aus diesem Grunde nicht, dass Sie sie dem Gespött der Öffentlichkeit preisgeben. Alles, was sie will, ist die Möglichkeit, sich Ihnen unter vier Augen zu erklären.«

»Sie muss mir das nicht erklären«, sagte der Fremde.

»Kruzitürken, Kemal, bringen Sie mich nicht auf die Palme! Gehen Sie und reden Sie mit ihr!«

»Herr Ingenieur«, verkündete der Fremde fast feierlich, »ich muss zugeben, dass ich hier auch weiterhin nur eine Schaufel aus Tramtarien, wie Sie hier sagen, bin und sein werde, doch nach allem, was ich verloren habe, hat eine einzige Säule mein Leben erhalten: meine Achtung vor mir selbst! Die hat sie mir genommen, und deshalb hat sie auch meine vor ihr verloren. Darf ich jetzt an die Arbeit gehen, oder kündigen Sie mir?«

Der Ingenieur hob die Augen zum Himmel und schickte ihn dann los, das anspruchsvolle Betongießen zu leiten. Zur Schönen Frau fuhr er dann zusammen mit Julius in dessen Wagen. Mit dem Rücken und den Handrücken an die Garagenwand gelehnt, reckte sie ihr Gesicht in die Vormittagssonne. Sie erschraken: das starke Licht hatte auf ihrem Gesicht eine grausame Spur des Alters freigelegt. Mit Blicken einigten sie sich, dass zuerst Mádr sie ansprechen würde.

»Rosi …«, flüsterte er, um sie nicht zu erschrecken, während sich der Ingenieur taktvoll außer Hörweite begab, »teure Rosana, in meinem faden Leben warst du immer mein Quell lebendigen Wassers, und ich weiß, dass nur die Liebe zu dir ihm die ganze Zeit einen Sinn verliehen hat, auch wenn sie unerfüllt blieb, vielleicht auch gerade deshalb, weil sie ein ungetrübter Traum geblieben ist. Im Namen dieser Liebe bitte ich dich jetzt, teure Rosi, fahr mit uns woanders hin!«

»Rosinchen«, wagte es nun Schnellreich, sie anzusprechen, während sich der Anwalt diskret entfernte, »du bist die Einzige, der ich mein ganzes Leben mit meiner Seele treu war, und ich glaube, dass ich es als dein Mann auch mit dem Körper gewesen wäre. Und diese Treue sagt dir jetzt: fahr mit uns ins Grandhotel, wir trinken Sekt und freuen uns zu dritt des Lebens, was meinst du, Rosinchen?«

»Ich muss mit ihm reden!«, sagte die Schöne Frau.

63

Schon lange spürte sie nichts mehr als das eine: dass sie mit ihrem Mann reden wollte, um ihm selbst zu sagen, was sie über niemand anderen mitteilen konnte und das, davon war sie überzeugt, alles Böse ins Gute verkehrte. Sie war zu einem Automaten geworden, der nur eine Aufgabe erfüllen konnte – warten. Auch die folgenden zwei Tage kümmerte sie sich noch in der Dunkelheit um Valtr, fuhr zum Bau, lehnte sich an die Mauer an der Ecke und stand so den ganzen Tag da; in der Nacht nahm sie den letzten Bus, der sie heimbrachte, wo sie sich um Valtr kümmerte, von den spärlicher werdenden Vorräten aß und in einen harten Schlaf fiel, aus dem sie ebenso hart der Wecker riss.

Der Fremde nächtigte weiter im Container, und als die wütende Ljubica am Mittwoch versuchte, ihn zur Rückkehr zu bewegen, indem sie ihm kein Abendessen brachte, begann er sich in der Baustellenkantine zu verpflegen. In seiner Freizeit lernte er in der Blechhöhle, nach Berichten des Ingenieurs, allein immer wieder am Skelett namens Eva Knochen und Knöchelchen und ratterte lateinische Namen herunter.

Krausköpfchen-Zollstock kam an beiden Abenden bei der Schönen Frau vorbei, versuchte sie vergebens zu überreden, ins Auto einzusteigen, und zu erklären, dass sie den Fremden nicht überzeugen würde, da er sich genauso versteift habe wie sie. Dann beriet er sich mit Mádr-Quader im Grandhotel, ehe sie gnädig vom Alkohol eingelullt wurden, wann man einen Krankenwagen samt Psychiater zu ihr schicken solle, damit sie nicht vorher zusammenbrach. Nicht erfüllt wurde die Angst vor der Boulevardpresse: deren Spürhunde, der Geschichte von S. unkundig, hielten sie wahrscheinlich für eine Bettlerin.

Eine Person ließ die Schöne Frau nicht aus den Augen: die Wirtin aus dem Beograd. Ljubica durchlebte dabei etwas, das sie nicht verstand: die grenzenlose Wut auf dieses Weibsstück, das ihr zusammen mit Kemal auch ihre Privatsphäre und eigentlich das ganze Leben geklaut hatte, indem sie sich tags und nachts ihre gesamte Aufmerksamkeit erzwang, wich schleichend einem Gefühl, wie sie es aus ihrer kriegführenden Heimat nicht kannte; diese hatte in ihren Kindern Gefühllosigkeit herangezüchtet, damit sie leichter den Nachbarn nichtserbischer Zunge die Kehle durchschneiden konnten. Ihre Wut verschob sich mehr und mehr zu dem Kerl, der wahrscheinlich wegen eines krepierten Katers allen Christen die Fatwa, den Heiligen Krieg, erklärte, wo er doch so hochmütig auch sie verlassen hatte. Die lange Stunden an die Mauer gepresste Alte, die lediglich mit ihm reden wollte, kam ihr nicht mehr wie eine gefährliche Konkurrentin vor. Eigentlich ging es Ljubica ja mit dieser Verrückten ähnlich … und sie entdeckte in sich ein vorher nicht gekanntes Mitgefühl.

Der Misston der aus der Bahn geworfenen Grammophonnadel quälte das Gehirn und die Sinne der Schönen Frau so sehr, dass sie nichts anderes wahrnahm als dieses Programm des Wartens. Und die Feder trieb und trieb sie immer weiter an! Erst als sie am Freitag vor dem Mittag, eine Woche nachdem sie zum Automaten geworden war, ein schwerer Herzschmerz durchfuhr, verstand sie, dass die Feder ihren Dienst aufgab. Sofort vergegenwärtigte sie sich, dass die Zeit gekommen war, um zu vollenden, was sie an dem Tag begonnen hatte, als sie von HELENS KINDERCHEN zurückgekommen war, ehe sie Valtr auf dem sonnendurchfluteten Fenster erwartet hatte. Sie lief zum Bus, der gerade kam, und fuhr ins Zentrum zum größten Kaufhaus in S.

Die Serbin, die schon den dritten Tag durch die Gardine aus dem Fenster blickte, war schon eine ganze Weile vorher beunruhigt. Die alte Frau hatte sich heute das erste Mal nicht mit den Händen an die Wand gelehnt, sondern sich mit beiden irgendwie die linke Brust gehalten. Als sie dann so unerwartet zu einem Bus schritt, mit dem sie nie zuvor gefahren war, schwankte sie am Einstieg so, dass ihr jemand in den Wagen helfen musste. Ljubica warf die Schürze in die Ecke, schrie das Personal an, es solle mit dem Mittagessen wieder allein fertigwerden, und rannte zur Baustelle.

Auch sie begegnete dem Fremden, einem Offizier ähnlich, der eine schwierige Operation leitete, an der vor allem LKWs mit rotierenden Trommeln beteiligt waren, aus denen flüssiger Beton plätscherte. Der Lärm der Baustelle bewirkte, dass sie dem Fremden ihre Botschaft ins Ohr schreien musste, so erfuhren die am nächsten stehenden Personen nur, dass es etwas war, womit sie ihn recht unsanft von dort wegschubste.

»Scheiße, Kemal, du rede mit ihr, die stirbt mir hier, und ich will das nicht!«

Seltsamerweise hörte er auf sie, sie konnte ihn nur nicht aufhalten, als er ins Büro der Baustelle einbog, doch daraus stürzte noch vor ihm Ingenieur Schnellreich und startete seinen Wagen. Der Fremde setzte sich zu ihm, und beide fluchten, als der Motor des alten Škoda stotterte und dann ausging.

Die Schöne Frau lehnte es im Kaufhaus ab, eine Transportbox zu kaufen, weil sie noch eine zu Hause habe, und so werde sie diesen kleinen Schatz an ihrem Busen heimtragen. Sie wusste jedoch, dass sie es zu Fuß nicht schaffen würde, und so nahm sie ein Taxi. Auch der Chauffeur war von der Ware begeistert, und so bemerkte er nicht, als er wieder auf dem kleinen Platz anfuhr, dass seine Passagierin kaum in der Lage war, die Tür zu öffnen. Sie atmete schon schwer, bevor sie an der Treppe angekommen war.

Der Weg nach oben mit dem Korb des Fremden, in den sie das Geschenk gesetzt hatte, erschöpfte sie so, dass sie sofort ins Schlafzimmer ging, die Last auf dem Bett abstellte und sich daneben legte. Der Schmerz in der Brust ließ nicht nach, und die erfahrene Krankenschwester in ihr wusste nur allzu gut, was los war. Sie überlegte, wen sie anrufen sollte, nicht um ihrer selbst willen, sondern wegen Valtr und des neuen Geschöpfes, das hier nun ohne sie verenden würde. Ehe es ihr einfiel, schlief sie ein.

Die Nummer der Taxizentrale, die Ljubica vom Büro aus anrief, war am Freitag ständig besetzt, und Ingenieur Schnellreich und der Fremde brauchten fast eine Stunde, ehe sie das Staubkorn im Vergaser fanden.

»Red mit ihr, hörst du?«, vernahm der Fremde von Ljubica, als sie wegfuhren, »oder du packst deine Koffer, ich will keine Probleme vor meinem Haus!«

»Sie kommen nicht mit mir rein?«, fragte der Fremde den Ingenieur, als er den Schlüssel vom Haus auf dem kleinen

Platz aus der Tasche zog, den er noch nicht hatte zurückgeben können.

»Nein«, sagte sein Chef energisch, »sie wollte nur mit Ihnen sprechen. Kemal, Mensch, wenn Sie ihr nicht verzeihen, dann wird Sie sich Ihr Allah vornehmen!«

Der Fremde betrat das Haus, schloss die Tür und blieb stehen. Eine Weile war es still. Dann näherte sich schnell ein Flügelgeräusch, und der Papagei landete auf seiner rechten Schulter.

»Herrr Karrrl! Herrr Karrrl«, zischte er aufgeregt und hackte ihm ins Ohr, als würde er ihn zur Eile mahnen.

Kemal trug ihn nach oben. Die Tür gegenüber der Treppe war offen, der Salon leer. Er klopfte ans Schlafzimmer. Als er keine Antwort erhielt, trat er ein. Die Schöne Frau lag auf dem gemachten Bett, hatte die Augen geschlossen und war kreidebleich. Neben ihr stand Alibabas Korb, aus dem die grünen Augen eines Perserkaters in der Größe einer Maus hervorschauten. Der Fremde presste sich an die Schöne Frau, umarmte sie und weinte endlich, das zweite Mal in seinem Leben.

64

So geht es aus, meine lieben Leser, wenn der Autor, der seine Helden nicht an Fäden herum und wie gewaltsame Herrscher gegen ihren Willen zum glücklichen Ende führen will, ihnen zu viel erlaubt, damit sie leben, wie sie es wollen – aus der Logik ihrer Charaktere und aus den Folgen ihres Handelns heraus. Von den unschuldigen Anfängen haben sie es innerhalb eines Vierteljahres bis zu einer Tragödie gebracht! Doch nicht nur in Ihnen, sondern auch im Verfasser selbst sträubt sich alles dagegen, anzuerkennen, dass gerade diese Geschichte, die so gut begann und sich lange in der Hoffnung badete, im Sumpf des Verderbs enden soll, wie die ganze arme kurdische Familie des Kemal Ötcölan.

Sie, die Sie gerade liebenswürdigerweise dreiundsechzig Kapitel gelesen haben, erlaubt sich der Autor nicht mit dem Versprechen zu erpressen, dass nur weitere zumindest den Fremden aus dem Sumpf auf festen Boden ziehen, wo er, wenngleich auch ohne die Schöne Frau, wieder Hoffnung schöpfen kann. Bündeln wir vielmehr das Leuchten all unserer Intellekte zu einer mächtigen Energie, mit der wir in dem, was bisher geschrieben und gelesen wurde, mit vereinten Kräften, viribus unitis, den festen Punkt des Archimedes entdecken, der uns schnell und glaubhaft helfen wird, den Planeten der Geschichte in glücklichere Bahnen zu lenken. Auf dass diese ganze kaputte Story in uns gedanklich rückwärts ablaufe und wir Stop! sagen können, wenn wir an die rettende Weiche gelangen, die wir suchen. Drei, zwei, eins, null – und schon ist es geschehen! Blättern sie mit dem Autor zurück ins Kapitel mit der niedrigen Nummer fünf:

»Die Schöne Frau hatte spätestens in der Pubertät gemerkt, was sie schon unklar als Kind geahnt hatte: dass sie zwei Leben lebte. Eines mit echten Menschen am Tage, das andere, wenn sie las oder schlief. Der Schlaf ließ sie fast alles, worüber sie gerade nachdachte, wonach sie sich sehnte und wovor sie sich am meisten fürchtete, so im Detail durchleben, dass sie in dieser unechten Wirklichkeit noch wach wurde, manchmal in Erleichterung, dass die schweren Enttäuschungen, schrecklichen Verluste und niederträchtiger Verrat nur Albträume waren, manchmal in Traurigkeit darüber, dass sich das schwindelerregende Glück nur als Phantom erwies.«

Also wieder Halleluja, liebe Leser, und dazu noch ein Hosianna, denn in Kapitel fünf hat glücklicherweise das gutmütige Schicksal den Schlüssel versteckt, mit dem es nun wie ein großer Magier – Abrakadabra! – dem Autor erlaubt, all unseren vier Lieben, dem gefiederten, dem pelzigen und den beiden bekleideten, das goldene Tor zu einer neuen Chance zu öffnen: die Rückkehr ganz ans Ende von Kapitel neunundzwanzig, wo die Weiche zu einem noch besseren Ende liegt!

Ende des Traums

Die Tränen, die ihr Kissen befeuchteten, erweckten die Schöne Frau wie das Wasser des Lebens aus dem Märchen. Als sie wieder ganz zu sich gekommen war, erkannte sie, dass sie zu ihr gehörten, da sie im Bett allein auf den zerknitterten Blättern mit den Angeboten der sieben Bräute lag, bei deren erneutem Lesen sie gestern wahrscheinlich eingeschlafen war und beim Aufwachen aus diesem so traurigen Traum voller Mitleid über sich selbst geweint hatte. Verwirrt sprang sie auf, lief in den Salon und deckte den Käfig auf. Valtr winkte mit den Flügeln und krächzte die richtige Begrüßung.

»Morrrgen, Rrrosarrrosarrrosa!«

Ungeachtet seines Protests ließ sie ihn nicht gleich heraus, sondern eilte ins Erdgeschoss. Der Schlüssel des Untermieters lag vorschriftsmäßig auf der Türschwelle. Aus Gewohnheit klopfte sie an, schloss aber gleichzeitig auf, glitt in die Wohnung und schloss hinter sich die Tür. Alibaba lag auf der untersten der vier Ebenen und gab kein Lebenszeichen von sich. Aufgeschreckt trat sie näher und berührte seinen Rücken. Er war warm und bewegte sich. Sie erstarrte, doch der Kater drehte sich nur auf die Seite, dehnte sich und richtete seine grünen Augen so sehnsuchtsvoll auf sie, dass sie es wagte, ihn zu streicheln. Er streckte alle vier Pfoten von sich, bis er fast zweimal so lang war, und reckte den Bauch ihren Fingern entgegen, als gebe er sich ihr auf Gedeih und Verderb hin. Sie kraulte ihn mehrere Minuten lang mit wachsender Erleichterung, während er die unterschiedlichsten Positionen einnahm, worauf er plötzlich zufrieden miaute, graziös von seiner Plattform sprang und erhaben mit zitterndem Schwanz zu seiner Schale mit Trockenfutter stolzierte.

Dann kochte sie sich in der Küche einen starken Kaffee, doch dabei war sie immer noch benommen von diesem Zustand zwischen Realität und suggestiver Einbildung. Sie erinnerte sie stark an jene, die sie einst an der Seite des jungen Jaromír durch das gesamte Paradies geführt hatte, den sie dann gerade deshalb heiratete, um ihn wahrhaftig mit ihm zu erleben. Es endete beiderseits in einem Fiasko … aber liegt nicht gerade darin eine Chance, dachte sie, dass dieser neue Traumspaziergang durch die Hölle im echten Leben nicht umgekehrt gut enden könnte?

Die Schöne Frau nahm die Welt vor dem Fenster wahr. Die Vietnamesen breiteten vor ihrem Laden buntes Gemüse aus, die jungen Türken strichen den Zaun des Gartens, in dem sie in S. ihre Kindheit mit kleinen Deutschen und Juden verbracht hatte, das Häufchen kleiner Roma jagte einem funkelnagelneuen Ball verdächtiger Herkunft zwischen Container und entweihter Kapelle hinterher, die als einzige davon zeugte, dass hier vor Kleinasien einst ein Gelände gelegen hatte, das von den tschechischen Ureinwohnern als Mukanka bezeichnet wurde.

Dieses Bild, bevölkert wie auf Zeichnungen von Brueghel und Josef Lada, bestätigte ihr, dass auf der Welt das Zeitalter der Fremden begonnen hatte, und sie wurde von dem Wissen um ihren Vorteil gewärmt: sie hatte einen von ihnen kennengelernt, der sich bemühte, nicht ganz fremd zu sein.

Endlich ließ sie Valtr frei, las noch einmal die sieben Internetangebote für den »persischen Bräutigam« durch, und als sie sie einsteckte, war sie entschlossen, dass sie die Idee, mit der sie eingeschlafen war, verwirklichen würde. Gebadet und adrett gekleidet begab sie sich dann zum Anwalt ihrer Familie Julius Mádr junior, um ihr Angebot abzugeben.

Doch als sie schon die Tür abschließen wollte, ging sie noch einmal in die Küche zurück, schob das Schmalzfass bis ganz an die Wand, damit es nicht so leicht herunterfallen konnte, und verstaute die schwere Schöpfkelle und das Tranchiermesser sicherheitshalber in der untersten Schublade.

Der tote Vater rief ihr vom Friedhof aufmunternd zu.

»Nur Mut, junge Heroine!«